二次告别

[美]艾玛·斯特劳布 著
白永明 译

This Time Tomorrow

四川人民出版社

图书在版编目（CIP）数据

二次告别 /(美) 艾玛·斯特劳布著；白永明译
. -- 成都：四川人民出版社，2024.12
ISBN 978-7-220-13627-6

Ⅰ.①二… Ⅱ.①艾…②白… Ⅲ.①长篇小说—美国—现代 Ⅳ.①I712.45

中国国家版本馆CIP数据核(2024)第074873号

This Time Tomorrow
Text copyright © 2022 by Emma Straub
四川省版权局著作权合同登记号：21-24-028

ERCI GAOBIE
二次告别
[美]艾玛·斯特劳布 著　白永明 译

出 版 人	黄立新
出 品 人	武 亮　刘一寒
策　 划	郭 健　石 龙
责任编辑	彭 炜
责任校对	吴 玥
产品经理	王 月　曹 震
封面绘制	朱辰予
封面设计	末末美书
版式设计	许 可
出版发行	四川人民出版社（成都三色路238号）
网　 址	http://www.scpph.com
E-mail	scrmcbs@sina.com
新浪微博	@四川人民出版社
微信公众号	四川人民出版社
发行部业务电话	（028）86361653　86361656
防盗版举报电话	（028）86361653
照　 排	天津书田图书有限公司
印　 刷	天津光之彩印刷有限公司
成品尺寸	145mm×210mm
印　 张	9.75
字　 数	223千
版　 次	2024年12月第1版
印　 次	2024年12月第1次印刷
书　 号	ISBN 978-7-220-13627-6
定　 价	52.00元

■版权所有·侵权必究
本书若出现印装质量问题，请与我社发行部联系调换
电话：（028）86361656

献给帕特尼·泰森·里奇

只有故事写完之后,只有所有人物的命运全有了结局,只有事情的前前后后都得到了交代,这样它就与世界上其他任何已完成的故事一样——至少在这一点上——布里奥妮才会觉得自己有了免疫力,才会开始在稿纸边缘的空白处打上孔,用线带把各章节装订好,在封面上画上画,然后,把完成了的作品拿去给妈妈或爸爸(如果他在家的话)看。
——《赎罪》,伊恩·麦克尤恩[①]

明日此时

我们会在哪里?

——奇想乐队[②]

直到未来!

——《时空兄弟》,伦纳德·斯特恩[③]

---

① 选自上海译文出版社版本,译者郭国良。《赎罪》是当代英国小说家伊恩·麦克尤恩的长篇小说。
② 奇想乐队是英国男子摇滚乐队,英国流行摇滚奠基乐队之一。
③《时空兄弟》及其作者伦纳德·斯特恩均为本书虚构内容。

1

医院这种地方没有时间概念,和拉斯维加斯的赌场一样,这里到处都看不见钟表,而且在整个探视时间里,耀眼的日光灯一直亮着。爱丽丝曾经问过一次,医院里晚上是否会关灯,但护士似乎没听见,也有可能以为这只是个玩笑,总之护士没有回答她的问题,爱丽丝也不知道。她的父亲伦纳德·斯特恩一直躺在房间中央的病床上,身上缠着密密麻麻的管子、袋子和各种医疗器械。一个星期以来,他几乎没有说过一句话,所以即使他再次睁开眼睛,也不会告诉她答案。他能感觉到光线的变化吗?爱丽丝想起自己十几岁时,闭着眼睛躺在中央公园草坪上,感受炎炎夏日的情景。那时,她和朋友们横七竖八地躺在皱巴巴的毯子上,期盼着小肯尼迪[①]不小心用飞盘砸到她们。医院里的灯光不像阳光,太亮又太冷。

在星期六和星期日,爱丽丝有时间去探视她的父亲,她也可以选择

[①] 小肯尼迪,即约翰·菲茨杰拉德·肯尼迪二世(John Fitzgerald Kennedy Jr),是美国已故总统约翰·肯尼迪之子,曾被《人物》杂志评为"美国最性感的男人"。

星期二下午和星期四下午，因为那两天她会提早下班，能在探视时间结束前坐地铁赶到医院。从她在布鲁克林的公寓出发，到布鲁克林区政厅站乘坐地铁2号线或者地铁3号线前往第96街，然后再换乘慢车[①]到第168街，全程大约花费一个小时。但如果她从工作单位出发的话，到第86街和中央公园西大道的交叉路口乘坐地铁C号线，只需要半个小时就能直达。

暑假期间，爱丽丝几乎每天都能去看父亲，但自从开学以后，她每个星期最多只能去几天了。这才过了一个月，但爱丽丝感觉仿佛过了几十年。她的父亲或多或少保留着她熟悉的样子，他面露微笑，或许带着几分苦笑，棕色的胡子也没有变成灰白。在此之前，他住在医院的另一个楼层，那里感觉更像是装潢简陋的酒店房间而不是治疗的病房，墙上贴着一张从《纽约时报》上撕下来的火星照片，旁边的照片上是他那只老当益壮的宠物猫厄休拉。爱丽丝不知道是否有人把这些东西和父亲其他的私人物品——他的钱包、手机、入住医院时穿的衣服，以及他带来的一摞书籍——放在了一起，还是被人扔进了那些码放在无菌走廊上的巨大翻盖垃圾箱中。

爱丽丝总是希望自己能够轻松应付，在有人问起她父亲情况的时候——比如，和她在招生办公室里同桌的同事埃米莉；高中时最好的闺蜜萨姆，她和她的丈夫拥有三个孩子，还在蒙特克莱尔有一栋房子以及满满一柜子的高跟鞋，她穿着那些高跟鞋到一家令人畏惧的律师事务所上班；或者是她的男朋友马特。时间越长，这个问题就越变得像是一句

[①] 纽约地铁线路分为快线和慢线。

废话，就像人们在人行道上和熟人打个招呼，然后继续赶路一样。伦纳德没有肿瘤需要切除，也没有病毒需要治疗。只是他的心脏、肾脏和肝脏等众多器官已经濒临衰竭，不再齐心协力地在他曾经强壮的身体内运转。爱丽丝现在才明白，每个人的身体就像是一台鲁布·戈德堡机械①，只要其中一块多米诺骨牌或者一根杠杆被撞倒，整个装置就会停摆，这是她以前从未真正想到过的。每当医生们把头探进重症监护室时，就表明她父亲的身体又一次出现了"故障"。他们在等待她的父亲去世，这可能会发生在几天、几个星期或几个月以后，谁也说不清楚。爱丽丝体会到，最糟糕的部分莫过于医生总是在对父亲的病情猜来猜去。他们都是聪明人，他们的结论是通过检查测试和多年的临床经验得出的，尽管如此，那也不过是推断。

爱丽丝终于明白了：她一直以为死亡只是一瞬间的事情，只要心脏停止跳动，咽下最后一口气，人就会离开这个世界；但她现在才知道，死亡可能更像是生育，会有九个月的妊娠期，而她的父亲此刻正怀着即将诞生的死亡。她父亲的医生和护士、她父亲的亲朋好友、她远在加利福尼亚州的母亲，最重要的是她和她的父亲，除了等待，没有什么能做的。注定的结局只有一种，而且只会发生一次。很多人无论经历过多少次飞机的颠簸或者交通事故，都能脱离险情；无论摔过多少次跤，都不会摔断脖子。这就是大多数人的情况，真正的死亡不会一下子发生。唯

---

① 鲁布·戈德堡机械（Rube Goldberg machine）是一种被设计得过度复杂的机械组合，以迂回曲折的方法去完成一些其实非常简单的工作。美国漫画家鲁布·戈德堡在他的作品中创作出这种机械，故人们以"鲁布·戈德堡机械"命名这种装置。

一的没有变数的是，在死亡真正来临的那一天以及随后的日子里，她的父亲不会用力推开棺材的巨石，也不会把手伸出地面。爱丽丝理解这一切，有时她能想得开，这就是自然规律，但有时她又难过得不想再睁眼看到这个世界。她的父亲只有七十三岁。再过一个星期，爱丽丝就要年满四十岁。当父亲离开时，她会觉得自己一下子衰老很多。

爱丽丝认识五楼和七楼的几位护士——埃斯梅拉达，她的父亲也叫伦纳德；伊菲，当伦纳德指出医院的午餐通常有三种苹果（苹果汁、苹果酱和苹果）时，她觉得他很有趣；还有乔治，他能轻而易举地搬动伦纳德。当她认出了一个曾经在早期照顾过父亲的人时，那种感觉就像是想起了前世认识的某个人。在前台工作的这三位是她父亲最稳定的护理人员。他们很友好，而且不会忘记像爱丽丝这种经常到来的来访者的名字，因为他们清楚这意味着什么。他们的领班名叫伦敦，是一个中年黑人，他的门牙间有缝隙，记忆力像大象一样出色。爱丽丝的名字、她父亲的名字和职业等等，每一件事伦敦都记得。他的工作看似简单，但不仅仅是对着那些拿着气球前来探望新生儿的人微笑，还要面对像爱丽丝这样会一次又一次出现的访客，直到他们没有理由再来。他还有一长串电话号码需要去拨打，有一大堆需要完成的任务和安排。

爱丽丝从包里掏出手机，看了看时间。探视时间快结束了。

"爸爸！"她叫道。

她的父亲没有动弹，但他的眼皮微微颤抖了一下。她站了起来，把自己的手放在他的手上。他的手很瘦弱，而且有瘀青——为了防止他中风，医生给他打了抗凝剂，这意味着每次给他扎针时，他的皮肤上都会出现一朵紫色的小花。他的眼睛一直是闭着的，偶尔会睁开几次，茫然地环顾房间，但他的目光不会落在任何东西上，也不会看着她，至少爱丽丝觉得父亲没在看着她。她的母亲塞雷娜在电话中告诉她，一个人临终前最后丧失的是听觉，因此爱丽丝总是和他说话，但她不确定他的耳朵有没有听到她的声音，不过至少她自己能听到。塞雷娜还说，伦纳德需要从自我意识中解脱出来，否则他的灵魂将会永远被束缚在尘世肉体里，而水晶能帮到他。爱丽丝当然不可能完全相信母亲告诉过她的每一句话。

"我会星期二再来的。我爱你。"她摸了摸他的胳膊。爱丽丝已经习惯了这种表达关爱的方式。在她的父亲住进医院之前，她从未对他说过"我爱你"。也许有一次，还在高中的时候，她在规定时间后才回到家里，然后和父亲吵了起来。当时，他们隔着卧室门互相喊叫，她用粗暴的语气把这句话抛向了父亲。但现在每次她前来探视时，都会看着他说"我爱你"。回应她的只有他身后的那台机器发出的哔哔声。当爱丽丝离开时，值班护士朝她点了点头。那位护士把发辫塞进了一顶印有史努比图案的白色帽子里。"好了。"爱丽丝说道。这种感觉就像是刚刚挂断了父亲的电话，或者换了个电视频道。

2

爱丽丝经常在从医院回家的路上给她的母亲发短信。"爸爸还好，还是老样子。这算好消息吗？"这一次塞雷娜回复了一个爱心和一个彩虹的表情符号，表示她已经看到短信了，没有任何话要补充，也没有任何问题要问。仅仅因为他们不再是夫妻，就放弃所有的责任，这似乎并不公平，当然这正是离婚的意义所在。

他们早就离婚了，爱丽丝默默算了一下，父母离婚后到现在的时间比他们结婚在一起的时间的三倍还要多。爱丽丝六岁时，塞雷娜有一天醒来后告诉他们，她刚刚经历了一次自我实现之旅，或许是来自未来的意识，或许是大地女神盖亚在召唤她，塞雷娜不太确定，但她确信自己需要搬到沙漠里，加入一个由名叫狄米崔斯的男人经营的康复社区。法官曾告诉他们，父亲拥有单独监护权的情况特别罕见，但他无法反驳他们的决定。

当塞雷娜联系她的时候，爱丽丝感到很亲切，但她从来没有想过自己的父母会复合。如果伦纳德再婚了，那么在医院里握着他的手，问护士问题的可能就是其他人。但他没有再婚，只有爱丽丝来看望他。如果再娶一个妻子或者多生育几个孩子可能情况就会好很多，但伦纳德只娶过一个妻子，只生过一个女儿，所以爱丽丝是他的唯一。

她走下楼梯，来到了地铁站。当坐上地铁1号线的时候，爱丽丝甚至没有假装拿出一本书来阅读，而是把额头靠在布满划痕的肮脏窗户上睡着了。

3

爱丽丝和马特没有搬到一起住,因为他们觉得拥有两套公寓感觉很棒。如果你能负担得起的话,这会是一种真正革命性的婚恋关系方式。她从读大学时开始,一直独立生活。爱丽丝并不希望每天和另一个成年人共用厨房、卫生间等空间。她曾经在"摩登情爱"①专栏里读过一篇文章,那篇文章讲的是一对夫妇在同一幢楼里拥有两套公寓。这种生活方式似乎是她的梦想。爱丽丝从二十五岁大学毕业起,就一直住在这间公寓。那时她在艺术学院里待了很久,勉强才能毕业。这是位于契弗街的一幢拥有下沉式庭院的褐砂石公寓。契弗街是科布尔山的一条小街,这里的人们能听到从布鲁克林到皇后区的高速公路的呼啸声。夜晚降临时,这声音听起来像大海的潮水一样,有放松作用,很快就能帮助爱丽丝入睡。由于在这里住了很长时间,爱丽丝的房租比其他同样住在布什维克社区的二十五岁年轻人要便宜。

令人意外的是,马特住在曼哈顿的上西区,那是爱丽丝童年成长的

---

① "摩登情爱"(Modern Love)是《纽约时报》的情感专栏,刊登读者们投稿的真实爱情故事。

地方，也是她现在工作的地方。爱丽丝和马特第一次约会吃饭时，马特告诉她他住在那里。她以为他在开玩笑，她的同龄人——实际上，马特比她小五岁——不太可能负担得起曼哈顿的房子。爱丽丝知道她的想法很荒唐，人们能住得起的地方往往与他们的收入水平没有太大关系，尤其是在曼哈顿。马特住在哥伦布商圈附近的一幢崭新的公寓楼里。那里有门卫，有收发室，还配备了专门存放"生鲜直达"送来的新鲜食品的冷藏区。马特住在第十八层，可以从窗户眺望新泽西州。如果爱丽丝从她公寓的窗户往外看，她只能看到一个消防栓和来往行人的下半身。

尽管她有马特公寓的钥匙，但爱丽丝总是在乘坐电梯之前，在公寓前台停留，这是一个访客应该做的事，和她在医院前台告知对方自己的名字没有什么不同。这一天，当她走向前台时，一个门卫——那个老是朝她挤眉弄眼的光头老男人指了指电梯。爱丽丝向他点了点头。她可以自由通行了。

在光滑大理石墙的角落里，有一个女人和两个小孩在等电梯。爱丽丝立刻认出了那个女人，但她没有打招呼，她不想让那个女人看见自己。两个男孩都长着金色头发，分别大概是四岁和八岁。他们围着母亲的腿转圈跑，试图用网球拍敲打对方。电梯一到，孩子们冲了进去，他们的母亲拖着沉重的脚步跟在他们后面。她没穿袜子，纤细的脚踝上穿着一双休闲鞋。当她转身面对电梯门时，她抬起头来，看到了爱丽丝。爱丽丝侧身从电梯按钮旁走了进来，躲在那个小立方体的一角。

"嘿，你好！"女人说。她长得很漂亮，有着金发碧眼和棕褐色皮肤，这是那种长年在网球场和高尔夫球场上累积下来的肤色。她好像叫凯瑟琳吧？上次，她带着她的大儿子来过贝尔维德学校的招生办公室。

"你好!"爱丽丝说,"你们好吗,小家伙们?"孩子们扔掉了他们的球拍,现在开始互相踢对方的小腿。他们又在玩什么新花样。

爱丽丝终于想起来这个女人叫凯瑟琳·米勒,两个男孩叫亨里克和赞恩。女人用手捋了捋头发,说道:"嗯,我们很好。他俩很高兴就要回到学校了。我们整个夏天都在康涅狄格州。他俩真的很想念他们的朋友。"

"学校真烂。"大一点的男孩亨里克说道。凯瑟琳一把抓住他的肩膀,把他拽了过去。

"他不是这个意思。"凯瑟琳解释道。

"我就是这个意思!学校太烂了!"

"学校太烂了!"赞恩也在电梯内鹦鹉学舌地大喊道。凯瑟琳的脸颊因为尴尬而变得绯红。电梯门一开,她就把两个男孩推了出去。小男孩今年秋天就要申请幼儿园了,这意味着凯瑟琳很快又要去拜访爱丽丝的办公室。凯瑟琳的脸上表情很丰富,爱丽丝尽量不去理会。

"祝你今天愉快!"凯瑟琳用单调的声音说道。电梯门又关上了,爱丽丝听到孩子们走过大厅,凯瑟琳对他们轻声呼叫。

纽约城有着形形色色的富人。爱丽丝是这方面的专家,但并不是因为她想当专家。这种无奈就像是在双语环境中长大的人必须选择一种语言来谋生一样。有一条经验法则是,人们越是难以判断一个人的收入来源,就说明这个人越富有。如果父母双方都是艺术家或者作家,或是根本没有明确的工作,而且他们还能自己接送孩子,那意味着这家人有着相当雄厚的财富背景。很多学生的父母是难见一面的,他们不停地忙于工作,即使出席学校的运动会,也是电话不离手。他们会把手机贴在自己的一只耳朵上，用手指堵住另一只耳朵，以隔绝现实环境中的噪声。这种家庭通常需要雇佣帮手。那些不爱炫耀财富的人会用"互惠生①"这个词来称呼他们的家政服务人员，而另一些人可能直呼他们为"管家"。即使孩子们并不完全理解两者的区别，他们也会在生活中耳濡目染，因为他们的家长会在孩子的游玩聚会上对这些人说三道四。

爱丽丝家的收入来源相当简单：在她小的时候，伦纳德创作发表了《时空兄弟》，这是一部关于兄弟二人时空旅行的小说。这部小说不但售出了数百万册，后来还被改编为电视连续剧。几乎人人都看过这部电视剧，不管是有意收看，还是懒得换台，因为在1989年到1995年期间，它每个星期至少播出两次。因此，爱丽丝从五年级开始就去了贝尔维德学校，纽约最负盛名的私立学校之一。有些学校管理严格，要求学生穿统一的校服，而且偏向于招收那些金发碧眼的白人新生；有些学校实行没有考试成绩的新式教育；有些学校则打破传统，允许学生对老师直呼其名——在这种两极分化中，贝尔维德学校大致处于中间的位置。对于新教徒来说，这所学校里犹太人太多了；对于马克思主义者来说，这里的校风过于腐朽保守。

如果你相信文学作品里的描述，那么纽约城的大多数私立学校都是一样的——充满挑战、丰富多彩、全面一流。尽管这是事实，爱丽丝也明白它们之中的区别：这所学校里全是饮食失调的优等生，那所学校里全是沾染不良嗜好但家境富有的傻瓜。有些学校培养的是职业运动员；

---

① 互惠生最早起源于英、法、德等国，是一种自发的青年活动。年轻外国人为学习某国语言和体验该国文化寄宿在一个东道主家庭，同时为该家庭做一些简单工作。

有些学校培养的是最终能成为公司首席执行官的那群布克兄弟品牌的小时尚模特；有些学校培养的是日后成为律师的、全面发展的正常人；有些学校培养的则是艺术怪才，至少他们的父母希望自己的孩子成为艺术上独树一帜的人物。贝尔维德学校于二十世纪七十年代在上西区开办，当时它的校园里充斥着社会主义者和嬉皮士。五十年后的今天，接送孩子的母亲们开着特斯拉在校园外闲逛，孩子们在服用多动症药物。美景易逝，岁月流金，但爱丽丝还在这里，而且这是她所喜爱的地方。

　　爱丽丝成年后才真正接触到不同的家庭：那些手臂粗壮、长着金发碧眼的白人新教徒，他们穿着巴伯尔夹克，酒柜里库存充足；那些影视演员，他们在洛杉矶另有房产，以备时运变迁；那些知识分子、小说家以及诸如此类的人，他们拥有数额不详的信托基金和超出他们偿付能力的大房子；还有那些金融"蛀虫"，他们的厨房岛台①一尘不染，嵌入式书架也是空空如也。有些人的姓氏出现在史书传记上，对他们来说，工作就是在浪费时间，但他们也会做一做装饰房间或慈善募捐之类的事情。有一些富人非常擅长调制马天尼，也擅长聊八卦和发牢骚，毕竟谁敢和他们针锋相对呢？他们都是某个文化机构的理事。他们经常会和各界人士联姻，以此假装不会维护自己的阶层。其实这都是一场荒唐的闹剧，有钱人这么做只是为了显得自己不那么享受特权而已。对此爱丽丝并不陌生。

　　当富人们走进贝尔维德学校的招生办公室时，爱丽丝会接待他们。在那里，她这个拥有绘画学位，辅修过木偶戏艺术的单身女性将决定这

---

① 岛台是开放式厨房中像小岛一样的操作台面。

些富人的小宝贝是否被录取。不管是什么样的富人，都想让自己的孩子进入他们中意的学校，因为他们认为孩子的人生就像火车轨道一样，从这一站通往那一站：从贝尔维德学校到耶鲁大学，再到哈佛法学院，毕业后结婚生子，晚年住在长岛的乡村别墅和一只名叫哈克贝利[①]的大狗为伴。爱丽丝只是其中一站，但她是关键的一站。晚些时候，凯瑟琳会发来一封电子邮件，而且肯定会说："今天很高兴见到你！"在现实世界中，在她自己的生活中，爱丽丝没有任何特权，但在贝尔维德的"王国"里，她是西斯尊主或绝地武士[②]，决定这些富人的孩子在贝尔维德学校的去留。

[①] 美国经典动画片《哈克狗》(*The Huckleberry Hound Show*)中的那只名叫哈克贝利的蓝色猎犬，在美国一度成为深受欢迎的动画形象。
[②] 西斯尊主(Sith Lord)和绝地武士(Jedi Knight)是《星球大战》系列科幻电影中的重要角色。

4

马特的公寓总是很干净。他在这里住了一年，每天只有一顿饭是自己做的——他在生活中尽量使用手机软件搞定一切。作为城里的孩子，爱丽丝也经常叫外卖，但她总是通过打电话来订餐。像来自世界各地的许多小镇青年一样，马特似乎把纽约城看作一个跳板，不会太在乎它昔日的光景。爱丽丝把她的包放在白色岛台上，拉开了冰箱。里面有三种不同的功能饮料、一个月前她喝剩下的半瓶康普茶①、一根意大利腊肠、一块打开过的边缘开始发硬的切达干酪、半条黄油、一罐腌菜、几个外卖盒、一瓶香槟酒，还有四瓶科罗娜啤酒。爱丽丝摇了摇头，关上了冰箱。

"喂，你在家吗？"爱丽丝朝马特卧室的方向喊道。没有人应答。她没有给他发信息，而是决定把去医院前塞进手提袋里的几件脏衣服洗了。马特的公寓最棒的地方就是有一台洗碗机和一台洗烘一体机。洗碗机对他来说没什么用，因为他很少用盘子吃饭，但洗烘一体机是爱丽丝的挚

---

① 康普茶（kombucha）是一种起源于古代中国、在欧美流行的发酵茶饮料。

爱。爱丽丝通常会费尽力气地把她的脏衣服送到公寓拐角处的洗衣店。她无须穿过马路就能到达那里。他们会把她的衣服洗干净并叠好,然后像饺子馅一样塞进一个巨大的洗衣袋里还给她。但她现在可以很方便地清洗她最喜欢的牛仔裤、三套内衣和打算明天上班时穿的衬衫,这对她来说很有意义。看着打开的洗衣机,爱丽丝想到最好也把身上的衣服一起洗掉,于是她把身上穿的牛仔裤和衬衫脱了下来,一同扔了进去。当衣服开始旋转时,她穿着袜子踩过湿滑的地板,到马特的卧室找衣服穿。前门被打开了,爱丽丝能听到马特的钥匙碰在厨房岛台的声音。

"嘿,我到这儿来了!"她叫道。

马特出现在房间门口,他脖子周围和腋下都被汗水浸透了。他摘下了耳机。"我敢说我今天差点就累死了,做了三套腹肌撕裂者练习动作,包括蹲举和立卧撑。而且昨晚我还喝了四杯啤酒。我真的觉得我要吐了。"

"听起来不错!"爱丽丝说。马特参加混合健身课程是为了让他的啤酒肚变小,但他每次回来都会重复同样的话,说他差点吐了。

"我要洗澡了。"他看着她说道,"你为什么光着身子?"

"我没有光着身子,我在洗衣服。"爱丽丝回答。

"我还是觉得我可能会吐出来。"马特张开嘴喘着气说道。

他绕过爱丽丝的身边,推开了浴室的门。她坐在床上,听着哗哗的流水声。

爱丽丝知道他俩不是很般配,他们不像她的一些朋友和熟人那样,每逢生日或周年日会在社交平台上疯狂地庆祝一番。他们没有共同的爱好,没有共同的愿景或梦想,就连他们喜欢听的音乐风格也不一样。他们是通过网络认识的，这显而易见。那天，他们一起喝酒，然后共进了晚餐，在饭后又喝了一些，接下来发生的事情就是上床。现在已经过去一年了，门卫都不再询问她的名字。一年是相当长的一段时间。萨姆结过婚，所以她知道婚恋这种事情会如何发展——她认为马特很快就会向爱丽丝求婚。如果马特真的求婚，爱丽丝不知道自己该怎么办。她查看了一下自己的脚指甲，需要补指甲油了，现在指甲末端只剩一些斑驳的红色，像波尔卡圆点一样。再过一个星期就是她的四十岁生日了。她和马特目前没有制订任何计划，但她还是觉得如果他们之间有什么事情要发生的话，可能就会在那一天。一想到这个，她的胃就稍微翻腾了一下，仿佛这个器官正在试图转身，朝向另一个方向。

大多数时候，婚姻似乎是一份好协议——有人陪伴着你，当你临死的时候，有人会依偎在你身边，握着你的手。这里当然不包括以离婚告终的婚姻和不幸福的婚姻，对他们来说，牵手只是一段回忆，也不包括那些因为车祸或者工作猝死而支离破碎的婚姻。在所有离开人世的逝者中，有多少人能在去世前真正感受到配偶的关爱呢？这个比例有百分之十吗？当然，婚姻不仅仅是因为海枯石烂才变得有吸引力，但相守一生确实是原因之一。爱丽丝为她的父亲感到难过，她是她父亲的全部。她担心自己也像他一样，除了他一无所有。不，她拥有的更少。伦纳德有一个孩子，不只如此，那个孩子还是一个女儿。如果她是个男孩，而且没有被社会熏陶成一个尽职尽责的抚养人，情况可能会有所不同。她的三十岁仿佛就在昨日，花样年华也已成往事。十年前，她的朋友们开始结婚生子。他们中的大多数人直到三十四五岁才有了孩子，所以她并没有落后太多。但现在，她突然之间要四十岁了。一切都太晚了，不是吗？她有一些朋友都离过婚了，其中的一些人已经再度成家。如果有一对夫妻离婚了，那么在两年后其中的一人会再次结婚，并且很快会拥有新的孩子，这并不是什么难以理解的事情——他们婚姻关系的进展如此之快，很明显因为他们已经从自己的第一段婚姻中意识到自己犯下的错误，并且从中吸取了教训。爱丽丝不知道自己是否想要孩子，但她知道在不久的将来，她无法确定的事情会迅速变成事实，成为一个事实上无法改变的决定。为什么不能再晚一点呢？

马特洗完澡从浴室里走了出来，看到爱丽丝像个忧心忡忡的人偶一样弓着身子。"想吃什么东西吗？也许在外卖送达之前，我们还可以疯狂一下？"他腰上缠着的浴巾掉了下来，但他没有捡起来。他那亢奋的身体在向她招手。

爱丽丝点了点头。"要不吃比萨吧？还是那家店？"

马特点了几下手机，然后把它扔到她身后的特大号床上。"我们还有三十二到四十分钟时间。"他说道。马特可能不擅长做饭，但他擅长其他事情，看来他还不算是一无是处。

5

和这座城市的许多私立学校一样，贝尔维德学校并不是独栋建筑。随着时间的推移，它的校园像病毒一样在社区的各个角落扩散开来。低年级的师生和招生办公室都在原来的大楼里，它位于中央公园西大道和哥伦布大道之间的第85街南侧。这是一幢紧凑又丑陋的六层现代建筑，但它拥有出色的空调系统、大窗户和内置投影屏幕，还有一个铺着地毯的图书馆，里面摆放着色彩鲜艳的舒适椅子。而七年级到十二年级的大孩子们都在第86街附近的新大楼里。爱丽丝很高兴自己不用每天和那些青少年打交道。学校的毕业生整个秋天都在她隔壁的大学预备办公室里进进出出。对爱丽丝来说，从十英尺①外看着他们瘦长的身体和紧致光滑的皮肤就已经足够了。招生办公室在二楼，如果爱丽丝把脖子伸出窗外，她可以看到通向中央公园的斜坡。

招生办公室设有一个通风良好的等候室，那里有匹配儿童身高的矮木桌，上面摆放着昂贵但备受人们喜爱的木制拼图。当爱丽丝、她的同

---

① 一英尺约为三十厘米。

事埃米莉或她们的上司梅琳达面试孩子时，焦虑的家长们会坐在这里，玩着这些拼图。梅琳达是一个臀部宽大的女强人，她有很多晃来晃去的粗大项链，惹得孩子们总想摸一摸。每当那个穿着运动服、激动得像只灰狗一样的母亲称赞这些项链的时候，梅琳达都会回道："这就是工作诀窍！"这也是爱丽丝和埃米莉在工作间隙准备溜出去吸烟时所说的暗号。埃米莉会把头靠在她们桌子中间的隔挡上问："去研究工作诀窍吗？"然后她们会迅速通过校园后面的应急门离开，在放有垃圾桶的灰色路面上吸烟。

"你今天看到那个骑着自行车的爸爸了吗？我简直爱死他了。"埃米莉说。她今年二十八岁，正忙于参加各种婚礼，这与参加成年礼没有什么区别，只不过你得自己掏钱买礼服和礼物。爱丽丝知道这个夏天埃米莉参加了八场婚礼，因为她每次喝醉都会给自己发短信，尤其是在难过的时候。"我敢打赌他是狮子座的。你觉得呢？他拥有狮子座的热情和能量。你看到过他怎样快速刹车并把自行车停在人行道上吗？他的两个孩子还坐在车上呢，至少有两百磅重，但他只是使了一下劲，呀呀呀。"她龇牙咧嘴地模仿着。

"没有。"爱丽丝说着吸了一口烟。这支烟是埃米莉给的百乐门。它的味道像湿报纸，如果有人能把湿报纸点燃的话。在过去的十年里，爱丽丝尝试戒过好几次烟，但不知何故，尽管有口香糖和戒烟指南帮忙，还有陌生人和朋友们抵制吸烟的目光，她还是没能坚持下来。感谢上帝赐予我埃米莉，爱丽丝心想。几乎所有的年轻员工都不吸烟了，他们甚至都不吸电子烟！他们偏好一些更新潮的东西，但根本不会享用，而是像孩子一样咀嚼它们。爱丽丝知道这样会更健康，没错，这对他们的肺有好处,可能对地球环境也有好处,但这让她感到孤独。

"他穿着一件条纹衫,就像是毕加索穿的那一件,看起来更加性感而不是让人感到怪异。我喜欢这个家伙。"埃米莉用鞋底在水泥地上蹭了蹭。

"他的妻子在接送孩子呢。"爱丽丝转移话题,"雷呢?我看见他进来了,怎么又不见了?"

雷·扬是一名幼儿园的助理教师,会弹尤克里里。他和埃米莉差不多每月都要约上一次。埃米莉每次都发誓说,这种事不会再发生了,只是因为他在遛狗时刚好从她门前经过。爱丽丝认为这有点像电视剧《新飞越情海》的剧情,但埃米莉没有看过这部电视剧,所以爱丽丝也没有说出来。雷,二十五岁,没结婚也没有女友,这就是埃米莉觉得他可能感到无聊的原因。

"唉,他在床上抱着我的时候就像他爸妈在旁边看着一样。"埃米莉翻着白眼说。

"真有你的。"爱丽丝咳出一口烟。

埃米莉向她眨了眨眼睛,说道:"我们还是回去吧,免得被罚留校。"她把烟头扔到地上踩扁,"对了,顺便问一下,你爸爸怎么样了?"

"不太好。"爱丽丝答道,她把还在燃烧的烟头弹到了地上。

6

梅琳达给了她们每人一叠文件夹，每个文件夹的封面上都用锐意记号笔写着一个孩子的名字。两百个孩子争夺三十五个名额，这只是幼儿园的入学名额。爱丽丝、埃米莉和梅琳达将分别面试各自那一叠文件夹中的申请者，然后把面试记录共享到招生表格中，对所有的孩子按以下标准进行排名——他们是否有兄弟姐妹在本校就读过，是否为校友子女，他们的父母是否为名人，他们是否申请过奖学金，是否为有色人种学生，是否来自国际家庭，以及其他任何值得注意的东西。有时爱丽丝会看到有些小家伙在每个复选框里都打了钩，她为此感到难过。她觉得自己像是美国小姐选美大赛的评委。这个孩子会弹钢琴！那个孩子看得懂两种语言！还有一个孩子赢过一场赛艇比赛！当然，孩子们都很棒，他们或古灵精怪，或惹人喜爱。能与孩子们打交道是这份工作最好的一面。有时候她觉得自己可以成为一名儿童心理学家，尽管这对她来说似乎为时已晚。她喜欢小孩子，喜欢和他们面对面交谈，倾听他们疯狂的想法和响亮的笑声，看着他们的羞怯慢慢在她面前消失。

她并没有打算在自己的母校工作一辈子。

她原本想成为一名画家或艺术家，成为一个靠任何形式的艺术创作赚钱的人，或者当一名深受学生喜爱的艺术老师，墙上贴满孩子们的精美作品，并在闲暇时间进行自己的创作。现在的她不太可能成为名利双收的艺术家，可由于她周围的人都是她的老熟人，她仍然被其他人视为文艺青年，即使她已经一年多没有碰过画布和画笔。她在贝尔维德学校结交的那些真正成为艺术家的朋友都离开了纽约，因为在纽约生活的成本太高了。他们在五年前、十年前，甚至十五年前就已经离开了。她不再和他们有任何联系。她爱过的那些人甚至不上社交媒体，除了偶尔拍一些模糊的风景或超市里的有趣商品。这些人，爱丽丝都错过了。

"爱丽丝，你在听吗？"梅琳达并无责怪地提醒道。她们三个正笨拙地滑动着带轮子的办公椅，围成了一圈。

"不好意思，我刚才走神了。我现在听着呢。"爱丽丝说。埃米莉朝她眨了眨眼。

"我希望我们能在接下来的两个星期内完成这项工作——如果你们能联系到你们名单上的家庭，并安排好时间的话。我相信埃米莉已经做好了电子登记表格。这样棒极了！"梅琳达朝她们俩点了点头。

这一叠文件夹很重，每一份的封面上都钉着一张孩子的照片，里面装满了申请材料。爱丽丝并不认为她的父母当时送她上贝尔维德时也是这么做的——他们最多会准备一页材料。爱丽丝把文件夹放在膝盖上，翻看着上面的名字，总会有几个人是她认识的。她那些留在纽约的同学生育速度惊人，有些人已经生了第三胎，而私立学校是非常有效地吸纳这些儿童的"培养工厂"。有时在纽约城长大的爱丽丝会感到好奇，究竟有多少人会一直生活在他们出生的地方，后来她又想，究竟有多少出生在小地方的人不会选择离开自己的故土。毕竟纽约是一个每隔数年就会更新换代的城市，这里居住着大量的外来者和移民。她乐于看到她认识的人——大多是爱丽丝不太熟悉的女人，但她们都非常友好，似乎都过着脚踏实地的生活，总之比她更踏实。更难得的是，爱丽丝偶尔会看到某个熟人的名字。

比如，小拉斐尔·乔菲。还能有多少个乔菲呢？照片中的男孩有着橄榄色的皮肤、深棕色的头发和浓密的眉毛，牙齿还有一处豁口。他长得很像他的父亲，爱丽丝在打开文件夹之前就猜到了里面的内容。没错，在第二行写着托马斯·乔菲，而地址是中央公园西大道圣雷莫公寓，汤米①就是在那里长大的。他比她大两岁，当初在学校里比她高一个年级。爱丽丝想不起他家的门牌号了，这反而让她感到欣慰，但她还记得他家的座机号码。如果这些信息正确的话，那么他住的地方离学校只有几个街区，他们的家离得不远。奇怪的是，爱丽丝从来没有在街上碰到过汤米，有时世界就是这样。有些人出现在你的生活里，他们住在转角或者街区对面，但不管怎样，当你们沿着同一条轨迹前进时，你们会一次又一次相遇。还有一些人住在你的隔壁，和你有着不一样的人生清单，所以根本不会相见。你们走在不同的道路上，乘坐不同的地铁路线，拥有不同的时间安排。爱丽丝好奇汤米在做什么工作，是否还有人亲昵地叫他"汤米"，他是刚搬回来，还是一直住在那里，他们一家是住在他小时候的公寓里，还是住在另一层的隔壁公寓里，那样小拉斐尔就可以乘电梯去看他的祖父母。她想知道汤米现在长什么样了，他的头发是否开始

---

① 汤米（Tommy）是托马斯（Thomas）的昵称。

变白，他的身材是否还像以前那样迷人，又高又瘦，满面春风。自从前年春天参加高中毕业二十周年同学聚会以来，她就再也没有听到过他的名字。他没来参加聚会，但爱丽丝无意中听到有几个人在问他是否会来。这本是一个难能可贵的机会——可是又错过了。

爱丽丝合上了文件夹，把它放在那一堆文件的最上面。爱丽丝不知道他们怎么称呼这个男孩——是叫他的全名，还是叫他雷夫、拉菲或是拉夫。她会先给他的父母双方发电子邮件。爱丽丝用她通常对校友们打招呼的方式开始对话："您好！我是98届毕业生爱丽丝·斯特恩！"在电子邮件的最后，她复制粘贴了一条关于面试和参观安排的信息，并附上报名页面的链接。爱丽丝原本输入了一些附言，但又删除了。"您好！"她写道。"嘿！"这样也不妥。"嘿，期待见到你和拉斐尔。"最好把关注点放在孩子身上。

当她刚到招生办公室工作时，梅琳达告诉过她这样的话：那些尚未露面的家长可能是电影明星，或者是在麦迪逊广场花园球馆演出的音乐家。但这没什么关系，他们不希望你大献殷勤或结结巴巴地说不出话来。像所有的父母一样，他们希望你能看着他们孩子的眼睛，露出惊讶的表情。他们希望你能发现他们养育出的奇才。名人并不会让爱丽丝目瞪口呆，她在大街上看到他们也不会多看几眼。但有一些家长是她童年要好的朋友，他们的名字直到现在仍然能让她激动起来。爱丽丝不知道如果在街头或者在一间昏暗拥挤的酒吧里遇到汤米，她会对他说什么——可能什么也不说，但她知道在她的办公室里，该对他说什么。她会为他开门，向他微笑，阳光又从容。他也会报以微笑。

7

伦纳德的病房总是很冷，所有病房都是这样的，这是为了防止感染。病菌喜欢温暖，在温暖的环境里，它们可以迅速地在一个又一个虚弱的宿主之间传播，只有免疫系统足够强大的医护人员才能将它们击退到积满灰尘的角落里。爱丽丝坐在访客椅上——这种椅子是人造革的，易于清洁又柔软舒适，她把手缩进毛衣袖子里。最近她一直在努力回忆自己和父亲之间的对话。她有一个女性朋友的母亲在几年前去世了。这位朋友建议爱丽丝把她和父亲的谈话录下来，不管是什么内容，日后肯定会想听。爱丽丝不好意思直接向父亲提出来，但上个月，她还是在医院里录下了一段对话。她的椅子和她父亲的病床之间有一张小桌子，她把手机正面朝下放在那上面录音。

伦纳德：……女士，你来了，你是这里的女王。

（护士不知所云）

伦纳德：丹尼丝，丹尼丝。

丹尼丝：伦纳德，我这里有两粒药。这是你下午要吃的药，是我给你的礼物。

（摇晃声）

爱丽丝：谢谢你，丹尼丝。

丹尼丝：他是我的最爱，不要把这句话告诉其他病人。你爸爸是最棒的。

伦纳德：我爱丹尼丝。

爱丽丝：丹尼丝也爱你。

伦纳德：我们在聊菲律宾的伊梅尔达·马科斯[①]。这里有好多护士都来自菲律宾。

爱丽丝：你这是种族歧视吗？

伦纳德：在你眼里，什么都是种族歧视。我只是说，这里有好多护士都来自菲律宾。

（医疗机器发出哔哔声）

爱丽丝：你做什么了？

伦纳德：什么都没有，拜托。

她为什么要问这些问题呢？谁能清楚她还有机会和父亲聊上几次呢？而这也正是她想知道的。在过去的二十年里，经常有"小道记者"问过他同样无聊的问题。这种对话比起问他一些私人问题或告诉他一些关于她自己的事情要容易得多，再说她也很感兴趣。

---

① 伊梅尔达·马科斯（Imelda Marcos）是菲律宾前总统费迪南德·马科斯的夫人，也是著名的菲律宾美女。

. . .

当爱丽丝闭上眼睛,想象着她的父亲在她记忆中的样子。她的脑海里浮现出这样的画面:那是他们位于波曼德街的家,伦纳德正坐在家中的圆形餐桌旁。纽约城中也有几条和波曼德街相似的街道,比如西村的帕钦街和米利根街,还有几条在布鲁克林,就在爱丽丝的公寓旁边。尽管如此,但波曼德街还是那么与众不同。大多数马厩街①都是由马房改建的,或者是在建造一些宏伟建筑时留下的住房,而波曼德街的房子像玩具屋一样小巧,并且售价不菲,专门面向那些更注重独特性和典雅风格而不是存储空间的富人。波曼德街东西方向横穿百老汇大道和西区大道,南北方向连接第94街和第95街。它是由一个酒店开发商在1921年建设的。伦纳德一直喜欢这里,因为这条街的规划灵感来自一部由小说改编而成的戏剧作品,在这部戏剧作品中有一条同样的街道,位于一个虚构的英格兰小镇上。波曼德街是一个复制品的复制品,真实地展现了一条虚构的街道,看起来很像是童话故事《汉塞尔与格蕾特》中大门后面的那两排小屋。

这里的房子很小,每栋房子有两层楼那么高,大多数房子被分隔成了两套占据整层的公寓。每一户的门前都有一小块精心打理的花园。在第95街的尽头,有一个比电话亭大不了多少的警卫室,里面放着一些公用的工具,比如雪铲,那里结了许多蜘蛛网,偶尔还能看见一只四脚朝天的蟑螂。当爱丽丝还是孩子的时候,物业管理员雷吉告诉她,演员亨弗莱·鲍嘉曾经住在波曼德街,他的私人保镖把警卫室当作他的哨岗,

---

① 马厩街(mews street)是建于十八或十九世纪大型豪宅旁边的老式房屋,底层用作马厩,上层住车夫和仆人。

但爱丽丝不知道他说的是否属实。总之,爱丽丝知道波曼德街是一个特殊的地方,尽管他们家的前窗距离对面邻居的房子只有十英尺远,而后窗对着的是一片高大的公寓楼,但这里给她的感觉就像是一个只属于他们自己的秘密世界。

在爱丽丝的印象里,父亲总是出现在相同的场景中:伦纳德坐在家中的餐桌旁,他身后的落地灯亮着,在他面前的桌子上有两三本书和一杯水,然后还会出现一杯冒着白雾的冰镇饮料、一个拍纸本[①]和一支笔。在白天的时候,伦纳德会收看肥皂剧,去中央公园或河滨公园散步,到邮局或富威超市闲逛,前往百老汇大道和第90街交叉路口的"城市餐厅"吃饭,并和朋友们打电话聊天。到了晚上,伦纳德会坐在餐桌旁继续自己的工作。爱丽丝想象着自己也走进这幅画面中,她看着自己通过房门,把书包扔到地板上,然后在父亲对面的椅子上坐下来。每次放学后她会对他说些什么呢?他们谈论过作业吗?谈论过电影或电视节目吗?谈论过《抢答》[②]节目的答案吗?爱丽丝记得他们谈论过这些,但她的记忆仿佛是一幕幕无声的电影。

. . .

一名护士走了进来,是丹尼丝。她的声音被爱丽丝录下来过。爱丽丝猛地坐直了身子。丹尼丝挥手说道:"不用紧张。"爱丽丝点了点头,看着丹尼丝检查那些五花八门的仪器,更换伦纳德床边杆子上悬挂的那一袋袋不透明的药剂。

---

① 拍纸本(Legal pad)是一种在美国流行的显眼、偏大型的书写用纸,被司法人士或者作家青睐。
②《抢答》(Jeopardy!),又译《危险边缘》,是一档美国智力问答竞赛节目。

"你是个好女孩。"丹尼丝离开前说道,她拍了拍爱丽丝的膝盖,"我跟你父亲说过我很喜欢他写的《时空兄弟》。我在护士学校念书的时候,我和室友在万圣节舞会上扮演过斯科特和杰夫。我告诉你父亲,我扮演的是有胡子的杰夫。道具服装很棒,每个人都能看出来我是谁。就像那样喊道:'直到未来!'"这是主角们的口号,但伦纳德对此感到尴尬。当他走在大街上时,经常有人朝他喊出这句话。当他在餐馆用餐时,也会有人在他账单上留下这几个字。

"我敢打赌你的样子很拉风。"爱丽丝说。《时空兄弟》的角色服装设计得很好——不像《星际迷航》[①]的弹力纤维面料制服那样紧身,也不像格兰芬多[②]的长袍那么学院风,很容易用日常衣服搭配出来。杰夫穿着紧身牛仔裤和黄色雨衣,在后来的几季故事里,他还蓄起了金色胡子。他的弟弟斯科特则留着一头长发,穿着格子衬衫和工装靴,他早已成为女性群体的时尚偶像。在这部小说刚刚出版的时候,她的父亲并不知道作品的反响会如何。他没有预知未来的超能力。直到现在,这部小说仍然在销售,而且一直能卖得动。尽管《时空兄弟》已经不再出现在畅销书排行榜上,可所有书店的书架上都还摆着这本书,几乎所有青少年的卧室里都有它的平装本,所有成年科幻迷或多或少都像丹尼丝那样搜罗过一件雨衣或一副假胡子。伦纳德与同名电视剧没有任何关系,但电视剧每一次播出,他都会拿到一笔报酬,而且他的名字多次成为《纽约时

---

① 《星际迷航》(*Star Trek*)是由美国派拉蒙影视制作的科幻影视系列,是全世界最著名的科幻影视系列之一。
② 格兰芬多(Gryffindor)是英国作家J.K.罗琳的长篇小说《哈利·波特》中霍格沃茨魔法学校的四大学院之一。

报》填字游戏的答案。他从未再出版过其他书籍，然而他一直在写作。

　　小时候的爱丽丝有时会把时空兄弟当成自己真正的兄弟——这是她在自己的小卧室里打发孤独时光所玩的游戏之一。扮演斯科特和杰夫的演员都是大帅哥，该剧刚开始播出时，他们才十几岁。当时她还没有读过她父亲的书，但她了解故事的梗概——两兄弟穿越时空，解开了诸多谜团。她还知道些什么呢？当初扮演杰夫的演员现在在拍老年人维生素广告，他对着镜头眨着眼睛，告诉大家他的胡子都变成了银色。而扮演斯科特的演员住在田纳西州纳什维尔市郊外的一座马场里——爱丽丝知道这一点，是因为他仍然每年给父亲寄一张圣诞贺卡。她需要告诉他自己父亲的事吗？她还需要考虑怎么把情况告诉扮演杰夫的演员吗？那人一直是个大浑蛋，甚至在爱丽丝小时候也那样。她已经几十年没见过他了。他会送一些奢侈而无用的东西，比如一束不是他挑选的鲜花以及一张不是他写下的附言，鲜花的芳香能充满这个房间。她想告诉父亲，自己想起了他们，想起了那两个笨蛋，一个很可爱，另一个却可笑滑稽。

　　每次离开医院时，爱丽丝都担心这会是她与父亲的最后一次见面。她听人说起过他们的亲人是如何硬撑到他们离开病房的。爱丽丝一直待到探视时间结束，在出门前告诉父亲自己爱他。

8

马特提前选好了餐厅,订好了位子,并给她发了信息。这是一个惊喜。他们以前没有去过那里,至少爱丽丝没有去过。她特意涂了口红。

"马特预订了晚餐,在中城区一家有顶级大厨的高档餐厅。"她给萨姆发了短信。萨姆立刻回复:"是热情的糖尿病患者还是性感的日本女人①?我两样都喜欢。"爱丽丝耸了耸肩,就好像萨姆能看到她似的。然后她用视频通话软件呼叫了萨姆,这样就能看到彼此了。

"嘿!"爱丽丝打招呼道。

"嘿,亲爱的。"萨姆回道。她好像正在开车。

"萨曼莎②·罗思曼—伍德,你在开车吗?那你为什么还接视频通话?请珍爱生命。"

"我在停车场,在埃薇的芭蕾舞班那里。放心吧!有时我会坐在车里打个盹。"萨姆闭上了眼睛。埃薇七岁了,是她三个孩子中的老大。这时,从一张看不见的嘴里传出一阵响亮的啼哭声。"哎呀,孩子醒了。"

---

① 这里是在询问餐厅是甜品店还是日料店。
② 萨姆是萨曼莎的昵称。

爱丽丝看见萨姆敏捷地爬到后座，从安全座椅上解开勒罗伊，猛地拉低她的哺乳文胸，并把婴儿抱到她的胸前。"对了，你要视频通话是出了什么事吗？"萨姆问道。

"我要去见马特了，还要在一家豪华饭店吃饭。我想他可能会提前给我生日惊喜，或者……"爱丽丝咬了咬手指甲，"我说不好。"

小勒罗伊踢着腿，并用小手拍打着萨姆的胸口。"好吧，"她说，"我想就是这样。我觉得他会向你求婚，会悄悄地公开这个消息。不需要墨西哥街头乐队，也不需要快闪族。但是，也许甜点里藏着一枚戒指。你们的服务员会比你先知道。"

"好吧，也许是吧。"爱丽丝深深地叹了一口气。

萨姆看着她问道："你还好吗？"

爱丽丝摇着头说："我一会儿再给你打电话，好吗？我爱你。"萨姆给了她一个飞吻，并向她挥了挥勒罗伊的小手。萨姆母子俩坐在SUV[①]的后座上显得那么小。那是一辆看起来宽敞笨重的汽车，里面放置了一个朝向后方的婴儿座椅以及一个朝向前方的儿童座椅，汽车脚垫上散落着被踩碎的早餐麦圈。爱丽丝按下了手机上的结束通话键，对面就从屏幕中消失了。

在二十多岁到三十出头的那些年里，爱丽丝一直在羡慕她的朋友们，其中她最羡慕的就是萨姆。当萨姆和乔希结婚时，看着萨姆穿着光滑的白色真丝连衣裙，和她家里的黑人女眷以及乔希家里的犹太女眷一起随着惠特尼·休斯顿的音乐跳舞，爱丽丝曾想：这才是真正的幸福，

[①] SUV是指运动型多用途汽车，特点是拥有强动力、越野性、宽敞舒适的车内空间。

但我永远不会拥有。萨姆第一次怀孕时爱丽丝哭了,第二次怀孕时爱丽丝又哭了。爱丽丝并不为自己的单身感到骄傲——她对心理医生提到了这一点。但几年后,爱丽丝发现她的大学同学们都有了孩子。他们不能在外面逗留太久,不能睡懒觉,聚会也只能选择在上午十点半到十一点半之间,这还取决于别人的午睡安排,而她自己仍然可以随心所欲地生活。她终于摆脱了嫉妒的阴影。她可以自由自在地去旅行,可以带陌生人回家,可以做任何想做的事情。

她的父亲一直把婚姻当作一种可怕的疾病来对待,婚姻对他来说没有意义。单身父亲这一角色很适合伦纳德。他喜欢爱丽丝和她的朋友,他喜欢去游乐场,他喜欢边看电视边吃饭,他对单身生活的喜爱和他曾经对婚姻生活束缚的厌恶一样强烈。他不喜欢给平时不联系的亲戚买圣诞礼物。他无法忍受晚宴聚会,也不想和他觉得无趣的人寒暄。私立学校的学生家长们看不惯他的古怪性格,这意味着他与他们格格不入。在父亲生命的不同时期,出现过一些女人,爱丽丝曾以为她们可能会成为父亲的另一半,但这些人从未在她家中过夜,甚至从未在她面前亲吻过父亲的脸颊。对爱丽丝来说,最难想象的就是她的父母在同一房间里相处的情景——并不一定要让他们看起来无比亲密,但是就连正常的接触,比如拍拍对方的肩膀或肩并肩同行,她也觉得不太可能。他们的婚姻持续了十年,从爱丽丝出生前四年一直到她出生后六年。在爱丽丝上小学一年级的时候,塞雷娜去了加利福尼亚州。从此,她和父亲生活在东海岸,她的母亲在西海岸,一家人中间相隔着整个国家。

当然,她也认识一些和睦幸福的夫妻,比如她朋友的父母。她在朋友家过夜或周末一起出去玩时,她能感受到他们的生活,那种感觉像是在看自然纪录片:"这是1989年的一对美国普通夫妇。他们正在为晚餐准备番茄酱,偶尔还会开玩笑地抚摸一下对方的臀部。"这不是真实的生活。爱丽丝第一次庆幸她的父亲是个另类,一个在汽车后备厢里装着一套高尔夫球杆的无聊家伙。对于他来说,有一辆汽车,以及一位坐在副驾驶座上的老朋友就够了。如果他是一名牙医而不是作家,如果他是一名会计师、兽医或水管工,就像爱丽丝的爷爷一样,也许他的人生就会有所不同。如果父母一直维系着这段婚姻,他们会长期身陷在痛苦之中。想必他们当时探讨过这些问题:哪种痛苦最让人难以释怀?哪种悲伤最沉重?是看不到任何幸福的前景吗?是爱丽丝的感受吗?她怀疑他们有没有想过那么远。

傍晚时分,天气开始转凉,爱丽丝打了个寒噤,后悔自己出来前没有多套一件衣服。那家餐厅位于中央公园南大道的一家酒店的大厅内。她沿着公园向前走,经过一些套着汉萨姆马车[①]的马匹,马车司机们懒洋洋地招呼着那些挥舞钞票的外地游客。她险些踩到一坨狗屎,然后又避开了一堆马粪。中央公园里的每一棵树上的叶子都在最后一缕阳光中闪闪发光。那些不热爱纽约的人能赶紧离开这里吗?看看这个地方!看看这些长椅,这些鹅卵石,这些并排等候乘客的出租车和马儿!无论发生什么,她都还能享受这些景色。爱丽丝长呼一口气,然后走下人行道,在等待车流中断后跑过马路。

[①] 汉萨姆马车(Hansom cab)由英国建筑师约瑟夫·汉萨姆于1834年发明,其特点是车夫座位高于马车的后部。

9

餐厅里很暗，爱丽丝走下两级台阶时，不得不用手扶着墙。三个身穿相同黑色连衣裙的高个子女人面无表情地站在吧台那里。爱丽丝以为她们可能看不见自己，毕竟这里太暗了。但其中一个女人问道："有什么可以帮您的吗？"爱丽丝清了清嗓子，说出了马特的名字。另一个女人默默地转过身，把手掌摊开，看起来就像是一个哑剧演员在递一杯不存在的鸡尾酒。然后那个女人转过弯走进餐厅，爱丽丝跟在她的后面。

地板是黑色的，像大理石一样光滑。爱丽丝小心翼翼地走着，生怕自己会滑倒。所有的椅子上都铺着像布罩一样的东西，这是古装片里通常会有的场景：一群仆人在华贵的主人回到家之前，将家具上面的布罩掀开。马特坐在远处靠墙的一张桌子旁，西装革履，显得很英俊。

"嘿。"爱丽丝说道。她吻了吻他的脸颊，然后坐到椅子上，感觉就像坐在一张没有叠好的床单上。

马特拿起杯子，喝了一大口。"嘿，这个地方是不是很疯狂？"他问道。

爱丽丝环顾四周。服务员们都穿着宽松的真丝长裤，从耐脏性和干洗成本的角度来看，这个主意似乎并不高明。这家餐厅是新开的。爱丽丝没有从事过餐饮服务，但她是土生土长的纽约人，见识过太多家最终关门大吉的餐馆。所以她对这一家并不抱太大希望。至少到现在为止，这家餐厅里那些优秀大厨可以随时准备回到电视上展示厨艺了。

一个穿着同样制服的服务员走了过来，把菜单放在桌子上——那是一张将近两英尺长的皮革底硬板。爱丽丝看到上面的菜品是根据其制作所需食材来描述的，而不是根据其最终的菜名，比如豌豆苗、南瓜和手工乳清干酪是一道菜，而鼠尾草、鸡蛋和褐化奶油是另一道菜，还有一道菜是平菇和香肠做的。"请给我来一大杯葡萄酒，好吗？我想要点白葡萄酒。有没有甜点？"爱丽丝在那个女服务员离开之前问道。

马特在桌子底下抖动着膝盖，使得桌面轻微晃动，就像发生了一场小地震。他看起来既魅力十足又有些紧张，额头直冒汗，爱丽丝敢肯定他心里正在酝酿什么。她可以通过按下快进键提前看到这一切——先开始是一顿美餐；后面马特变得越来越焦虑；他们用和艺术品一样精美的盘子吃着精致而美味的食物；在上甜点前的间歇，马特把一个小丝绒盒子放到她面前，正好放在一小滴酱油上面。

"我一直在想……你可不可以搬过来一起住？"

服务员端来了爱丽丝的葡萄酒。她喝了一大口，感觉到冰凉的液体滑过她的舌头。"为什么？"她问，"你不喜欢有自己的私人空间吗？不喜欢享受个人时光吗？"爱丽丝从未把马特介绍给她的父亲。萨姆觉得这很奇怪，但爱丽丝觉得萨姆热衷于生孩子也很奇怪。很明显，伦纳德和马特不会对彼此感到特别满意，所以没有必要让他们相互认识。单亲家庭也有好的一面，那就是不用着急结婚，她认识的很多人都只是为了过上成年人的生活而仓促成家。如果你放慢脚步想一想，你会觉得懊悔不已：有多少重大的人生决策只是在表面上看似适合你。

"我不清楚。"他说，"我只是在想，如果你搬过来，我们也许可以养只狗？我大学同学刚养了一只哈士奇犬。那是个捣蛋鬼，但它看起来像一头狼一样。"

"那么，你想让我搬过去住，就是为了养只狗？"爱丽丝想要故意刁难他。马特努力让自己镇定下来，但爱丽丝还是能看得出他坐立不安。爱丽丝不确定自己是想躲开迎面而来的车流，还是想让车流把自己轧扁。一旦他真的说出那句话，她会有什么反应？也许情况会和她想象的不一样，也许她会因为有人想要娶她而感觉良好，毕竟以后可能再也不会有人向她求婚了。

马特用餐巾的一角轻拍额头。他的脸色开始变得难看。

服务员走过来询问他们是否已确定想要点的菜品，然后开始了一段长达十分钟的菜单讲解。爱丽丝和马特边听边点头。当服务员介绍完菜单后，爱丽丝问了他洗手间的位置。然后她沿着一条黑漆漆的走廊，来到一扇没有标识的门前。这扇门通向一个大型公共洗手池，洗手池周围都是小隔间。这里给人的感觉像是一个地堡，而她就像是被困在地下深处。她正用水拍打着脸时，突然身边冒出来一个女人，她递给爱丽丝一条毛巾。

"这是个谋杀的好地方。"爱丽丝说道。那个女人吓得往后缩了缩。"对不起，我的意思是，这里很好，只是太黑了。我很抱歉，我刚才只是随口一说。我的男朋友要向我求婚了，所以我有点心神不宁。"

女人紧张地笑了笑，也许是在打量爱丽丝是杀人犯的可能性有多大。

"不管怎样,谢谢你。"爱丽丝说。她从钱包里掏出两美元,放进那女人的小费罐里。

回到楼上,他们点完菜,然后吃了起来。每道菜尝起来都像是花费很多精力烹调出来的。尽管餐盘见底,但爱丽丝还是没有吃饱。马特抬头看着靠在椅子上的爱丽丝。"太好吃了,每样都很美味。"她说道。

"那好。"马特说。看来他要进入正题了。他把椅子往后推了推,慢慢俯下身,直到双手能碰到地面。他蹲下了一条腿,然后又跪下了另一条腿。爱丽丝震惊地看着这一切。他竟然向前挪了几步,然后挺直了腰板。马特握住她的手,爱丽丝坦然接受。"爱丽丝·斯特恩,"他说,"在余生中,你愿意和我一起点外卖,一起看网飞①剧集吗?"他认为这样的求婚宣言听起来很棒吗?他继续说道:"你很聪明,也很有趣,真的很有趣。我想和你共度余生。你愿意嫁给我吗?"他刚才提到爱情了吗?爱丽丝看起来很有趣?如果她想做点外卖和看电视剧以外的事情怎么办?她确实觉得自己拒绝起来会很难。马特正拿着一枚戒指——一枚漂亮的戒指,但爱丽丝根本没有兴趣把它戴在手指上。

"马特。"爱丽丝弯下了腰。他们的脸几乎靠在一起。餐厅里又吵又暗,只有临近座位上的人能看到他们。这使得爱丽丝又想回到洗手间,再次向那个女人道歉,并对她说:"哦,感谢上帝给了我这个黑暗又杀机四伏的地方。""我不能嫁给你。很抱歉,我做不到。"她说道。马特眨了几下眼睛,然后用脚后跟往后退去,笨拙地回到椅子上。

---

① 网飞(Netflix)指的是美国奈飞公司,是一家会员订阅制的流媒体播放平台。

"该死，真的不行吗？"他说道，不过他的脸色看上去比先前轻松了些。爱丽丝觉得他可能和自己一样，都不想要结婚。他的母亲每天都会给他打电话，他的姐姐也是。爱丽丝可以想象一个成功的年轻男人所承受的压力。这就像是大多数小说里的情节，不是吗？一个男人必须成家立业，娶妻生子。这不仅是大多数小说里的情节，也是她所处社会阶层中大多数人的生活：上大学、找工作、结婚。马特虽然在这方面进展迟缓，但仍在正常轨道上。当然，男人在这方面比女人拥有更多的时间。

"真的不行。"爱丽丝说。她注意到餐桌上有一盘神秘的甜点——它看起来又绿又圆，比蛋糕更加松软多汁，也许是焦糖蛋奶或者其他布丁。爱丽丝用勺子挖了一口，尝起来像是奶油青草味的。她又吃了一口。"我想你会找到适合你的那个人的。我觉得你想结婚是一件好事，我确实是这么想的，只不过我们不合适。"

"我有一个高中女同学，她一直在社交平台上跟我联系。我们一起参加过毕业舞会。她现在刚刚离婚。"马特拿起他的勺子，在布丁边缘绕了绕，"这有点不可思议。"

"她听起来很完美。"爱丽丝直接从布丁中间最厚的地方舀了她的最后一勺。她一生都在想自己是否做错过什么事情，是否已经在某些方面缺失或落后。也许，她只是和她父亲完全一样，更适合一个人生活，她为这个想法感到高兴。她觉得自己所犯的错误就是认为在人生道路上的某个地方，一切都会水到渠成，她的生活会和其他人一样。在布丁的中心，藏着一团奶油。"哇，你看，"她说，"我赢了！"

10

像往常一样,爱丽丝的工作日被一个接着一个的预约占据,这是没有办法的事。她的名单上有太多的家庭需要审核,这项工作可能需要几个月的时间才能完成。她特意把拉斐尔·乔菲安排为当天面试的最后一个孩子,这样一来,就不会有人抱怨等得太久或觉得自己被冷落了。爱丽丝从多年的工作经验中发现,如果面试安排在工作日的中间时段,父亲缺席的比例会高得多,如果安排在刚上班或下班前,则父母双方都更有可能到场。

回复邮件的不是汤米,而是汉娜·乔菲,她肯定是他的妻子,也是孩子的母亲。大多数时候回复邮件的都是母亲们。她的回信里没有提到他们之间的私人联系——爱丽丝是她丈夫的老朋友,他们就是在这片街区一起长大的。现在有很多事情都是自动化的,也许汤米的妻子认为她是在和一台电脑上的某种虚拟助理交流。汉娜在邮件中用了"我们"这个词,所以爱丽丝等待着与他们一家三口见面。她的办公室通常都很整洁,每当一场面试结束,在孩子和家长离开办公室后,她会花上几分钟的时间去完成记录,并收拾好拼图、玩具、纸张和蜡笔。

埃米莉敲了敲她们之间的门，然后从走廊探出头来。爱丽丝告诉过她一些关于汤米的基本情况（那是她的高中朋友、暗恋对象，他们有过几次草率的亲热，早年时他给自己带来过毁灭性的打击）。她觉得自己可能不该告诉她，因为埃米莉看起来太激动了。

"他们来了。要不要我把他们带进来？还是你自己去？你说得没错，他确实看起来很帅气，尽管他老了，比我老很多。我的意思是，他和你年龄一样大，但是风采不减当年。你肯定想再和他拉近关系。要不要我把他们带进来？"埃米莉瞪大了她的眼睛。

爱丽丝长舒一口气，然后说道："我会去迎接他们。你找个角落安静地坐着，别乱说话。"埃米莉点了点头。

爱丽丝穿着一件她不经常穿的连衣裙。那是一件酒红色的复古裙，是为迪斯科女王设计的。在贝尔维德学校，没有一位女家长会打扮成这样。她们的穿戴大同小异：相同品牌的牛仔裤和鞋子、同款运动服，到了冬天她们还会穿上同样蓬松的羽绒服。爱丽丝对这些不感兴趣。她只是想让汤米看着她，让他心中懊悔："为什么，我错过了一个女神。"她想要得到这种效果，而且她还希望自己在见过汤米后会改变自己的想法。爱丽丝希望他穿着西装，摆出一副无精打采、脸颊苍白、发际线后退的模样。托马斯·乔菲从不上网，他几乎从不出现在网上，除了出现在她手中的文件里。爱丽丝抚平裙摆，走向等候室，脸上露出了笑容。

. . .

在一张矮桌的另一头，那个孩子正面对着她。他手里握着一辆玩具车，正绕着一个拼图的边缘行驶，嘴里发出哐当哐当的声音。他的父母则跪在桌子前，背对着爱丽丝，看起来像是在小神像前祈祷。男孩抬起头,透过长长的黑色刘海望向她,显然是怔住了。

"你好,拉斐尔,我是爱丽丝。我能看看你的车吗?"

男孩没有回应,但他的父母回应了。爱丽丝看到乔菲夫妇慢慢把头转向她。

汉娜应该会是个美人,她对此深信不疑。爱丽丝以前找过她的社交账号,并且浏览过很多动态,看到过她从各种角度摆拍的照片。但现实的她有点出乎爱丽丝的意料,当然是因为她看起来比预想的要糟糕。汉娜有一张有趣的脸:她有一个有点歪的大鼻子,看起来好像曾经被打断过一样;她的眼睛间距也很宽,可以想象她小时候经常因此被取笑;她的头发是深棕色的,像轻柔的波浪一样垂到腰间。汉娜的脸上没有微笑。

"你肯定是汉娜。"爱丽丝说着伸出一只手。她发现自己无法直视站起来迎接她的汤米。爱丽丝用眼角的余光看到他模糊的轮廓,这让她的心怦怦直跳。她握了握汉娜瘦骨嶙峋的手,仿佛摸遍了她全身的细小骨头。然后她又转身看向孩子。

拉斐尔迅速跑了过来,躲在他父亲的双腿后面。汤米把一只手放在男孩的头上,把另一只手放在他自己的腹部。爱丽丝伸出了手,但汤米举起手臂,把头歪向一边,邀请她来拥抱。爱丽丝闭上眼睛,靠近他的身体,她的脸碰到了他的肩膀。他们如此之近,爱丽丝本可以给他一个吻面礼,但她没有这样做。

"很高兴见到你!"汤米说。她终于能够直视他了。

他看起来既不苍白无力,也不松松垮垮。他卷曲的头发仍然是黑色的,尽管两鬓有了一些银丝。或许爱丽丝身体里的某个地方依然保留着对他的爱,或许仅仅是因为她还记得少年的他,爱丽丝感到有什么东西牵动着自己的心。然后汤米露出了微笑。

"那么,拉斐尔,你准备好和我一起玩了吗?或者我们先去和你的父母谈一谈,然后再一起玩?"爱丽丝戴着她最好看的项链,这是梅琳达送给她的礼物,看起来像是一条幸运手链,上面挂满了小巧玲珑的火柴盒汽车和玩具飞机。她弯下腰展示给男孩看,他用一只手抓住项链,把另一只手轻轻地放在爱丽丝的前臂上。她抬头看向汤米,眨了眨眼。如果这个男孩已经被其他学校录取了,那么命运的天平就会扭转。届时,她只不过是汤米的同学,由于某种原因一直留在了贝尔维德,永远走不出高中。但现在,爱丽丝能完全掌控一切,这种感觉真好。

11

埃米莉喜欢在那家餐厅里发生的故事。她佩服爱丽丝断然拒绝马特的果敢。埃米莉总是希望不伤和气,所以她的分手过程拖拖拉拉,经常因为想要分手而泪流满面,显露出痛苦不堪的神情,她和她的男朋友甚至还会在人行道上争吵。

"我觉得这是我听过的最酷的事情。"她们在外面吸烟时,埃米莉说,"真没想到,你那个同学实在是太帅了。你有什么关于他的故事吗?什么都行。"

这些信息零零碎碎,是从一个五岁小男孩的话语中拼凑出来的。他们刚从洛杉矶搬回纽约,汉娜是洛杉矶人。雷夫——他们这样称呼这个男孩——患有严重的过敏症。他们在纽约为他找医生,那是该领域最好的专家。他们并没有搬来和汤米的父母住在一起。不过,乔菲夫妇在那幢大楼里有一套小公寓,所以他们就住在那里。汉娜靠制作珠宝为生,她还拍摄短视频。汤米说自己是个慈善家,当他这么说的时候,汉娜用手轻轻地抚摸着他的大腿。

"这到底是什么意思?"埃米莉问道,她弹了弹手中的香烟。

"我也不知道。"爱丽丝说,"据我所知,汤米上过法学院。"

. . .

当她们回到办公室时,梅琳达正等着他们。

"我们要被留校了吗?"埃米莉一边问,一边把一颗薄荷糖放进嘴里。现在快到傍晚五点钟了,除了保安和中学排球队的队员,其他人都回家了。

梅琳达摇头说道:"坐吧。"埃米莉和爱丽丝坐了下来,期待地注视着她,就像乐手等待指挥家发号施令。

"我要退休了,本学期结束就走。"这句话,她已经说了好几年了——在放假前,或者在春天,当愤怒的家长们开始抱怨他们独一无二的宝贝没有被录取时,她就会拿这种空话来吓唬她们。

爱丽丝环顾四周,以确保办公室里没有其他人。"梅琳达!他们解雇你了吗?那些浑蛋!这是年龄歧视,还有可能是性别歧视。"

梅琳达发出啧啧声:"不,不,亲爱的。这是我自己的选择。我去年就打算退休了,前年、大前年,但时机总是不对。"她的生活万事顺遂。她的孩子们会来办公室问候她,拥抱她。在埃米莉或爱丽丝的生日那天,她会从街角的面包店给她们买超级好吃的甜点,还会写下贴心的卡片寄语,这些东西让她们感动得想哭。

"我不想让你走。"爱丽丝说。

"我已经七十岁了。这不会有问题的。"梅琳达说。

"好吧。首先,我真的好难过。然后,这是不是意味着爱丽丝现在要当领导了?"埃米莉说着,竖起了大拇指。

爱丽丝的脸红了起来。她激动地说:"哦,我没有想过这个问题。"

这是一个更好的工作机会，它将弥补与马特分手所带来的遗憾。如果她不再去医院的话，她可能很快就会有更多的精力投入事业中——这个想法让她感到一阵寒意。人们在难过的时候不都是这么做的吗？全身心地投入工作。比起学习针织或坚持冥想练习，专注工作的选项更适合爱丽丝。

梅琳达清了清嗓子，说道："如果真那样就好了，可惜不是。学校想把斯宾塞私立学校的招生主管挖过来。"她停顿了一下，考虑着该说什么，"我认为他们希望能在教育目标上寻求和之前不同的新方向。"埃米莉收回她的大拇指。梅琳达拍了拍爱丽丝的膝盖。

"哦，当然。"爱丽丝说。

"这简直太蠢了！"埃米莉说，"请原谅我情绪激动，梅琳达。"

"哎，姑娘们，别这样，"梅琳达说，"不要太激动了。我见过他们要聘用的那个女人。她非常聪明，而且很敏锐。"她知道她的话安慰不了别人。

如果有人问她，是否希望自己有朝一日能接替梅琳达的工作，爱丽丝会告诉他自己没有过这个念头。梅琳达是不可替代的，她能独当一面。爱丽丝有什么资格呢？贝尔维德送她去上过一些行政管理课程，但她没有硕士学位。她也没有想过去别的学校做招生工作。她对别的地方的人和那里的孩子又能有什么了解呢？所以从斯宾塞私立学校挖来专业人士的主意让她感到各种不对劲，好像这项工作——挑选孩子、组建班级、成立社群——只是一项商业活动。爱丽丝习惯于梅琳达的领导，习惯于按部就班，以至于她无法想象自己的工作由另一个人来掌舵。埃米莉倒是没有什么问题，毕竟她还年轻。而且她很快就会离开，去读研究生什么的。很多人都这么做了。

当爱丽丝刚从艺术学院毕业时,在贝尔维德学校工作显得非同一般。贝尔维德经常聘用校友去做一些基本工作,这是一种温和的裙带关系,似乎不会造成什么损害,因为人们从来不会在这里工作很久。但是爱丽丝留下了。她一直留在纽约,一直住在同一间公寓里,一直在贝尔维德工作。

她觉得稳定一直是她最好的品质之一,也就是她的可靠性。她上一次获得晋升是在四年前,埃米莉刚被录用的时候。在那之前,她是梅琳达唯一的助手。再往前,她在学校内被调来调去,临时填补各个缺口。时光荏苒,五年、十年……到现在,她在这所学校工作的时间比她在这里当学生的时间还要长,她喜欢的一些同事曾经是她的老师。在参加工作的头十年里,爱丽丝一直像人形创可贴一样,哪里有需要就贴到哪里,比如有人休产假,比如有人摔断了腿,她表现得可靠又随和。她在贝尔维德一直很幸福,幸福到极致。有时她觉得自己像一个被遗忘的玩偶,只是碍于浓厚的情感,不好随便丢弃,不过大多数时候,她确实很快乐。

"爱丽丝,你会喜欢她的。"梅琳达说,"我认为她是个好导师,比我强。我做事经常没有规划,边做边想。"梅琳达把头侧向一边,爱丽丝看到她的眼里闪着泪光。爱丽丝和埃米莉都哭了。梅琳达在她们俩中间传递着纸巾盒,她总是有所准备。

12

　　作为一个成年人,在星期六过生日有点像小时候在暑假开生日聚会。二十多岁的人当然会觉得这样很棒,毕竟星期一上班时不会因为宿醉而难受。但后来,在星期六过生日的吸引力慢慢减弱。在工作日过生日会有即兴的办公室聚会,如果气氛到位的话,午餐期间也许会打开一瓶尘封的香槟酒。然而在周末,成年人不太可能为了庆祝生日去主动联系同事,顶多发一条短信,或者在社交平台的动态下评论一句。爱丽丝很遗憾她的生日是在星期六,这种遗憾又让她觉得自己很可怜,于是她把咖啡桌推到墙边,在视频网站上找了一段十分钟的瑜伽视频。但是当教练开始用鼻孔加速呼吸,同时像一只呕吐中的猫一样控制腹部放松收紧时,爱丽丝还是选择放弃了。

　　门铃响了。外面送来一个快递包裹,寄件地址是她母亲的邮编地址。塞雷娜已经十年没来过布鲁克林了。在爱丽丝住在契弗街的这段时间里,塞雷娜只来过她的公寓一两次。塞雷娜并不经常送她礼物,但今年意义重大。爱丽丝打开盒子,发现里面有几颗大水晶和一个金属颂钵①,对此她并不感到惊讶。塞雷娜喜欢各种各样的疗法。爱丽丝明白这些礼物,还有她以前收到的所有礼物,都是她母亲无声的道歉,也是她唯一能得到的。

．．．

爱丽丝曾经想象过她四十岁生日的场景,那场景就像是人们通常期待的那样,但她没有想到现实会是这种情况。她参加过几次奢华的四十岁生日聚会,那是在布鲁克林高地的联排别墅里举办的酒席。她知道自己不会有这样的生日聚会,不会有雇来的服务员递上小乳蛋饼的场面。她也许会去皮特牛排馆或其他古老的纽约餐厅,那里的服务员不是想成为演员或模特的年轻人,而是穿着马甲的暴脾气老人,这种氛围给人的感觉就像是被困在了岁月的尘埃里。几个月前,萨姆过四十岁生日的时候,她的丈夫给她订了酒店,让她独自一人在那里度过了一个平静的夜晚。而塞雷娜四十岁时,她已经和爱丽丝的父亲离婚,并且开始了她的新生活。爱丽丝父亲的很多医生都比爱丽丝年轻。他们走进病房,自信地侃侃而谈,拥有高学历和专业知识,其中一些人可能比她整整年轻十岁。当他们在学校里解剖尸体和记住骨头名称时,爱丽丝在做什么呢?那时,她的父亲每个星期至少要读三本书,并回复他收到的每一封粉丝来信。而爱丽丝也曾试着每天坚持跑步。有那么几年时间,她参加了一个辅导项目。后来,她辅导的小姐妹上了大学,也就不再联系了。

．．．

与萨姆共进晚餐是一件困难的事,因为她有孩子,而且她住在新泽

---

① 颂钵原本是佛教寺院中所使用的一种乐器,现用作身心治愈。

西州，这两样阻碍都很棘手。她们原定在西村的一家餐厅见面，这对俩人来说都不太方便，都要赶一段路，但这样至少让人觉得公平。不过，在晚餐前一个小时，爱丽丝正准备步行前往地铁F号线时，萨姆打电话说勒罗伊发烧了，她还是会赴约，但是不能待太久。她又问她们可不可以在林肯隧道附近见面。这条隧道通向第39街，她想约在贾维茨会展中心下面，那里可能是曼哈顿最不吸引人的角落。"当然可以。"爱丽丝答道，因为她只想庆祝一下，地点在哪里并不重要。

· · ·

她们把地点定在了林肯隧道南边的一个购物中心的底层，这里风评很差，但是仍然受到欢迎。事已至此，何不豁出去呢？她们不仅要去菜单上有热狗的餐厅，还要吃二十美元一个的热狗。在路上，爱丽丝重新下载了几个约会社交软件，翻着页面看了一小会儿。约会社交软件的优点和缺点都很明显，你可以准确地告诉软件你想找什么样的人，因此你能浏览到的，或多或少也都是那样的人：男人？女人？三十岁以下？四十岁以上？照片上的男男女女看起来都有模有样。他们要么去健身，要么养猫。他们要么是烹饪高手，要么是音乐达人。爱丽丝关闭了软件，把手机装进口袋里。屏幕上的人没有一个能吸引她，即使是长相出众。

下车时，她看到萨姆的一条留言——她要迟到了。爱丽丝对此已经习以为常。她们上高中的时候，萨姆就经常迟到，每次都要迟到一个小时。当爱丽丝在百老汇大道和第82街街角的巴诺书店外的公用电话旁等候她时，或者只点一杯免费续杯的咖啡来占用一张餐桌时，萨姆还在她父母位于晨边高地的哥伦比亚大学教职工住宅区的房子里磨蹭。

当年点咖啡的那家餐厅所处的大型购物中心哈德逊城市广场到现在还在营业,爱丽丝在空荡荡的商店里进进出出,打发时间。她朝店员点了点头,而店员扭头看向她,准备上前接待。于是爱丽丝指了指手机,假装在听电话。埃米莉发来了一条祝福短信。梅琳达发来了一封电子邮件。爱丽丝一边做出胜利手势,一边用手机自拍了一张,发布动态的时候还附上"4-0"的比分①作为说明:这比分到底是四胜零负,还是零胜四负?爱丽丝并不清楚。一家挂满漂亮毛衣的商店正在大促销,爱丽丝在走廊里试穿了一件。那件毛衣打折后的价格是两百美元,虽然价格昂贵,但她还是决定买下,因为今天是她的生日。萨姆终于发来短信,说她已经找到了停车位,十分钟内就能和她见面。

. . .

当萨姆拿着一个巨大的购物袋匆匆赶来时,爱丽丝已经找好了位子。萨姆一直很漂亮,即使她不修边幅或是疲惫不堪时也一样。读高中时,她会把头发烫直,而现在她选择顺其自然,让蓬松的卷发像光环一样捧起她的脸。当爱丽丝抱怨她眼角的皱纹或她稀疏的头发时,萨姆会温柔地笑着说,抗衰老是上帝对黑人妇女的馈赠,她为爱丽丝的烦恼感到同情。

"嘿,嘿!"萨姆叫着,搂住了爱丽丝的脖子,"对不起,我知道这里很差劲。你绝对永远不想来这里过生日。我很抱歉。可我想你了!最近过得怎么样?快告诉我吧。"萨姆占据桌子对面的位子,开始一件一件地脱外套。

---

① "4-0"的比分代表爱丽丝的四十岁生日。

"嗯，没发生什么大事。我和马特分手了，在工作上没有得到晋升，我甚至不知道以后还有没有升职的机会。我的爸爸依然情况不妙。这一切都简直太好了！"爱丽丝用反讽的语气说道。

"好吧，但是，"萨姆说，"看看我给你买了什么生日礼物。"她把手伸进购物袋，拿出一个漂亮的盒子，盒子上缠着一条宽丝带。萨姆一向心灵手巧。这时萨姆放在桌子上的手机振动起来。"该死的，是老三勒罗伊。有时我真心觉得乔希还不如一个小保姆。他刚刚发短信给我，问我给婴儿吃的泰诺药在哪里。这听起来就好像是我会把它放在什么奇怪的地方似的，比如车库里，或者我的内衣抽屉里。"她拿起手机抱怨道。

爱丽丝把盒子挪到她的面前，问道："我可以打开吗？"

"可以打开，打开吧！"萨姆说，"还有，我想要喝一大杯酒，但只喝一杯，最多两杯，这样我回家后就可以排山倒海了。"她环顾左右，并向她看到的第一个服务员招了招手。

爱丽丝把丝带从盒子上解下来，打开了盖子。里面是一大团纸巾，纸巾里包着一顶王冠。钻石是仿真的，但重量很沉，不是婚礼上用的那种塑料玩意儿。"戴上试试。"萨姆说。于是爱丽丝把王冠戴上，并从盒子里掏出了另一大团皱巴巴的纸巾。盒子的底部有一张带相框的照片。她小心翼翼地把它取了出来。照片中，爱丽丝和萨姆都戴着王冠，穿着吊带裙，涂着深色的口红。萨姆的手里拿着啤酒瓶，而爱丽丝在吸烟。她们都在盯着镜头，眼神像刀子一样锐利。

"我们看起来好邋遢啊！"爱丽丝说。

"拜托，我们并不邋遢！"萨姆说，"那时我们十六岁，正值花季。这是你生日的那一天，还记得吗？"

那次生日聚会是在波曼德街举行的。让别人来家里做客很有风险，因为所有邻居都认识爱丽丝，但就像她当时所冒的所有风险一样，爱丽丝完全无法预见任何后果。她确保所有的窗帘都拉上了，而且只邀请了十五个人，但是来了将近两倍的人。不过，只要保持安静就没有什么问题。伦纳德在下城区的一家酒店过夜，参加他每年都参加的科幻与奇幻大会，第二天晚上才能回来。当时的情景历历在目——爱丽丝穿着"CK"内衣，屋内弥漫着啤酒味，满地都是空酒瓶，所有的瓶盖里都装满了烟灰。那天晚上，她和萨姆都吐了，但拍这张照片的时候还没有。大家都认为那次生日聚会非常成功。但聚会结束时，爱丽丝伤心欲绝，泣不成声。那是很久以前的事了。

"我喜欢这张照片。"爱丽丝说。她确实喜欢，同时也感到深深的悲伤。

服务员端来了萨姆要的一大杯酒，又把另一杯酒递给爱丽丝。她们点了太多的开胃菜——炸鹰嘴豆和烤花椰菜、面包与奶酪、火腿炸饼和一些小碗盛装的西班牙冷汤。"我请客。"萨姆说，"我想吃那些能让我的孩子们躲在桌子底下的美味。"她们吃了烤面包夹章鱼、橄榄和凤尾鱼。萨姆问起伦纳德，爱丽丝把情况告诉了她。她倒不是害怕他会死——她知道他正在死去——而是她不知道他什么时候会离开，也不知道到时候自己会是什么感觉。她害怕自己会感到如释重负，或是因为过度悲伤而不能工作，她害怕到时候自己再也找不到任何男朋友，她会因为太难过而不想见任何人。她现在已经四十岁了，真的四十岁了，和三十九岁时不再一样。

这时，萨姆的手机又响了起来，短信上说勒罗伊滚下沙发，撞破了头，可能需要缝合，乔希不太确定孩子的伤势。萨姆买了单，又吻了吻爱丽丝的双颊和额头。她在自己的手臂伸出外套袖子之前就走出大门离开了。桌子上仍然摆满了食物，爱丽丝敞开肚子大吃了一顿，然后要了餐盒把剩菜打包带走。

13

在住进医院之前,伦纳德每个星期都会给爱丽丝打几次电话。他们会聊网飞剧集,聊正在读的书,或者聊午餐吃什么。伦纳德的厨艺很糟糕,他只会用开水煮意大利面、加热热狗或速冻蔬菜。和许多纽约人一样,爱丽丝是通过打电话学会做饭的——奥利中餐馆的中餐、杰克逊·霍尔的汉堡、兰乔的墨西哥菜、卡米因的肉丸意面,还有熟食店的培根、鸡蛋和芝士三明治。有时,爱丽丝和父亲会在通话中提到爱丽丝的母亲:关于她是否相信有外星人(她相信),她自己是不是外星人(有可能)。伦纳德喜欢听孩子们在学校里的故事。这并不是说爱丽丝和她的父亲从来没有真心交流过——他们当然有,而且肯定他们之间的沟通比许多孩子和他们父母之间的要好——只是他们的对话总是点到为止,就像是滑过一块光滑的圆石。

伦纳德被疼痛折磨了好几个月后,才同意去医院。值班护士给他的静脉注射了一袋稀释过的药剂,帮他缓解痛苦。那东西药效强劲,赶在他变得晕晕乎乎并沉沉睡去前的几分钟内,爱丽丝和她的父亲进行了一番坦诚交谈。

"你还记得西蒙·拉什吗?"伦纳德问道。当时,他住在一间可以看到奔流不息的哈德逊河和雄伟的乔治·华盛顿大桥的病房里。爱丽丝看着河面上南来北往的船只和水上摩托艇。纽约城里的人从哪里搞来了这些水上摩托艇?

"他是你那个最有名的朋友吧?我当然记得。"爱丽丝想起西蒙站在她父亲位于波曼德街的房子门口的样子。她还记得当她和朋友们从河滨公园回来时,有时会遇到西蒙和她父亲在第96街和西区大道的拐角处吸烟。

"他总是有很多迷幻的东西,尤其是对我来说。通常我们会在它们面前恍恍惚惚,但有时候例外,比如我们在他那套位于第79街的公寓里,一起听爱之乐队的黑胶专辑《永恒的变幻》[1]的时候。他拥有的所有唱片都是黑胶的,他还拥有世界上可以买到的最好的音响设备。"伦纳德用手指了指,问道,"你手机里有这首歌吗?能现在播放吗?"

伦纳德从没买过智能手机,他觉得没什么必要。但他想让爱丽丝立刻召唤出他需要的任何音乐,就像变魔术一样。爱丽丝按了几个键,音乐就从小小扬声器里倾泻而出。吉他手在忘情弹奏。伦纳德举起一只瘦弱的手,轻轻地打了个响指。

"太神奇了,爱丽丝,你总是这么完美。我跟不上时代了,但你一直像斗牛犬那么可靠,当然你可不是什么外星人,你懂的。"

爱丽丝笑道:"谢谢!"

"你在笑什么?我刚才说错话了吗?在你小的时候,我还算能轻松

---

[1] 爱之乐队(Love)是美国二十世纪六七十年代的著名摇滚乐队,代表作为专辑《永恒的变幻》(*Forever Changes*)。

应付。我们一起玩闹,一起发挥我们的想象力,一起去编故事。但是,等你进入青春期后,我应该找一个头脑清醒,知道自己在干什么的人来陪着你,或者把你送到寄宿学校,或者让你搬到萨姆家去住。但你确实是一个好孩子,似乎并不在意我们之间的矛盾。"

"你还让我在我的房间里吸烟。"爱丽丝的卧室与父亲的卧室共用一面墙和一个防火梯。

"你那时没有吸烟,不是真的吸烟,对吧?你是说香烟吗?"

"爸爸,我每天吸一包烟,从十四岁开始。"爱丽丝翻了个白眼。他们一起在餐桌上吸过烟,而且共用一个烟灰缸。

他笑着说:"不会吧?真的吗?但你从来没有惹过麻烦。你、萨姆和汤米,你所有的朋友都很有趣。你们都是好孩子。"

"我上高中的时候,你把我当大人看。所以我以为我已经长大了,但没有成为那种循规蹈矩的成年人。我以为我是凯特·摩丝或莱昂纳多·迪卡普里奥那一类人,那种经常跌跌撞撞地走出夜店的电影明星。我想,那是我当时向往的生活。"

伦纳德点了点头:"下次我们多定些规矩,给我们俩。"他的眼睛有些睁不开了。

的确如此,爱丽丝一直表现得都很好,实在太好了,以至于没有人在乎她内心的想法。有些孩子出了问题:希瑟因为在脚趾间注射毒品,像电影《边缘日记》里的那样,被送进了戒毒中心;杰思敏每天只吃一百大卡热量的食物,于是她被强制送进医院住了四个月,只能靠管子进食。爱丽丝不像她们。她性格开朗,身心正常。她和父亲像喜剧搭档,而且她经常开怀大笑。如果她被家里严格管理,被要求按时回家睡觉,犯了错误被父母惩罚而不是纵容,她可能已经考上耶鲁大学了,她的考试成绩可能高到足以让她大声说出来,而不是被升学顾问嘲笑。也许她会在秋天的时候穿上白衣,留着飘飘长发,到法国去,去做点什么,什么都行;也许她会坐在蒙特克莱尔的家中,与医院的护士站通话,透过窗户看着她的丈夫和孩子们追赶夏末,在游泳池里戏水。

当十几岁的萨姆喝得酩酊大醉,来到波曼德街时,伦纳德让她睡在爱丽丝的床上。爱丽丝一直以为父母们会像缉毒警察那样,她一直以为父亲什么都知道,而且他确信自己不会惹麻烦,但也许他只是从来没有像其他父母那样关心过自己的孩子。现在他更难关心爱丽丝了,他只能通过一遍又一遍地问她同样的问题来表达自己的关切。伦纳德记得萨姆和汤米,但不记得爱丽丝的任何一个同事。爱丽丝明白,人生就是这样。她年轻的时候,以为父亲已经老了;而现在他真的老去时,她才意识到他曾经是多么年轻。人生每一个阶段的视角从来都是不公平的。当伦纳德熟睡时,爱丽丝离开了。

14

爱丽丝双手提着购物袋——一只手提着她刚买的漂亮毛衣，另一只手提着打包好的餐盒。在她作为纽约人的一生中，她从未夜晚独自一人在偏远的西30街逗留过。她一直往东走到第八大道，这时她发现自己处在一群拉着行李箱的路人中间，这些人正在赶往纽约宾夕法尼亚车站。爱丽丝并不觉得自己喝醉了，未必是真的醉了，但她眼前的世界显得有些荒诞。她在人行道上逆流而行，边走边笑。地铁站就在附近，但她不想坐——纽约的魅力在于漫步，在于不期而遇和萍水相逢的陌生人，而且这一天是她的生日，所以她打算继续走下去。爱丽丝拐向第八大道，路过那些售卖冰箱贴、钥匙链、"我爱纽约"印花衬衫和自由女神像形状助威手套的寒酸旅游商店。爱丽丝走了将近十个街区，才意识到自己的目的地是哪里。

在青少年时期，她和萨姆以及其他朋友在酒吧里消磨了太多时光：他们在第79街的都柏林之家酒吧通宵达旦；他们去阿姆斯特丹大道和第96街交叉口的潜水酒吧找乐子，那里的霓虹灯招牌形似气泡，不过那里离波曼德街太近，所以不太保险；他们还去过一些阿姆斯特丹大道上较远处的小酒吧，那里的啤酒卖二十美元一桶，老旧的台球桌上满是划痕。有时，他们甚至去下城区纽约大学附近麦克杜格尔大街上的一些酒吧。在那里，他们能冲到街对面去吃沙拉三明治，然后再回到酒吧，就像酒吧是他们的办公室，他们只是跑出去吃午餐一样。不过，他们最喜欢的还是俄罗斯套娃酒吧，那是一家位于第50街地铁1号线与9号线换乘站的俄罗斯主题酒吧。现在那里只能乘坐地铁1号线，但那时候还能乘坐9号线。一切事物总是在不知不觉间变化。爱丽丝觉得没有人会认为自己已经老了，因为衰老的过程太过漫长，人们只是一点一点地年老力衰。整个世界循序渐进地变化着，当汽车的外观从方方正正转向流线型，当绿色出租车加入黄色出租车的行列[①]、地铁卡取代了地铁代币，大家早已习惯了这一切。每个人都是温水里的青蛙。

地铁站附近通常都有很小的便利店，里面有瓶装水、糖果和杂志。在市中心的一些地方有修鞋店，那里卖雨伞和通勤的商务人士可能需要的各种物品，同时还存在一些理发店。可没有任何地方能和俄罗斯套娃酒吧相提并论。所有酒吧都是昏暗的，这当然是它们的关键特征之一，但俄罗斯套娃酒吧是直接建在地下的，就在地铁入口的左侧，在地铁站通往街道的那段楼梯的下面。它的入口是一个黑色的门洞，在与视线平齐高度的墙上，画着一个红色的店名首字母"M"，除此之外，没有其他可以识别的标志。爱丽丝已经十五年没有来这里了。她知道它还在这里，它仍然有名气，是一个地下的标志性建筑，是《纽约》杂志喜欢派记者和电影明星去捕捉真实氛围的地方。爱丽丝掏出手机，想给萨姆发消息，

[①] 纽约的普通出租车外观为黄色。为了改善交通，2013年纽约市推出了限定运营区域的绿色出租车。

但她又开始思考发送这样的内容会不会不妥:"今天是我的生日,我要去地铁站旁边的一家酒吧度过今宵。独自一人!"这是一条开玩笑式的消息,也是一声呼救。但是,爱丽丝不需要别人的帮助,她只想在她曾经热爱的地方喝完最后一杯,然后回家,等到从四十岁的新一天醒来时,一切又可以重新开始。

一群人正走上离开地铁站的楼梯。有那么一瞬间,爱丽丝担心俄罗斯套娃酒吧太受欢迎了,可能要排队才能进去,而她显然不想等待,好在他们只是刚下地铁的人。酒吧的大门敞开着,里面那熟悉的、弥漫着发酵味道的黑暗正是爱丽丝记忆中的样子。就连那张支撑着大门、表面开裂的黑色皮椅子也是她十几岁时的样式。她曾经花好几个小时坐在这样的凳子上,把瘦弱的胳膊肘搭在黏滑的吧台上。

这家酒吧长期以来只有两个区域:酒吧本身,包括顾客进入酒吧的狭窄甬道;一个小型休息区,那里的黑色长皮沙发感觉像是捡来的东西,也许它们曾经也受人喜爱,后来被遗弃在路边,再后来被拖下地铁的楼梯,来到这最后的安身之处。休息区的另一头有几台老式弹球机,还有一台自动点唱机,那是爱丽丝和萨姆一直喜爱的消遣。爱丽丝看到它很惊讶。在她上高中的时候,酒吧和小餐馆里到处都有自动点唱机,但都是那种桌子大小的小型机器。她已经很多年没见过这么大的自动点唱机了,它有她的肩膀那么高,比纽约市那些狭小公寓里的衣橱还大。酒保朝她点了点头,爱丽丝被吓了一跳,他好像很久以前就在这里工作。当然,这很正常,他可能是这里的老板。但他看上去和记忆中的一模一样,也许他多了几根白发,但爱丽丝觉得他看起来一点也不比自己老。黑暗让每个人都显得更加美丽动人。

爱丽丝也向他点了点头，绕过吧台，走进了下一个更大的房间。她和她的朋友们都喜欢待在这个房间里，因为这里有更多的沙发和空间可以舒展身体、舞蹈和尽情欢乐。一间小照相亭占据了后面的角落，有时人们在那里摆姿势拍照，但大多数时候里面的人都在卿卿我我，因为照相机通常是坏的，但仍然保留着窗帘和长凳，以及一种被人抓拍到的刺激感。一群人围坐在一起喝酒取乐，他们的膝盖对着其他人弯曲的大腿，漂亮的嘴巴张个不停。爱丽丝不知道自己是在寻找认识的人，还是假装在寻找认识的人，或是漫不经心地在寻找洗手间。她走回吧台，坐了下来，把巨大的购物袋放在旁边的地板上。

"今天是我的生日！"她对酒保说。

"生日快乐！"酒保说，在吧台上放了两个小酒杯，里面装满了龙舌兰酒，"几岁生日？"

爱丽丝笑着说："四十，我四十岁了。哇哦，听起来奇怪吗？"她接过他递给她的酒杯，然后和他的酒杯碰了一下。酒保轻松地一饮而尽，但爱丽丝被酒精辣到了。她从来都不擅长喝酒——论酒量，她喝不过电影里那些醉醺醺的家庭主妇；论酒的偏好，她也不如她的大学同学们懂酒，一些同学的家里有着美酒佳酿充足的复古酒吧车，而且他们自誉为业余调酒师。"哇，谢谢你！"她说。

从自动点唱机旁边的角落里传来了一阵响亮的笑声。三位年轻姑娘——比爱丽丝年轻，甚至比埃米莉还年轻——正在用手机自拍。

"我上高中时经常来这里。"爱丽丝对酒保说，"那时候，我在第8大街上买了一张假身份证，上面写着我二十三岁，因为我觉得写二十一岁的话明显太假了①。但是真正到二十一岁的时候,我又办了一张假身份证,那上面我快三十岁了。我现在分不清二十一岁的人和二十九岁的人有什么不同,也许这并不重要。"

酒保又倒满一杯酒,说道:"这杯我请你。我还记得我四十岁生日的时候。"

爱丽丝想问他那是什么时候的事,是去年,是十年前,还是昨天,但她没有问。"好的,但这是最后一杯了。"她说。这次的酒口感不错,不像是火,而更像一个烟熏味的吻。

---

① 美国法定最低饮酒年龄是二十一岁。

15

波曼德街离这家酒吧比她的公寓近多了,而且她有一把父亲房子的钥匙。凌晨三点,爱丽丝搭乘的汽车停在了第94街和百老汇大道的拐角处。她把打包好的餐盒落在了酒吧里,也许是她请别人吃了吧。总之,她身边只有一个购物袋,里面装的不是新毛衣,而是旧毛衣,因为她把一整杯啤酒洒在身上,然后去洗手间换了那件新毛衣。酒吧另一头的女孩们一直在嬉闹、吸烟。托上帝的福,至少在清晨时分,几乎所有人都成了烟民。去上城区的这段路程只要十分钟——她可以坐地铁,但这一天是爱丽丝的生日,所以她用手机叫了一辆附近最豪华的网约车。她上车后,司机看了一眼瘫倒在他那辆崭新凯迪拉克后座上的她。爱丽丝知道他在担心自己会吐在他车上,但她不会。

等汽车一开走,她就忍不住吐在了排水沟里。人行道上空无一人。爱丽丝打了个寒噤,从包里翻找钥匙。她随身携带着父亲家的钥匙,以备不时之需,但她已经好几个星期没来这里了。她经常会顺道来取邮件或喂厄休拉,不过她花钱请了一个住在波曼德街的女孩来照料小猫,所以即使爱丽丝不来也问题不大。她用手指摸索着手提包内的底部,钥匙一定在那里。

　　波曼德街的主入口在第94街一侧，那是一扇有门禁的铁门，旁边有一串名单和报警器。游客们有时会站在门口等待放行。白天来一点游客没有什么关系。波曼德街肯定是在一些德国旅游网站或旅游指南上出现过，因为来这里的游客大多是德国人，偶尔也有英国人，但是没有人会在凌晨三点按门铃。管理员不住在这里，也没有门卫，只有一个兼职搬运工，你可以请他帮忙把东西从仓库里搬进搬出。仓库就是个小储藏室，但是那里等候帮忙的名单差不多有一英里长。如果爱丽丝找不到钥匙，她可以打电话给吉姆·罗曼——他已经起床的话，就会给她开门。他住在离大门最近的12号楼，不用走多远，而且他也有父亲房子的钥匙。但一想到要叫醒吉姆·罗曼，她就觉得不舒服，吉姆是个八十多岁的时髦独身男性，她从小就认识他。她做不到让他看到自己一副醉醺醺的，还有一点黏糊糊的样子。所以爱丽丝靠在门上，继续埋头搜寻她的手提包。当她把自己的重量全压到门上时，那扇沉重的黑色锻铁"怪物"——曾经狠狠夹过她的脚踝，以至于她需要做X光检查——突然打开了。"噢，天哪，谢谢！"爱丽丝说。她忽然在想一个问题，还有谁那里有她的布鲁克林公寓的钥匙？她在学校有一串备用钥匙，但有什么用呢？她的女房东有一把，马特有一把，不过他从来没有用它进入过她的公寓——她得把它拿回来。

　　爱丽丝爬上台阶后稳住了自己。波曼德街是她生活过的最美丽的地方。这里的房子像玩具屋一样精巧别致，就像贺曼公司圣诞电影里的场景，只不过永远摆脱不了纽约城的喧闹。因为现在是秋天，人们已经把南瓜放在门前的台阶上。这些漂亮的南瓜来自北部的某个农场，因为手工费太贵而未被雕刻，它们会在晚些时候，也就是在万圣节之前正式登场。在波曼德街上，会有很多孩子参加盛大的万圣节活动。穿着万圣节装扮的小家伙们晃晃悠悠地从一扇门走到另一扇门，所有成年人都会戴着面具和滑稽的帽子，喝着葡萄酒或苹果酒。她的父亲有很多搞笑的帽子，还有一些假胡子。他们一直玩得很开心，无论是在她"不给糖果就捣蛋"的幼童时期，还是在她帮助父亲发糖果的青少年时期。

爱丽丝仍然没找到钥匙。她知道她父亲的房子有一扇窗户有点松动，从外面可能不难打开。也许她也可以等上几个小时，直到天亮，然后让吉姆·罗曼或管理员开门。这应该是个更好的主意。爱丽丝刚要在门前台阶上坐下来，那间警卫室吸引了她的目光，这是她父亲珍爱的地方。在爱丽丝看来，这可能就像是住在郊区的男人们对车库的感觉一样，他们把车库当作自己的领地，收拾得比房子还整洁。警卫室平等地属于波曼德街的所有人，无论是谁都可以用里面的园艺用土、铲子或公用工具，但最爱护它的人还是伦纳德。

走近一看，警卫室里几乎是空的，除了角落里立着的一把扫帚和墙边堆放的几袋密封的园艺泥土。爱丽丝关上身后的门，然后坐在地板上。几分钟后，她背靠着泥土袋子，把装着脏毛衣的购物袋揉成一团当作枕头，放在了脑后。她想象着自己是理查德·斯凯瑞[1]书里的小兔子，整个冬天都在树上舒舒服服地打盹。很快，她进入了梦乡。

---

[1] 理查德·斯凯瑞（Richard Scarry）是美国最负盛名的童书作家，被誉为"世界童书界当之无愧的无冕之王"。

16

房间很暗,爱丽丝感觉身下有嘎吱作响的动静。她睁开眼睛眨了眨,好几秒钟才意识到自己身处何处。不知怎么的,她竟然在夜里爬进了她父亲的房子,回到了她小时候的床上。伦纳德不是那种把孩子的卧室变成健身器材杂物间的家长,但他也不爱惜爱丽丝的个人物品。大多数东西都还在那儿,但有一次年度大扫除的时候,他没有事先经过她的同意,就把她所有的《时尚先锋》杂志扔进了回收站。现在回想起来,她对那次的越权行为仍然耿耿于怀。她把手臂伸过头顶,直到手指能碰到身后的墙壁。

爱丽丝并不觉得难受,但她口干舌燥,头隐隐作痛。她闭着眼睛,把手伸向地板,摸索着她的包和手机。奇怪的是,她的手指碰到了厚厚的、毛茸茸的地毯,那感觉像是这块地毯从来没有被清理过灰尘一样。她还摸到了上面挤满了东西的床头柜。

"见鬼!"爱丽丝坐了起来。她的手提包肯定在附近。没有手机的话,她就不知道现在几点了。虽然房间里的光线仍然很暗,但现在肯定已经是早晨。波曼德街房子背面的采光不好，尤其是在新一天刚开始的时候。她卧室窗户的对面是一排排其他大型建筑的后窗，放眼望去像是看到了整个城市的背面——放眼尽是防火梯和平时几乎看不到的窗户。爱丽丝开始在脑海中罗列出如果她找不到钱包的话，她必须注销的所有信用卡以及必须重新更换的其他东西。如果没有手机，怎样才能在苹果商店预约更换新的手机呢？还好她的笔记本电脑还在家里，爱丽丝长舒一口气。

她从床上下到地上，站了起来。她要给厄休拉喂食，然后想办法在没有地铁卡的情况下上车。她肯定能从家里的某个角落找到几美元，足够让她回家了，她的女房东有一把她公寓的钥匙。房间里一片狼藉，地板上绝对堆满了衣物，感觉好像是伦纳德在住院之前翻找并处理了什么东西。这很奇怪，不过伦纳德本来就是个奇怪的人。爱丽丝用她赤裸的脚趾把衣服踢开，清理出一条通往门口的路。

爱丽丝拖着脚步走进卫生间，门也懒得关上。她坐在马桶上小便，闭上了眼睛。客厅里传来碰撞声，然后是厄休拉从地板上走过来的声音。它那张黑色的小脸出现在门口，下一秒身体就靠在爱丽丝的小腿边。

"小猫咪！"爱丽丝说。直到那时，她才低头看向自己。她穿着平角短裤和一件肥大的疯狂艾迪①黄色衬衫，衬衫的下摆落在她的膝盖上。她的大腿即使贴在马桶座上，也显得很细。她不知道自己怎么一夜之间瘦了下来，也想不起来自己什么时候换过衣服。她已经几十年没见过这件衬衫了，这是她小时候的东西。她站起身来，拉起身上的衬衫，仔细

---

① 疯狂艾迪（Crazy Eddie）曾经是美国知名零售连锁品牌，以低廉的价格和成功的广告营销而闻名，后因财务舞弊等问题淡出大众视野。

瞧了瞧，这个风靡一时的标志代表着纽约城一段真实的岁月。那段疯狂艾迪的电视广告开始在她的脑海里自动播放，那时候的爱丽丝难以抗拒，一定要把它买回家。厄休拉在爱丽丝的脚边蹭了一会儿，然后跑开了，毫无疑问，它正在它的食盆旁边等待。爱丽丝听到另一个房间里有声音——很可能是那个十几岁的猫咪代养人。爱丽丝赶紧把门关上，她可不想吓到孩子。

伦纳德的卫生间就像一个时间胶囊。可能是因为他仍然去他常去的那家老式药店①，或者是因为时兴的潮牌还没有来到上西区，这里的一切——伦纳德的牙膏、剃须膏和毛巾——和以前一模一样，只是这些原本米色的毛巾显得有点脏。爱丽丝往手指上挤了一英寸长高露洁牙膏，开始用手指刷牙。漱完口后，她往脸上泼了些水，然后用毛巾擦干。

"我马上出来。我是爱丽丝！"她喊道。这里的孩子们可能不太会被这种场面吓到，但她想起自己在波曼德街上度过的童年。那时，有很多关于"不怀好意的陌生人"的传闻，她时刻准备勇敢反抗，就像每个住在城市里的好女孩一样。爱丽丝听到了屋里的轻声回应，于是她整理了一下衬衫，走出卫生间。她是一个在工作中和孩子们打交道的成年人，可以和任何孩子聊得来，即使她现在穿着她十几岁时的那件睡衣。

厄休拉在它最爱的地方打盹——暖气管上方的窗台，在阳光下晒着它的黑色皮毛。它是这个世界上最长寿的猫之一，没有人确切地知道它到底几岁了。爱丽丝猜测，这只猫至少二十五岁了，或者可以一直活下去。它看上去和以前一样活泼。

---

① 美国的老式药店除了卖药品以外，还卖护肤品、化妆品、日用品、食品和水等各种杂物。

"早上好。"爱丽丝说,她从过道拐进了厨房,"我没有吓到你吧?"

"你没那么可怕。"她的父亲说道。伦纳德·斯特恩正坐在餐桌旁的座位上。他旁边有一杯咖啡,以及一罐打开的可口可乐。除了饮料,桌上还有一盘吐司和几个煮鸡蛋。爱丽丝认为她还看到了奥利奥饼干。桌子后面墙上的时钟显示,现在是早上七点。伦纳德气色不错,看起来很健康。事实上,比爱丽丝记忆中的他还要健康。他的状态像是只要他愿意,他就可以沿着街区跑上一圈,就像那些玩传球游戏和教孩子滑冰的父亲,不过他绝对不会这么做。伦纳德看起来像是个电影明星,仿佛成了明星版的自己——英俊、年轻以及敏捷。甚至他的头发看起来也很有弹性,波浪饱满,深棕色,就像她童年时的那样。他的头发是什么时候开始变白的?爱丽丝不知道。伦纳德抬起头来,和她目光交汇。他转头看向时钟,又看回爱丽丝,摇着头说:"你今天倒是起得挺早。全新的开始!我觉得挺好。"发生了什么?爱丽丝闭上了眼睛。也许她产生了幻觉!有可能!也许她喝得酩酊大醉,以至于好几个小时后,她仍然比她一生中的任何时候都醉得更厉害,而且她看到了一些奇怪的东西。或许她的父亲已经死了,这是他的魂魄。爱丽丝哭了起来,把脸靠在冰凉的墙上。

她的父亲把椅子推开,慢慢向她走来。爱丽丝目不转睛地盯着他。她担心如果自己移开视线,他就会消失。

"怎么了,小寿星?"伦纳德笑着问道。他的牙齿洁白又整齐。她能从他的呼吸中闻到咖啡的味道。

"今天是我的生日。"爱丽丝说。

"我知道今天是你的生日。"伦纳德说,"你让我看了好几遍《十六支蜡烛》①，所以我肯定不会忘记。不过，我可没有给你买一个开跑车的男孩。"

"什么？"她的钱包在哪里？她的手机在哪里？爱丽丝又拍了拍自己的身体，寻找着任何属于她的东西。只有找到它们，才能解释这一切。她把身上那件宽大的衬衫收紧，感受到自己平坦的腹部、髋骨和身体。

"今天是你十六岁生日，爱儿②小朋友。"伦纳德轻轻踢了踢她的腿。他一直都这么灵活自如吗？爱丽丝记得父亲已经行动不便好多年了。这样的场面就像是她看到朋友家的孩子在短短几年内，长到她的肩膀那么高，变成了小大人，还学会了玩滑板，而眼前的情况恰恰相反。她小时候每天都能见到她父亲，后来每个星期见他一次，从无间断，她从未有机会以如此新奇的眼光看到他。她见证了他每一根白发的到来，所以她当然注意不到天平何时发生了倾斜，白发何时变得比黑发多。"早餐想吃奥利奥吗？"伦纳德问道。

---

① 《十六支蜡烛》(Sixteen Candles) 是一部美国喜剧片，讲述了一个十五岁的女孩萨曼莎的生活，因为姐姐的结婚，兴奋的家人忘记了她的生日，她暗恋着学校里一个开着跑车、大受欢迎的男孩。

② 爱儿 (Al) 是爱丽丝 (Alice) 的昵称。

17

　　爱丽丝站在她的卧室门口。她的心脏在做一些心脏不该做的事情，比如说，随着格洛丽亚·埃斯特凡歌曲的节拍跳动。她想和父亲坐在一起，但她需要先确认很多问题：自己是否还活着？她的父亲是否还活着？她是否在做梦？她现在到底是十六岁还是四十岁？她是否真的站在父亲房子中她自己的卧室里？爱丽丝不确定哪一项是她最不希望看到的。如果她死了，那至少没有疼痛。如果她在做梦，她肯定会醒过来。如果她的父亲已经离世了，那么这是她的身体对悲痛的正常反应。除了这是她一生中做过的最清醒的梦之外，最有可能的情况是她精神失常了，这一切都是她大脑里的幻觉。即使她真的已经回到了过去，四十岁的意识却留在了十几岁的身体里，而外面是1996年，她还是一名高三学生。这样的话，问题就非同小可了。她的卧室里不太可能会有这些问题的答案，不过，少女的卧室里充满了秘密，所以一切皆有可能。毕竟，爱丽丝是和两个想象中的时空旅行的兄弟一起长大的，除了他们，她没有任何兄弟姐妹。

　　她打开了灯。地上的那些衣服跟她父亲无关，是她自己堆积起来的。这个房间和她记忆中的一模一样,甚至更糟。屋内弥漫着香烟和花萼香水的味道,那是她从高中到大学一直在使用的一种味道甜美的香水。她关上门,轻手轻脚地跨过那堆衣服,回到自己的床上,就是她刚醒来时躺着的那张床。

她那条花花绿绿的罗兰爱思床单皱成一团,仿佛一场龙卷风光顾过她的床铺。爱丽丝坐在床上,把她最松软的、套着爱心小熊枕套的枕头拉到她的腿上。房间很小,床占据了将近一半的空间。墙上贴满了从杂志上剪下来的图片,这是爱丽丝从十岁左右开始到上大学为止一直在进行的拼贴作品,现在看起来像疯子的杰作。这张是《时尚先锋》杂志的封面,科特妮·洛芙在亲吻科特·柯本的脸颊;这张是詹姆斯·迪恩坐在拖拉机上;那些分别是赤身裸体的莫里西、基努·里维斯和德鲁·巴里摩尔,德鲁·巴里摩尔正用手捂住胸口,她的头发上戴着雏菊。墙上到处都是红色的唇印,爱丽丝把她的口红——"纽约盛宴""葡萄朗姆酒"和"樱桃落雪"①涂在墙上而不是在纸巾上。

一张《四个毕业生》的巨幅电影海报是她从录像店的废纸篓里花十美元淘来的,在她这里成了核心装饰。那上面还贴着别的东西,只有扮演主角之一的薇诺娜一人幸免。这些电影明星的背景上写着一些文案——"电影、信任、工作",爱丽丝在旁边加上了她自己的文案——"高中、艺术、接吻"。有人在海报上的本·斯蒂勒的脸上涂鸦,是爱丽丝的朋友安德鲁干的,她的大脑在一秒之内就想到了这一点。她上高中时,几乎每个男生都有自己涂鸦用的专属符号。他们装模作样地涂涂画

---

① "纽约盛宴"(Toast of New York)、"葡萄朗姆酒"(Rum Raisin)和"樱桃落雪"(Cherries in the Snow)均为国际美妆品牌露华浓(Revlon)口红色系名称。

画，即使他们中的大多数人只能画在自己的笔记本上，而不是在地铁通道的墙上。

爱丽丝转身走向床头柜，拉开了摇摇晃晃的小抽屉，那里面有她的日记本、一个打火机、一包新港薄荷味香烟、一罐欧托滋薄荷糖、几支笔、几根头绳、一些零钱和一沓照片。她仿佛是在一间博物馆里醒来，而她是唯一的展品。她房间里的一切都和她十六岁时完全一样。

爱丽丝翻开盖子，取出那一沓照片。据她所知，这些照片并不是为了记录某个特殊的瞬间而拍下的：萨姆坐在她的床上；萨姆在用学校的公用电话打电话；爱丽丝在镜子里拍下自己，闪光灯熄灭的地方有一个黑洞；汤米在贝尔维德的学生休息室里，捂着他自己的脸。尽管看不到脸，但爱丽丝觉得那个人就是汤米。贝尔维德的很多男生都穿相似的衣服：肥大的牛仔裤，如果上衣小三个码，就会显得很有美式学院风。爱丽丝听到父亲在厨房里打开收音机，开始洗碗。

"爸爸，我要去洗澡了！"爱丽丝喊道。她转身就跑了，这样看起来一定很像十几岁时的她。伦纳德只是耸了耸肩，坐回去继续吃早餐。自己的声音听起来如何？和以前一样吗？爱丽丝在她房间衣橱柜门后面挂着的廉价全身镜里看到了自己的身影。

在青春期的每分每秒，爱丽丝都认为自己很平庸，无论是长相、智力和身材，没有一样是出众的。那时她的绘画水平比大多数人都好，但根本不会做数学题。在体育课上跑步时，爱丽丝经常因为岔气而中途停下，痛苦地揉着肋部走上一会儿。但现在，镜子里看到的景象使她哭了出来。爱丽丝确实抱怨过自己变老了。过生日的时候，她对埃米莉说过自嘲的话：她从自己的后背和膝盖上感受到了衰老，从眼角的皱纹中看到了岁月的痕迹,但总的来说,她认为自己和十几岁时没有区别。看来她错了。

爱丽丝站在镜子前,竖起一根手指,做了个"E.T.手势"① 跟自己打了招呼。她的头发从中间分开,长及肩膀。她的下巴上长了一颗小痘痘,眼看就要破皮了。不考虑痘痘的话,爱丽丝的脸像是一幅文艺复兴时期的油画。她的皮肤如奶油般细腻光滑,她的眼睛又大又亮,她的苹果肌是可爱的粉红色。

"我看起来简直就像是个教堂里的小天使宝宝。"爱丽丝自言自语道。她低头看了看自己平坦的腹部。"我到底是怎么了?"爱丽丝的呼吸变得急促。她的粉红色收音机就在床脚边,天线伸出床外。爱丽丝把收音机抱到胸前。它的调频指针刚过100兆赫,正好在100.3兆赫的位置上。这家广播电台很好,她小时候几乎每天都要收听。她为了她迷恋的男孩们——她已经几十年没有想到过他们了——也为汤米·乔菲、萨姆和其他很多人制作了许多混音带,每首歌里都藏着她的一个秘密,其中至少有一半是玛丽亚·凯莉的歌,其实她的歌曲不需要什么深奥的解读。有一段时间,这台收音机被放在卫生间里,伦纳德有时会在泡澡时听音乐,但爱丽丝已经十多年没看到它了。她紧紧抓着它,好像只要有了它,就能听到她曾经喜欢过的每一首歌。

时空兄弟开一辆汽车在时空隧道中来回穿梭;马蒂·麦克弗莱有通量电容器;比尔和泰德有电话亭,他们还有乔治·卡林;《古战场传奇》中的性感女郎必须走进远古的岩石中;詹娜·林克在她父母家的地下室

---

① "E.T.手势"是美国科幻电影《E.T.外星人》中外星人E.T.使用的手势。

橱柜里找到了一些许愿粉；在《血缘》和《时间旅行者的妻子》中也毫无来由地发生了类似的事情。爱丽丝把她所记得的每一个剧情都回忆了一遍。《触不到的恋人》讲了什么？一个神奇的邮箱吗？①爱丽丝只记得自己喝醉了，神志不清。她深吸一口气，看着自己鼓起来的脸蛋又凹陷下去。

爱丽丝在她的脚边看到另一样熟悉的东西——她的透明塑料电话，它有着八英尺长的螺旋状电话线，足以让她在房间内边打电话边走动。这是她的十五岁生日礼物，从此她有了自己的电话线路。爱丽丝一屁股坐在地板上，把电话拉到膝盖上。她的手指按出了一串数字——萨姆的电话号码。拨号的声音像小猫的呼噜声一样熟悉又舒适。萨姆的电话是粉色的，位于她父母公寓中她自己的粉色卧室里。现在时间还早，成年的萨姆这会儿已经起床，给她的孩子们喂早餐，并播放动画片哄他们了；但少女的萨姆还趴在枕头上睡大觉，对整个世界不闻不问。不过，爱丽丝还是拨了电话。

萨姆在几声铃响后接起电话，咕哝道："什么事？"

"我是爱丽丝。"

"嘿，爱丽丝，你为什么天还没亮就给我打电话？没事吧？哦，

---

① 以上角色或情节均出自穿越时空题材的影视作品。马蒂·麦克弗莱（Marty McFly）是《回到未来》系列科幻电影的主角。比尔和泰德（Bill and Ted）是《比尔和泰德历险记》系列科幻喜剧电影的主角，美国著名脱口秀演员乔治·卡林参演。詹娜·林克（Jenna Rink）是美国电影《女孩梦三十》里的主角。在美国爱情电影《触不到的恋人》（*The Lake House*）中，讲述了生活在不同年代、同一住宅中的女医生凯特·福斯特和建筑师亚力克·维勒之间借助神奇的邮箱书信传情的浪漫故事。

怪我,今天是你的生日!"萨姆清了清嗓子,"祝你——生日——快乐……"

"好了,好了,谢谢你。你不用唱歌。"爱丽丝一边说话,一边看着自己的影子,"我只是想确认一些事情。你能来我这儿吗?你什么时候起床?或者我可以去你家吗?等你起床收拾好后给我打电话,好吗?"她看到自己的下巴像刀子一样尖锐。为什么爱丽丝从来没有写过关于她下巴的诗,也没有给她下巴拍个特写或画个像?

"好吧,过生日的傻妞,不管你说什么,我都爱你。"萨姆挂了电话,爱丽丝也挂了。她的衣橱和卫生间共用一堵墙。她听到她父亲走了进去,打开了灯。换气扇在呼呼作响,水龙头被拧开了。他正在刷牙。她没有听到那破门锁的关门声音,这是父女俩之间互相提示自己需要个人隐私的唯一途径。爱丽丝听到她父亲在刷牙,漱口,吐掉嘴里的水,用牙刷敲击洗手池边缘,再把牙刷放回到玻璃杯的声音,然后是他的杯子撞击爱丽丝的杯子时发出的清脆响声。她很久没有在脑海里出现过这些声音了——咖啡机在工作,她父亲穿着拖鞋走来走去。爱丽丝在地板上和衣橱里翻找了一圈,终于找到了几件闻起来干净的衣服。

18

伦纳德又回他的座位上看书了。爱丽丝小心翼翼地走着,好像随时可能掉下去似的。她父亲翻开新的一页,伸出下巴让厄休拉用它那圆圆的脑袋蹭了蹭。爱丽丝一边从冰箱里拿牛奶,一边用眼角瞟着伦纳德。麦片放在橱柜里的几个盒子中,旁边是盘子、玻璃杯和一罐罐花生酱、汤羹和番茄酱。爱丽丝拿出一盒她父亲最爱吃的提子麦片。

"你还好吗,爸爸?感觉怎么样?"她观察着伦纳德的脸,看他是否知道发生了什么,是否意识到有什么不对劲。但更不对劲的是他的脸——眼角的细纹、络腮胡子和灿烂的笑容。他很年轻,非常年轻,特别年轻。爱丽丝在心中估算了一下:如果她现在是十六岁的话,那么伦纳德是四十九岁,比她的实际年龄大了不到十岁。爱丽丝习惯于把生活看作从高中到大学、从大学到走进社会、从二十多岁到三十多岁的递进过程。这像是她人生赛道的几个阶段,她本以为自己表现还不错,但爱丽丝从她的父亲身上看到了所有即将到来的毁灭,从他同意去医院检查,开始了没完没了的求医问药之旅开始。他在戴上助听器之前,坐在餐桌对面喊了几年的"什么""什么""什么"。

"当然,为什么这么问?"伦纳德眯起眼睛看着她。

"没什么。"爱丽丝看了看麦片包装盒,"我不知道还有谁会买这东西吃,我长这么大,没见过第二个人吃它。"

伦纳德耸了耸肩,说道:"我觉得你需要认识更多的人。"

爱丽丝笑着弯腰拿起自己的碗,以免伦纳德看见她眼里的泪水。她眨了眨眼睛,泡好了麦片,走到她父亲身边坐下。

他手边有《纽约时报》《纽约客》和《纽约》杂志,还有一期《人物》杂志,杂志的封面是小肯尼迪和卡洛琳·贝塞特的婚礼照片。"噢,天哪,"爱丽丝说,"太可惜了①。"

伦纳德拿起杂志看了一眼,说道:"我明白你的感受。是的,我也以为你可能有机会嫁给他,就像是个传统习俗中的童婚新娘一样。这本来会很美好。"他把杂志放回桌子上,捏了一下她的胳膊。爱丽丝一时间无法呼吸,这一切的感觉太真实了。厨房是真实存在的,她的身体是真实存在的,还有她的父亲也是真实存在的。小肯尼迪刚刚结婚,而且还活着。

"不,我是说,"爱丽丝停顿了一下,舀了一勺提子麦片塞进嘴里,"好吧,我的意思是这麦片味道不太对劲,就像制作好麦片时剩下的边角料,都是碎屑。他们不想浪费那些边角料,于是重新包装它们。"当她在医院里坐在父亲床边的时候,非常希望他能睁开眼睛和她说话。没想到现在他们会从提子麦片开始聊起。

伦纳德打了个响指,说道:"看来那些人很有点子,创造出这种美味。那么,今天有什么大计划呢?你十点钟要去上辅导班,之后你可以

---

① 1999年7月16日,小肯尼迪夫妇在驾机出行时遭遇原因不明的离奇失事,坠毁在大西洋,全部遇难。

去逛街，或是随便干点什么。晚上我们要和萨姆一起去吃饭，对吗？吃完饭我就得去酒店了，要等明晚会议结束后才能回来。你自己真的没问题吗？"

爱丽丝把胳膊肘放在桌子上。当个孩子真是疯狂。你不需要买牛奶和麦片，考虑家里是否还有牙膏、马桶清洁剂和猫粮，那些都是别人的事，但你所专注的一切——平时在学校好好读书、每星期六去上高考①辅导班——都是为了某种不明确的未来。厄休拉从翻开的报纸上面走了过来，嗅了嗅爱丽丝。像许多黑猫一样，厄休拉的眼睛有时是绿色的，有时是黄色的。它抬起鼻子看向爱丽丝，爱丽丝也低下头作为回应。

"厄休拉多大了？"爱丽丝问道。厄休拉闻了闻爱丽丝碗里的麦片，然后跳回到地上。

"我们不能随意给动物安排一个数字。厄休拉出生时我不在场，所以很遗憾，我只能给出我的猜测。我们遇到它的时候，它已经长大了。那时它就出现在8号楼门前，你还记得吗？我们把它带回家后，我想肯定有人在想念它。这么好的一只猫，不会有人故意让它走丢的。"伦纳德说。

"我记得。"爱丽丝点了点头，或许厄休拉也是从未来穿越过来的，那时的猫已经得到永生，也或许每年都会有只新的厄休拉出现。"辅导班要去哪里上？"她问道。

"在学校上，和上个星期一样。"

---

① 此处指的是SAT考试。SAT考试是由美国大学理事会主办的一项标准化的、以笔试形式进行的高中毕业生学术能力水平考试，其成绩是申请美国大学的重要参考指标。

"在贝尔维德?"

伦纳德啪的一声把报纸从中间整齐地折好。他们为什么把报纸做得这么大,让人需要这样折起来拿着?"是的。"他把头歪向一边,"你没事吧?你这是因为过生日太激动了吗?"报纸的封底有电视节目单,伦纳德圈出了他想看的节目,以免忘记。有希区柯克电影连播,还有电视剧《明日新闻》的最新一集。

"有可能。"爱丽丝说道。去上学——进入教学楼,她原本工作的地方——这个主意听起来不错,她可能会碰见埃米莉和梅琳达,可以让她们直接带她去医院做心理评定,看看自己是不是满脑子幻觉。

"高考分数其实不用看得太重,对吧?"伦纳德问道。他曾就读于密歇根大学,这所大学在他的家乡,而且学费几乎不用花父母一分钱,这就是为什么他的父母没有让他申请其他大学的原因。爱丽丝知道不要把高考看得过于重要,但在贝尔维德学校,每个学生都一直背负着升学压力。她觉得自己现在也成了压力的始作俑者——那些把孩子带到她办公室的家长必须说出他们在哪里上过学,好像这会决定他们子女的人生走向似的,不管孩子们想上的是哈佛大学还是社区大学,或是根本不想上大学。

为人父母似乎真的是一份糟糕的差事——当你幡然醒悟,反思自己曾经犯下的错误时,你的孩子根本不会听从你的教导。所有人都必须在自己的教训中成长。爱丽丝曾经是她所在的年级里年龄最小的学生之一,有些孩子比她大整整一岁。到高三的时候[①],她的一些朋友已经开始规划

---

① 美国的高中一般为四年制。

自己要上哪所大学了。萨姆想去哈佛大学；汤米已经申请了普林斯顿大学，他们家族至少有三代人都上过那所大学，但他发誓说过宁死也不去。爱丽丝没有明确想去哪所大学——她当时拿不定主意。甚至在几十年后，她依然认为自己面对着上百种选择，以及每种选择对应的不同人生。有时，她觉得她认识的每个人都已经成为他们想要成为的样子，而自己还在原地徘徊。

"你说得对。"爱丽丝说道。她的肚子咕咕叫了起来，自己还是很饿。上辅导班简直是浪费时间——她想起来了过去的经历，或者说一部分经历她还记得。爱丽丝感觉到了她脑海里同时出现的不同想法，这有点像自驾游时，一路上各地的广播电台不停地切换一样。她头脑清晰，但想法存在着两种不同的源头。爱丽丝还是她自己，也只能是她自己，但她既是当时的自己，也是现在的自己。她既是四十岁，又是十六岁。她仿佛突然能看到汤米靠在椅子上的样子，他正咬着一支铅笔，这使得她的心开始狂跳。这不是汤米把他的孩子带到贝尔维德学校时，她有过的那种混杂着焦虑和尴尬的情绪。她重温了自己早年的感觉——那完全是满脑子想入非非。"明天的会议上你们讨论什么？"她问道。

伦纳德说："哦，这是《时空兄弟》电视剧的庆祝活动，会有人问我一些问题。托尼和巴里也会来，大家都期待着见他们。"说完，他的嘴撇成一条直线。他从来都不喜欢这些演员，尤其是巴里。"我相信托尼会讲一些他和汤姆·汉克斯一起拍电影时的趣事。"托尼在电影《阿甘正传》二十世纪七十年代的片段中扮演过一个小角色，仿佛导演不知道该把他安插在哪里。爱丽丝认为这可能是托尼彻底放弃表演并在马场度过余生的原因。那些马儿并不在乎他的过去和未来，只在乎现在的他和他手上的苹果。

厄休拉跳回桌子上，把爱丽丝碗里剩下的牛奶舔得干干净净。"你非要这样吗？"爱丽丝对小猫说。

"大家都很期待看到他们。这样可以卖门票，卖书，还可以买提子麦片。就这样吧。"伦纳德挥舞起一只手，赶走了厄休拉。然后他问道："晚上你想去哪里吃？"

"我们还在吃早餐呢，让我考虑考虑。"爱丽丝边说边安慰着厄休拉。父亲喝了一口咖啡。他的手臂看起来很结实。如果这也是幻觉，那她的幻觉相当厉害。突然传来一阵很大的响声，爱丽丝想一定是我的闹钟响了，我马上就要醒了。但事实并非如此，那是她卧室里的电话铃声。

"你不打算接吗？"伦纳德诧异地说，"以前电话一响，你就像天空中的一道闪电，嗖的一下就跑了。"

"肯定是萨姆打来的，我马上给她回电话。"在外面的波曼德街上，海德里克一家正在清扫马路。爱丽丝一直很喜欢这家邻居——他们会在街道清扫日提醒别人挪车，叫燃气公司进来检修线路，或者帮忙清理排水沟里的落叶。尽管他们的房子和别人的一样小，同样缺乏储藏空间，但不知为何，他们什么工具都有。肯尼思·海德里克戴着一顶纽约大都会棒球队的帽子，穿着卡其裤。他注意到凝视着窗外的爱丽丝，举起手朝她打招呼。

"哇，你这是不是成熟的表现啊，爱儿？"伦纳德摇着头说，"看来十六岁真的不一样。"

19

萨姆又打来电话。她说她会来波曼德街,然后和爱丽丝一起步行去上课。十分钟后,爱丽丝打电话给萨姆,问她穿的是什么衣服。半小时后,萨姆打来电话说她要迟到了,让爱丽丝先走。这就像是在互发短信,不过只能通过声音交流。近十年来,让萨姆接电话可不是一件容易的事。有一天早上,萨姆没接电话,片刻后她的答录机低声建议道:"请打我的寻呼机。"爱丽丝到现在全都记得:"911"用于紧急情况,"143"的意思是我爱你,而"187"表示如果你不马上给我回电话,我就要杀了你。爱丽丝想一直打下去,只为了每次都能听到萨姆的声音。

20

爱丽丝想让伦纳德陪她去贝尔维德学校。她显然不需要他的陪伴，即使在睡梦中，她也能走到那里。也许她真的在做梦，尽管发生的一切变得越来越真实。她以前从未做过这样的梦，她上过厕所，洗过澡，吃过三次东西，其中两次是站在打开的冰箱前。这堂课只有一小时，而且爱丽丝忍不住想再亲眼见到少年时期的萨姆，所以尽管她有点不敢让伦纳德离开她的视线，但她还是决定去学校，最好是和伦纳德一起走过去。

贝尔维德学校离这里很近，只需要走上十二个半的街区[①]。他们可以沿着百老汇大道走到第85街，然后左转上坡，或者可以走一个"之"字形的路线，在车水马龙的交通中穿梭。爱丽丝一直为自己走路的步幅和速度感到骄傲。没有什么比当你踏进街道时，一辆汽车从你身边呼啸而过的感觉更刺激了，没有什么比你每天瞅准时机狂舞着横穿马路的感觉更刺激了，这是爱丽丝唯一拿得出手的运动！对于一个住在纽约城的人来说，平时伦纳德走路的速度太慢了，但爱丽丝难以相信他现在竟然走

---

① 纽约的每个街区长度基本不到一百米。

得这么快，就像加里·格兰特撑着伞在波曼德街上翩翩起舞一样。

爱丽丝之前最后一次见到父亲走在街上是六月份的时候。那天，他们去杰克逊·霍尔吃晚饭，那是一家位于贝尔维德所在街区尽头的口碑很好的餐厅，就在第85街和哥伦布大道的交叉路口，很适合爱丽丝下班后和她父亲见面，然后自己再坐地铁回到布鲁克林。伦纳德很喜欢去杰克逊·霍尔吃饭是因为那里的汉堡很大，像巨人球赛里的冰球一样，洋葱圈也很大。爱丽丝先到达餐厅，抢了一张靠窗的桌子。她看到她父亲艰难地穿过马路，勉强避开了开往下城区的M11路公交车。从那以后，他只能在医院的走廊里来回走动，再后来，他就下不了床了。

自从爱丽丝出生以来，伦纳德大多数日子都穿着牛仔夹克。"真不敢相信你已经十六岁了，爱儿。"他说着，打开了一罐可乐，释放出令人舒适的含糖气泡，那是他从家里带来的。在离开街区的路上，爱丽丝瞥了一眼警卫室，里面像往常一样堆满了东西。昨晚的画面已经变得模糊，除了那一堆粉红色的、恶心的呕吐物。她肯定还去过别的地方，会是哪里呢？爱丽丝试着把记忆拼凑起来，就像逆向推导一道复杂的数学题。"我也不敢相信。"爱丽丝回答。

刚才跟萨姆通话后，爱丽丝从她的衣橱里找到了萨姆建议她穿的衣服：一条前面有很多扣子、背后有蝴蝶结的黑色羊毛水手裤，还有一件曾经当作内衣穿的真丝上衣，那时候的人们总是要多穿几件衣服，而且上托式文胸还没有被推送市场。"你平常都去哪里散步？"爱丽丝问父亲。

爱丽丝已经和父亲一样高了——塞雷娜比伦纳德高几英寸，爱丽丝后来也会比伦纳德高一英寸，但现在她的个子还没长够。她的母亲还没有打电话祝她生日快乐，不过，西海岸的时间比纽约晚。谁知道月亮和星星在搞些什么呢？那些星球控制着塞雷娜与这个世界的互动。外面天气凉爽。气候变暖让爱丽丝习惯于在十月份穿着衬衫，但九十年代的十月份还比较冷。暴风雪已经来过了吗？她不记得了，但她可以在脑海中想象积雪的样子，银装素裹能让城市的交通瘫痪上好几天。

"我都是到处走走，"伦纳德说，"去上城区，也去下城区。有一次我绕了整个曼哈顿岛一大圈。你以前不知道吗？为什么要问这个？"

"只是因为好奇呗。"爱丽丝说道，然后耸了耸肩。她想起了西蒙·拉什和伦纳德的其他朋友——他们都是知识渊博的科幻迷，包括那些富人和名流。爱丽丝几乎不记得父亲在白天时会去哪里，除了待在波曼德街以外。斯特恩一家从来不去徒步旅行，也从不露营，他们不喜欢去海滩、国家公园或任何一个正常家庭会去的地方。他们一家所做的一切就是聊天——在他们的社区、他们的小王国里，而这正是爱丽丝所渴望的东西，她想尽可能多地与父亲交谈。当他们步调一致，灵活地躲开迎面驶来的出租车；当父亲在她身边嘟嘟嚷嚷，发着不满的牢骚；当她与父亲见面，而不用担心这会是最后一眼，这样的感觉真好。

"好奇是件好事。"伦纳德说着把一只手搭在她的肩膀上。

直到此时，她才与父亲有了肢体接触——刚才第一次走进厨房时，爱丽丝真的很想拥抱他，但他们一家并不是那种会相互拥抱的家庭。而且那时爱丽丝非常肯定她闻到了自己身上的气味，往好了说是泥土味，往坏了说是泥土和酒精混在一起的味道，所以她赶紧回到卧室洗澡更换衣服，生怕在这短短时间内他们中会有人消失得无影无踪，或者化作一抔尘土。爱丽丝握住父亲的手，不记得他更年轻时的模样。

"你认为几岁的我是最好的？"爱丽丝把手收了回来，低头看向地面,"比如说,如果我永远只能活在一个年龄,你会选择几岁?"

伦纳德笑道:"好吧,让我们想一想。你刚出生那会儿可不得了,没完没了地哭啊,你妈妈和我都担心邻居们会报警。但后来,也就是三岁到五岁的时候,你变得可爱起来,可能是为了弥补之前的顽皮吧。那是一段美好的岁月。但那不算什么,要我说,现在才是最好的时候。现在我可以毫无避讳地说话了,而且你不再需要保姆照顾。最重要的是,你是陪伴我走下去的那个人。"

他们走过的每一片街区都有爱丽丝曾经爱过又慢慢淡忘的记忆:"福瓦德和曼迪"家的弹性面料礼服;"好多脆"蛋糕房刚出炉的哈拉面包;波希米亚贵妇人风格的"自由家族"服饰店,爱丽丝把她的零花钱都用在购买那家店里的印度风情印花上衣和吊坠耳环上。在这些店铺中,"塔斯蒂"低卡甜品店是唯一走进爱丽丝心里的宝藏店铺。它还在营业吗?二十多岁的时候,爱丽丝曾经在"塔斯蒂"店里见到卢·里德和劳瑞·安德森,他们吃着没有撒糖屑的小杯甜品。她开始告诉她父亲这件事,但没有继续说下去。她知道的唯一一首卢·里德的歌曲是电影《猜火车》原声带中的那一首,她不确定这首歌是否已经发行。现在互联网还没有普及,她没办法搜索有关信息。此时"电影地带"先生①的声音突然传入她的耳朵,这是她近十年来未曾再想起的儿时记忆。爱丽丝笑了。她已经是下个世纪的人了,虽然自己并没有留意到时间带来的变化,但现实确实如此。当然,一切不是一蹴而就的,纽约市一刻不停地发展着,就像一条蛇一点点地蜕去老皮,这一过程非常缓慢,以至于当它焕然一新

---

① "电影地带"(Moviefone)是一家美国电影信息与销售网站,最初以电话的形式和"电影地带"先生的形象提供服务。

的时候,没有人会注意到。

"谢谢你的回答。"爱丽丝说。也许这就是原因,也许他是对的,现在就是她有史以来最好的状态。尽管她的父亲目前还没有看到自己勉强从艺术学院毕业,交了一个又一个愚蠢的男朋友,从来没有创造出真正的艺术,而且一直在贝尔维德学校工作,但他知道现在是她的巅峰时刻。

伦纳德抓住爱丽丝的胳膊,把她从路边拉了回来。一辆方方正正的灰色面包车紧挨着他们驶过弯道。"在我的眼皮子底下还不看着点儿路。"他说道。他们路过二十四小时营业的法式炒咖啡店的门口,然后左拐,朝公园走去。

21

有几个人站在贝尔维德学校的门口。爱丽丝很熟悉这条路,也熟悉这片街区——除了理发店变成了宠物美容店,裱画店变成了普拉提工作室,其他没有什么变化,直到她和父亲靠近人行道上聚集的人群,并认出他们的脸。爱丽丝愣住了。她本来打算去见萨姆——那时她的名字应该还是萨姆·伍德,因为她还没结婚——但没有想到会在这里遇到其他人。她的生活几乎没有离开过贝尔维德,以至于她从来没有想到过已经有无数人从这里消失。伦纳德把烟头扔到人行道上,用脚踩灭。

"近来如何?"伦纳德打招呼道,尽管他躲避其他人从不需要理由。

那个男孩是加思·埃利斯,他爱踢足球,他的屁股永远是圆圆的,看起来很可爱。上高一的那年,爱丽丝吻过他一次,然后假装什么也没发生。还有一个女孩是杰西卡·扬克,她每天早上都把刘海卷成完美的空心卷。爱丽丝和萨姆以前打电话整蛊她,假装自己是一家发胶公司的销售代表,但自从被回拨号码后,她们就收敛了。那是乔丹·爱泼斯坦—罗斯,他总是微微吐着舌头。还有瑞秋·希莫威茨,她的姓氏听起来像是"处女膜①"这个词,所以她肯定躲不过各种调侃。他们个个俊朗美丽,身材修长,散发着生涩的青春气息,好像被过早地从烤箱里拿出来了一样。即使是那些她从未关注过的同学也看起来意气风发,比如贤治·莫里斯,他像是《天才小医生》里的小天才,提前一年参加了高考复习课程。有些人的四肢很长,有些人的鼻子很大。他们都是爱丽丝二十年来从来没有记起过的一群人,即使在高中时期,她也没怎么注意过这些人。她有点畏首畏尾,想着这些被她遗忘的同学会怎么看她——四十岁的她仍然在贝尔维德,仍然单身,仍然古怪。爱丽丝抬头望向大楼,看到了她办公室的窗户。伦纳德靠在一辆停着的汽车旁,又点燃了一支烟。

"只是回到了高中而已。"爱丽丝说道。在她身上发生的一切,不像是《时空兄弟》,也不像是《回到未来》,倒是像《佩吉·休要出嫁》②里的情节。爱丽丝努力回忆着那部影片的剧情。佩吉·休晕倒了吗?不,她只是做了个梦,对吧?这不重要,重要的是凯瑟琳·特纳在医院里醒来时,仍然是尼古拉斯·凯奇的妻子。

学校的正门被推开了,爱丽丝看到她的上司梅琳达把门上的小金属钩挂在墙上,这样门就可以一直开着。爱丽丝一时间无法呼吸,就像她看到父亲坐在餐桌旁时一样。她认识梅琳达这么久,没有想到她变化这

---

① 处女膜(hymen)与希莫威茨(Hymowitz)在英文中部分读音相似。
② 《佩吉·休要出嫁》(*Peggy Sue Got Married*)是一部美国喜剧电影,讲述了婚姻生活不如意的佩吉·休在一次意外中穿越回到了1960年,经历磨难后领悟人生真理的故事。凯瑟琳·特纳(Kathleen Turner)与尼古拉斯·凯奇(Nicolas Cage)为该电影的主要演员。

么大——她的长相和衣品没怎么变,但是梅琳达和她的父亲一样,也曾经年轻过。只是爱丽丝太过年轻而没有在意。

其他孩子开始拥入教室。爱丽丝走到父亲身边,靠在他的身上。

"如果你能回到过去,你会做什么?"爱丽丝问道,"我是说回到高中或大学。"

"哦,还是算了吧。即使可以重来,我也不想改变太多,不然我会失去你。而且如果你不打算改变什么,你就不会想回到过去,相信我。"伦纳德用胳膊肘轻轻地顶了顶爱丽丝。

"嗯哼。"看来爱丽丝不得不回到俄罗斯套娃酒吧了,他们可能至少要到下午五点钟才开门。她想不出她会毁掉什么,会失去什么,但她不想从十六岁开始重新再过一遍她完整的人生。她必须弄清楚自己是怎么来到这里的以及如何摆脱眼下的困局。

"生日快乐,爱儿。"有人在背后叫她。爱丽丝转过身来。

汤米站在那里,双手插在口袋中。他身穿一件圆领衬衫,脖子上系着一根不起眼的棕色绳子,那是一条自制的项链。贝尔维德的大多数男生已经不再模仿乔丹·卡塔拉诺[①]了,但汤米还未走出这一时尚潮流。汤米的头发留得很长,他把长发塞到耳朵后面。眼下的汤米是一名高四学生,尽管他的学习成绩很好,但他仍然在努力争取更高的高考分数。贝尔维德的学生家长们还是老样子,他们愿意花时间和金钱去关注那一点点的不足,而不是孩子完美的另一面。汤米看起来比爱丽丝记忆中的

[①] 乔丹·卡塔拉诺(Jordan Catalano)是美国青春电视剧《我所谓的生活》(*My So-Called Life*)中由杰瑞德·莱托(Jared Leto)饰演的男高中生,是一代美国青少年的偶像。

那个人还要出色，其实在她的记忆中，他已经是不可动摇的存在。爱丽丝突然感到心烦意乱，而对于成年后的汤米她并没有这种感觉。如此就像是有两个自己共同控制着她的身体，一个是少女时的爱丽丝，一个是成年后的爱丽丝。

"谢谢。"爱丽丝说道。汤米不会在她父亲面前碰她。

"嘿，汤米。"伦纳德说道，然后向他点头打招呼。

"嘿，伦纳德。我读过你跟我讲的那本书，那本关于怪物克苏鲁的书。"汤米说。

"是吗？感觉怎么样？"伦纳德扔掉手中的烟头，用脚后跟踩灭。他离开靠着的汽车，朝汤米走近几步，这样他们仨就站成了一个小圈。

"嗯，很酷，"汤米说，"太酷了！"

爱丽丝哈哈大笑起来。虽说被汤米的说话方式逗乐有些丢人，但这也使得她更加轻松地面对汤米。

"爱丽丝，今天晚上见？"汤米说着，转身朝楼梯走去。

今晚是她的生日聚会之夜，爱丽丝居然忘记了。在那张萨姆给她的照片上，闺蜜俩都痴心沉醉于她们刹那间的永恒。一切就在今晚。

22

九点五十分的时候,一辆出租车停在学校门口,萨姆从后座上跳了下来,她的母亲跟在她后面。萨姆的母亲洛兰在巴纳德学院的非洲文化研究系任教。她总是精心打扮过,耳朵上戴着珍珠耳环,短发下系着围巾。

"生日快乐,生日快乐!"萨姆念叨着。爱丽丝还没有反应过来,萨姆就像小孩一样紧紧地搂住了她的脖子。爱丽丝知道她们都还是孩子,但那时的她肯定没有现在的这种感觉。萨姆穿着一件大码的网球衫和一条宽松的牛仔裤,她娇小的身体在衣服里游动,有一条贝壳项链紧贴着她的肌肤。爱丽丝吻了萨姆的一侧脸颊,又吻了另一侧脸颊,就像她们经常做的那样,谁也不知道为什么要这么做——人与人之间总有太多的习俗,总有太多的规则,总有太多的习惯。少女的身体里一半是骨头,一半是秘密,而秘密只有其他少女才知道。萨姆有一个玻璃烟斗,她把它藏在书架上的一本假书里,那本书是她十岁生日时父母给她买的魔法套装的一部分。

"嘿,伦纳德,爱丽丝,"洛兰说,指了指门口,"你们可以看着点她吗?我要赶着去下城区开会。"

"没问题。"伦纳德点了点头,扔掉了手中的香烟。洛兰是一个素食主义者,又是一个瑜伽修行者,除此之外,她是一个严肃的女人。但即使如此,她也对《时空兄弟》的故事毫无抵抗之力。她很喜欢伦纳德,喜欢到让萨姆随心所欲地在爱丽丝家睡懒觉,尽管她知道伦纳德从不给她的孩子吃蔬菜。

洛兰弯腰坐进出租车,向他们挥手道别。萨姆跳上跳下,一副手舞足蹈的样子。

"我先走了,好学生们。"伦纳德说,"下课后准时回家,别忘了,爱儿。"

"放心吧,爸爸,"爱丽丝说,"我很快就会回去的。"

"伦尼①,拜托!今天是我们女孩的生日。终于等到了!我好像感觉我又过十六岁生日了,我好像永远都是十六岁。"萨姆是在五个月前十六岁的,那时高二学年即将结束,初夏刚刚到来,虽然只过了五个月,但仿佛她的十六岁生日在很久很久以前。伦纳德点点头,转身离开。爱丽丝在人行道上徘徊,不舍得让他走,这感觉就像是她当初在读幼儿园时,哭着紧紧地抱住父亲的腿,老师费了好大力气才把她拉开。

"我们走吧!"萨姆说。她们手挽着手,走进校门。

. . .

爱丽丝原本以为自从她上高中以来,贝尔维德学校几乎没有翻修过——也许偶尔会重新铺设一些地板,或者更换一些教室的椅子,但

---

① 伦尼(Lenny)是伦纳德(Leonard)的昵称。

总体上，她觉得这个地方一直和以前完全一样。不过，从学校正门走进去时，爱丽丝立刻意识到其实这里变化很大。此时的学校大厅被漆成淡淡的桃红色，铺着为之相配的佩斯利花纹地毯，这毫无疑问是二十世纪八十年代的装修风格。接待员的办公室被方形玻璃砖隔开，爱丽丝想停下来仔细瞧瞧，但萨姆伸手去拉她的手。"我们走吧，"她说，"我得在上课前去上趟厕所。"

萨姆拉着她的手穿过大厅，来到洗手间。它的位置就在通往体育馆的弹簧门前，爱丽丝从那里看到辅导班的学生已经集合了。那里有几排椅子和一块被推到球场中场位置的大黑板。

"你认为这是在向我们强调高考是我们必须拿下的挑战吗？还是仅仅不想让我们星期六在校园里乱跑？"萨姆问道。她推开了洗手间的门，爱丽丝也跟了进去。

这是学校里最大的洗手间，有三个隔间和一个淋浴间——从其他学校来此比赛的客队会把它当作更衣室。萨拉和莎哈这两个高三学生正站在镜子前补唇彩，她们是形影不离的好闺蜜，除了她们，隔间里还有一个人。

"嘿，萨拉。"爱丽丝打招呼道。萨拉长得很漂亮，她的脸上有很多可爱的雀斑，短短的卷发从耳朵后面翘起。她的包里总是备有很多的卫生棉条。这个女孩不到三十岁就死于白血病。爱丽丝和她并不熟悉，但是当你有生物作业需要应付的时候，每个人都会成为你的朋友。她是继梅洛迪·约翰逊之后，那届同学里第二个死去的人。梅洛迪在高四春假期间死于一场滑雪事故。对啊，梅洛迪应该也还活着。爱丽丝不知道自己是否可以去提醒她，告诉她自己有一个不祥的预感，告诉她关于桑尼·波诺[①]的故事,劝她和家人应该一起去海滩度假。尽管梅洛迪有办法拯救,但爱丽丝面对正在对她微笑的萨拉无能为力。"嘿,爱儿,你说这奇怪不奇怪?我已经厌倦了考大学的事情,我甚至还没申请呢。昨天我妈唠叨了十几分钟,她说女子大学不仅仅是为那些只愿意和女孩待在一起的女孩开设的。但是你猜怎么着?那里面的人全都只喜欢和其他女孩一起学习生活。"

"今晚你什么时候举行聚会?"莎哈问道。

"今晚的话……"爱丽丝看向萨姆。

"我们应该能在晚上八点半之前吃完晚饭吧?"萨姆替爱丽丝回答道,"我们应该告诉大家几点呢?那就九点钟过来玩,这样刚好。"

萨拉和莎哈把她们的唇彩塞回包里。"待会儿见,小家伙。"她们说道。

有人的隔间里传来了冲水声。爱丽丝把萨姆推进淋浴间里,拉上了窗帘。"你要这样方便吗?"萨姆压低声音问道。爱丽丝摇了摇头。她不知道该作何解释,从何说起。

突然,有一只手把窗帘拉到了一边。"我听到了小姐姐们的声音。"菲比·奥尔德姆—奥尼尔说道。她穿着长长的牛仔裤,那上面坠着许多大大的铃铛,使她看起来像没有长脚一样。爱丽丝的个子比她的朋友都高,但即使对她来说这条裤子也太长了。菲比的裤脚拖在地上,上面脏兮兮的。菲比吻了她们俩的脸颊,她每动一下手臂,她的超大号尼龙夹克就发出窸窸窣窣的声音。菲比的呼吸带着新港香烟的味道,她的每一

[①] 桑尼·波诺(Sonny Bono)是美国音乐人、演员,死于一场滑雪事故。

寸肌肤闻起来像是身处梅西百货一楼一样，仿佛一整瓶的"CK One"香水正从她的毛孔里喷洒出来。

爱丽丝陷入沉思：她到底有多少朋友会吸烟？她们看起来感觉是那么的成熟，而且都自以为已经长大成人了。香烟是如何成为她们每个人，乃至成为彼此醒目的社交标志的？

这样一想，她觉得社交的过程就像是闻香识女人。你永远不能相信偏好万宝路薄荷味香烟的女孩。这种香烟相当于香烟界的无糖可乐，是为那些装作会吸烟的人准备的，是为那些涂着浅色口红、眉毛修得细长的女孩准备的。也许那些女孩还会打排球，或是和她们的男朋友在摆满了毛绒玩具的床上滚作一团。

而吸百乐门香烟的女孩是中间派——吸这种香烟的女孩和那些不吸烟的人也能好好相处，但她们仍可以选择用拇指轻弹百乐门香烟的凹陷滤嘴，在烟民中左右逢源，来者不拒，就像是烟民界的O型血。

吸重口味的红色万宝路香烟的女孩都很狂野，无所畏惧。在整个学校里，只有一个女孩吸这种烟。她个子矮小，棕色波浪卷发长及腰间。她的父母曾经参加过一个邪教组织，后来他们逃了出来。

吸新港香烟的女孩也是厉害角色，比如菲比。她们喜欢听嘻哈音乐，喜欢涂着浓艳的口红和指甲油，跟吸血鬼似的。只吸新港薄荷味香烟的女孩也和吸这个牌子其他口味的女孩差不多，只不过她们是些清纯的处女。

最后是那些吸美国精神香烟的女孩，她们是其他女孩无法企及的——她们都是成熟的人，身上带着男朋友家的钥匙。

对于自己的这一论调，爱丽丝忍不住发笑，这些信息一直沉睡在她大脑中的私密空间内。她就是那个喜欢新港薄荷味香烟的女孩,更准确的是,她还是个处女。

萨姆向菲比眨了眨眼睛,问道:"你拿到了吗?"

"拿到了。我哥哥是个小气鬼,但他最终还是同意了。"菲比的哥哥威尔是纽约大学的大一新生,也是贝尔维德学校一些地下商品的来源,他能提供的东西可不止这些。

"你拿到了什么?"爱丽丝问道,尽管她知道答案。她觉得自己应该充耳不闻,就像是一名刚刚走进这些女孩中间的老师一样,如果她愿意的话,她可以把她们都赶出学校。爱丽丝不想有人在她面前讨论一些不该做的事情,这会让她陷入两难。在现实生活中,有时候爱丽丝会在角落里看到一些违反校纪的高中生,每到这时她都会选择转身离开。

"这会是个生日惊喜!"萨姆说道,并给了她们一个飞吻,"谢谢,菲比,我们会在聚会上等你,晚上见?"

菲比点了点头,一副海军陆战队士兵的严肃派头。她在来年春天就被学校开除了,之后消失了整整十年,后来在卡兹奇山区重新露面,成为一名在月光下为水晶充能的陶艺师。

当门咔嗒一声关上时,爱丽丝深吸了一口气。

"怎么了?你和汤米说过了吗?他今晚会来的吧?"萨姆问道。她们走出淋浴间,回到洗手池边。爱丽丝慢慢地摇了摇头。"我真不敢相信我们还得上这堂愚蠢的课,真烦人。今天可是你的生日!"萨姆说。

"你能听我告诉你一件特别离谱的事情吗?你可能会以为我在瞎编。"爱丽丝问道。

"当然可以啊。"萨姆耸了耸肩。

爱丽丝看着镜子里的自己和萨姆。即使在洗手间难以应对的强光灯下,她们俩依然看起来光彩动人。

"我来自未来。"爱丽丝目不转睛地看着萨姆说。

"好吧,这听起来很酷。"萨姆点了点头,等待着下文。有一次,她们一起喝了六罐齐马酒精饮料,然后爱丽丝对萨姆说,她觉得自己的头和身体没有连在一起,它们只是碰巧属于同一个人的两个截然不同的有机体。还有一次,在拉伊游乐园郊游时,萨姆告诉爱丽丝,她有时会梦见自己有个双胞胎妹妹,但是在她们很小的时候,她把她妹妹吃掉了。有一个能听你说完你想说的话,而且不会突然大笑的朋友是很重要的。

"我的意思不是我来自很久很久以后,也不是来自两百年以后的未来。昨晚我在庆祝自己即将到来的四十岁生日,而今天早上我在波曼德街醒来,然后就变成了这样。"爱丽丝咬着拇指说道,"你知道吗,就像佩吉·休那样。"

萨姆靠近墙壁时,被唤醒的自动烘手机呼呼地吹起风来。"见鬼!"她背靠着水槽边缘重新站好。

"我知道这听起来很疯狂,确实太疯狂了,但这是事实。我还是我自己,但我现在是这个样子。"爱丽丝双手掩面,"我知道这一点都说不通。"

萨姆交叉双臂,问道:"爱丽丝·斯特恩,你是不是背着我做什么了?"

爱丽丝摇着头说:"没有,萨姆。我知道这很荒谬,但事实就是这样。我想说我什么都不知道!我刚开始以为我在做梦,但是已经过了好几个小时了,现在我觉得自己根本不是在做梦。我想说,我活生生地站在这里，对吧？你也是活生生的人，对吧？我得弄清楚到底是怎么回事儿。我得想办法回到我的正常生活中去，如果那种生活还存在的话。我看过很多次《时空兄弟》电视剧，所以知道这样荒唐的事不会持续多久。"

"或者像《回到未来》那样，你可能也会把自己从这个世界上抹去。"萨姆点点头，一边用手指轻轻敲着嘴唇，一边思考着。

"也许吧，我想那是因为迈克尔·J. 福克斯①插手他父母的关系，差点让他自己和他的哥哥姐姐不复存在。这跟我的情况不一样，但我赞同你的观点。"

"爱丽丝，你是不是在耍我？我们是在拍《不经意间》②吗？说实话，你现在的样子好可怕。"萨姆说着，双手抱在胸前。

"我理解你。"爱丽丝说道。她想到时空兄弟在穿梭时空时，从不告诉别人。他们开着时光旅行车，帮助二十世纪五十年代的家庭主妇、中世纪的公主或者生活在月球殖民地的未来太空女性。他们从来没有回到过二十五年前，看着自己的朋友和家人说："嘿，猜猜我们能做什么？"这么看来，爱丽丝确实显得有些精神错乱。

萨姆点了点头，说："不过听着，如果这就是我们眼下需要应付的麻烦，那好吧。尽管我无法完全相信你的话，但我愿意全力支持你，尤其是在你看起来好像也不太相信自己的话的时候。我这样的想法没错吧？"

---

① 迈克尔·J. 福克斯（Michael J. Fox）是《回到未来》系列科幻电影的主角马蒂·麦克弗莱的饰演者。
② 《不经意间》（Candid Camera）是一部美国电视真人秀节目，以记录路人的真实反应作为卖点。

"没错。"爱丽丝真想哭出来。

"天哪,那你还要上辅导班吗?"萨姆白了她一眼,说道,"如果我觉得自己是在时空旅行的话,我会逃课。甚至我也不去参加高考。你有孩子吗?你结婚了吗?那时我已经结婚了吗?噢,天哪,我不想知道未来的事。我对此不感兴趣。"不过萨姆还是把她的手放在自己的肚子上,继续追问道,"未来的我会是什么样?那时我过得快乐吗?未来我们还是朋友吧?"她迅速靠近爱丽丝,紧紧地抱住她。"我还是不太相信你,但万一是真的呢。"

"我们永远都是朋友,萨姆。这就是我把这个秘密告诉给你的原因。你结婚了,你有了孩子,你过得很幸福。但我不想说具体细节,我不想像迈克尔·J.福克斯一样无意间改变了你和你美好的家庭。但是你能帮帮我吗?"爱丽丝带着哭腔恳求道,"你知道的,我早就不再是十六岁了,所以也真的不记得十六岁时发生的一切,我需要你的帮助。"萨姆的身上还是那个熟悉的味道——爱之宝贝香水、可可脂和伊卡璐洗发水。

萨姆握住爱丽丝的双手,说道:"我保证我会尽力帮忙,即使这意味着我也可能会帮你找一些人和你谈谈,比如医生。"

23

当萨姆和爱丽丝走进体育馆时,大家都已经在座位上坐好了。随着大门吱呀一声打开,所有人都转过头来看向她们。最后一排有几把椅子空着,爱丽丝和萨姆迅速低头找到空位置坐了下来。当爱丽丝还是学生的时候,简是贝尔维德学校的升学顾问。她站在前面,手里大概有五百张零零散散的卷子。毫无疑问,她要把这些卷子下发给学生们。同学们中有人觉得无聊,有人感到焦虑,还有人既感到焦虑又觉得无聊。简在贝尔维德不受欢迎,原因有很多,但主要是因为她经常告诉学生们,他们梦想中的学校遥不可及;而且在咨询过程中,她总是询问学生家长的财务状况。现在爱丽丝终于理解她了。简是个务实的人,懂得大学这台机器的运作方式。

"我不记得了。"爱丽丝悄悄对萨姆说,"我几乎不记得自己参加过高考,可以肯定的是,我对高考的记忆几乎为零。"

简把那一大摞卷子递给了坐在最前面角落里的孩子——留着空心卷刘海的杰西卡·扬克。杰西卡拿了几页,把剩下的卷子递给了旁边的同学。汤米坐在爱丽丝的前一排。他靠在椅背上,衣服都要拖到地板上了。

爱丽丝突然觉得自己呼吸困难。她对萨姆说:"我要去接一点水,他们发什么就给我拿什么,靠你了行吗?"萨姆点了点头。爱丽丝弓着腰跑出了体育馆的大门。

二楼有个饮水机,就在爱丽丝办公室外面的走廊里——当然,那间办公室现在与她无关。即使是成年人,星期六在学校大楼里闲逛也会让人觉得这样做不对。与一楼不同的是,二楼看起来和她上次在现实中离开办公室时的样子完全一样。木地板和华丽的门框都是老样子,这是这栋大楼里唯一保留着它原本的褐砂石建筑风格的部分。此时,其中的一间办公室里正有说笑声。无论在哪里,爱丽丝都能听得出梅琳达那低沉又洪亮的笑声——让人联想到一棵快乐的橡树,粗壮茂盛,光影斑驳。爱丽丝沿着走廊朝大厅走的时候,突然被大学预备办公室外面的长椅给绊倒了。

"该死的。可恶,可恶,可恶!"爱丽丝紧抓着小腿咒骂道。

梅琳达从大厅尽头的门框里探出头来。"你没事吧?"

爱丽丝直起身子,把头发塞到耳后。"我没事,只是刚才不小心撞到了东西。"

"需要创可贴和冰袋吗?"梅琳达有一个好丈夫,她的孩子们都已成年且彬彬有礼,她可爱的孙子们为她制造粗糙的陶瓷雕塑。1996年的时候,她还没有孙子,但她的孩子都比爱丽丝大,甚至有可能已经大学毕业了,这一点爱丽丝不太确定。一个人的童年和青春匆匆而过,但长大成人的过程又无比漫长。成年人的生活也非一成不变:二十岁刚过时,涉世未深的年轻人就突然被告知要学会成年人的为人处世;三十岁之前,人们稀里糊涂地步入二人世界,婚姻就像孩子们的追逐游戏一样草率;

当你成了情景喜剧中出现的那种母亲，你的冰箱就开始被各种食物塞满，不出门都能维持一个月的生活；倘若你有幸成为校长这样的人物，你将不再被视作一个女人，而成为一个性别模糊的、满腹牢骚的权威形象。如果幸运的话，你会像鲁宾孙夫人①那样有性感的晚年生活，或者成为像梅丽尔·斯特里普②一样的女强人。当然，随后的二十年里你将会无法阻止地衰老，成为像电影《泰坦尼克号》结局里罗丝那样的老妇人。

爱丽丝从来没有想过梅琳达也喜欢和学生们在一起，可能是因为被年轻人围着的感觉很好。她在贝尔维德工作时，对此深有体会。当然，这样并不能使你永葆青春，因为没有什么比学生们口中的一句残酷玩笑更能让你感到自己的年老色衰。即便如此，和年轻人在一起依然能让你保持心灵的活力和思想的开放。

"没事，我没什么问题。"爱丽丝说着靠近了办公室。她无法让自己的注意力离开那间她认为属于自己的办公室，尽管现在它只属于梅琳达。

"你在找什么东西吗？"梅琳达问道。她坐回到她那张带着垫子和脚轮的巨大办公椅上，在她面前有一台像菲亚特小轿车那么大的台式电脑。

"这上面能收到电子邮件吗？"爱丽丝问道。这台电脑看起来像是史前机器。她不知道该如何向梅琳达解释自己的感觉，无非就是多年以来形成的肌肉记忆把她带到了她的办公室门前，而这是未来才会发生的事。

---

① 鲁宾孙夫人（Mrs. Robinson）是美国电影《毕业生》中的角色，鲁宾孙夫人与年轻的主角本恩成为情人。
② 梅丽尔·斯特里普（Meryl Streep）是美国知名演员，她曾在美国电影《穿普拉达的女王》中成功塑造了职场女强人米兰达这一角色形象。

"你说的是美国在线①吗?"梅琳达从办公桌上找到一张光盘,"我还没有安装,但我家里的电脑上有。你想用吗?"

爱丽丝闭上眼睛,想象着不用整天面对收件箱里大量未读邮件的轻松生活。"不用了,谢谢。"她回道。爱丽丝不记得自己还是学生的时候来过这间办公室 —— 她编造不出来这里的理由,但她也知道,即使她不说任何理由,梅琳达也不会深究。要知道让任何年龄段的孩子直接交代某些问题往往是不可能的,所以学校管理人员都擅长用迂回的方式进入话题。

"我想问问,你星期六还在这里是为了防止孩子们 —— 不,我是说是我们 —— 搞破坏吗?"

"差不多是这样,但我喜欢星期六来上班。学校里很热闹,有时在这儿享受校园时光也很不错。"梅琳达戴着一条爱丽丝认得的项链,那条粗粗的绳子上挂着水果木雕。办公的长木桌上放着一叠纸。从贴在电脑显示器上的便利贴上,爱丽丝欣慰地看到梅琳达熟悉的字迹 —— 苍劲有力,字体向右大幅倾斜。梅琳达指了指办公室里的沙发,很多学生把它当作了随便咨询聊天的前台,当作了一个可以放松休息的地方。爱丽丝快步经过了自己和埃米莉的位置,在沙发上轻轻地坐了下来。

梅琳达在脚踝处交叉着双腿,膝盖向两侧打开,撑起了那条灰褐色的灯芯绒裙子。爱丽丝搓着双手,想着如何用语言来表达自己此刻的恐慌情绪。她害怕自己会精神崩溃,害怕自己的这场时空旅行,害怕自己可能要从现在开始重温一遍她的人生。

"我想,在楼下的时候……"她开口说道,"我不清楚我的规划是什

---

① 美国在线(AOL)是美国最大的因特网服务提供商之一。

么，也就是我的人生道路。"房间里的光线太熟悉了，条纹状的阳光正划过空气，落在电脑屏幕上，强烈的反光使人难以直视屏幕。爱丽丝其实想问的是：如果我试图改变我和爸爸的人生轨迹，会不会很疯狂？有没有可能从现在开始让一切变得更美好？

梅琳达点了点头，问道："你很有艺术天赋，对吗？"

爱丽丝忍不住转了转眼珠。"是吗？我不知道。"

"你对什么样的艺术感兴趣呢？"梅琳达的双手手指交叉在一起。她现在的样子就像是在和一个五岁孩子说话时一样——坦率、耐心又和蔼。爱丽丝以前见过梅琳达如何安抚一个焦虑的孩子。她最终会把孩子送回教室，但在此之前，她会侧耳倾听。

"谁知道呢？我以前很喜欢画画，我想我现在也很喜欢。"爱丽丝皱起了眉头，她眼下还不能问她最想问的问题，也就是到底发生了什么、为什么她会来到这里。任何一位看过关于时空旅行的书籍或电影的人都知道，穿越时空从来都不是毫无目的的：有时是为了爱上一个出生在不同世纪的人，有时只是为了完成棘手的历史功课。爱丽丝不知道她为什么会在波曼德街上醒来，也不知道现在该怎么办。"我真正想问的是，我该怎么知道哪些选择能改变人生？哪些选择又是愚蠢无比的？"

梅琳达说："唉，这是一个很难回答的问题，像要上哪所大学、去学什么专业之类的决定在某种程度上来说确实很重要。但这些决定也不像是刻在脸上的字一样，你随时都可以改变主意，转学或者重新开始。就拿我来说，我也是艺术生出身。"爱丽丝现在才知道这一点。梅琳达的头发又黑又密，梳着一头法式长辫。她和伦纳德年龄相仿，但梅琳达看上去比爱丽丝的父亲苍老很多，也比他温柔得多。"我学过绘画和素描。大学毕业后，我搬到了纽约，在画廊里工作。但我需要一份有健康保险的工作，所以后来我就来到了这里。这份工作最让我快乐，我照样可以继续我的艺术创作，可以和孩子们一起创作。而且我的两次剖宫产手术都可以报销了。"

"所以上大学确实很重要。"

"一切都很重要，"梅琳达说，"但通常情况下，你可以改变自己的决定。"

爱丽丝点点头，环顾了一下办公室，但找不到任何逗留的理由。"我该回去上课了，谢谢你。"

"去吧，"梅琳达说，"随时都可以再来。"

出去的时候，爱丽丝用手摸了摸桌子，将信将疑地盼望着能摸到一个秘密按钮，但她都没有找到。她站在敞开的大门那里，回头问道："我真的可以改天再来吗？"

"我刚才说过了可以，无论春夏秋冬。"梅琳达说道，这是她喜欢的口头禅之一，"但我想告诉你，不用去做什么人生规划。这是我的建议。真实的人生没有剧本，你的人生也是如此。无论怎样谋划，这个世界都在瞬息万变，所以我们应当允许一切发生。"

爱丽丝想留下来，给梅琳达一个拥抱，并告诉她发生了什么。但如果她告诉的人越多，她的话听起来就越疯狂。梅琳达会有充分的理由打电话给伦纳德，告诉他爱丽丝所说的话。在真实的生活和真实的时空里，梅琳达是她的朋友，但现在她是个成年人，而爱丽丝才十六岁。从外面的木地板上传来脚步声。爱丽丝转过身，看到萨姆站在走廊的另一侧，正向她招手。"来了，"爱丽丝说，"我马上过去。"

24

辅导班上起来没完没了。萨姆趴在桌子，在纸上胡乱地涂写着，仿佛这样做能提高成绩似的。爱丽丝偷偷坐回到椅子上，并且开始东张西望。汤米吸引了她的目光，他正抬高自己的下巴，这是只有他才会做的动作。每次汤米抬高下巴，都能让爱丽丝心跳加速。卷子上是关于数学三角函数的多项选择题。爱丽丝勉强通过了高中的三角函数考试，现在正弦和余弦的概念在她的记忆里就像冥王星一样遥远。冥王星已经不再是行星了，也许这会儿还是。

爱丽丝习惯性地把手伸进口袋里掏出手机，她当然掏不出来。她又看了一眼腕表，这节课才上了一半。爱丽丝试着认真听讲，可简的声音太过单调，体育馆里又太过暖和，她感到困倦。于是爱丽丝用手掌撑起下巴，她的眼皮也开始下垂。但她又摇了摇头，强迫自己保持清醒。她担心要是自己真的睡着了，自己可能会化成一股从贝尔维德消失的轻烟，醒来时又是四十岁。虽然这正是她想要的，但她觉得不应该就这么走了——她要先回到父亲身边，她要和父亲一起去"格雷木瓜"热狗店吃晚餐，她要让父亲戒烟，她要让父亲学会做饭——她知道该怎么下厨，她可以做给他看！爱丽丝开始在练习册的背面用笔列出她会做的菜。不知不觉间，响起一阵椅子腿刷蹭地板的刺耳声音，学生们开始把各自的复习资料塞进他们的书包里。当她抬起头时，汤米已经站在她前面。

"想一起吸支烟吗？"汤米问道。他用手将了将头发，但那些发丝立刻弹了回来。爱丽丝的所有大脑细胞都在劝告她说"不"，她应该像对她父亲保证过的那样，下了课就和萨姆一起回家，但从她嘴里脱口而出的是"好啊"。萨姆看起来很恼火，但爱丽丝控制不住自己。"我会给你打传呼的。"爱丽丝对萨姆喊道。她和汤米推开大门，走进外面的阳光中。

他们一起闯红灯，跑过中央公园西大道。汤米伸手拉住爱丽丝的手，帮她躲开车流。他们沿着一条通往儿童游乐场的小路走着，那里只有几架小秋千。因为是星期六，到处都是带着孩子玩耍的父母，游乐场沉重的铁门外停着一排排婴儿车。

"去那边吧。"汤米说道，把头转向小路的更远处。

贝尔维德学校经常利用中央公园作为自己的活动区域：平时在中央公园的"大草坪"上打棒球；每年冬天去拉斯克溜冰场滑冰；当天气转暖，春困来袭时，学生们会在这里上体育课，一起跳绳做运动。一些教职员工也把公园当作健身房，把他们的慢跑服带到学校，在上班前或下班后去跑步，但爱丽丝不会这么做。

中央公园并不是用来锻炼的，它更适合人们躲进茂密的树林里，坐在长椅上，说着一些悄悄话，做着一些秘密的事情。公园的面积有足足八百四十英亩——这是她上初中时的必背知识点——这样大的面积好像不适合去做亲密的行为，但事实就是如此。这里的每个转角都有小片的隐秘区域，都有很多安静的角落，当然这里也不乏很多轮滑表演者和为游客跳街舞的人。爱丽丝喜欢中央公园——喜欢这个美丽宜人的、看似无边无际的地方,这里属于她,也属于每一个人。

汤米倒在草地上,背靠着一棵大树。他从夹克口袋里掏出一包百乐门香烟,开始用手掌拍打。

"人们为什么喜欢拍来拍去?"爱丽丝说,"香烟、斯奈普饮料……这样太奇怪了。"她坐在汤米旁边,抱住膝盖。爱丽丝感觉她的身体像橡胶一样柔软,她可以把腿踢过头顶,也可以倒立。爱丽丝直到上大学,交往了自己第一个正式的男朋友,才首次了解自己的身体,但她重新拥有美好的青春时,这一切无关紧要。仅仅是坐在汤米的旁边,就这样看着他,也能让她的整个身体像触电一样无比激动。她仍然能感受到他牵着自己的手,尽管他们跑到马路对面时,他的手就已经松开了。爱丽丝忘记了自己与朋友们有过多少次身体接触,她忘记了自己和萨姆经常坐在彼此的腿上,抚摸对方的脸。

"是的,确实有些奇怪。"汤米停顿片刻,"我不知道为什么这么做。我只是喜欢这样做。"他拆开香烟盒外面的透明塑料膜,把它扔到地上。

"别,别这样做,"爱丽丝叫道,"别随手乱扔。"她把透明塑料膜捡了起来,放进自己的口袋里。

"你没事吧?"汤米问,"我看过你这样做不止千百遍了。"

"哦,是嘛。"爱丽丝说道。她觉得自己像是个冒牌货,只是戴着和自己一样的画皮面具。清风吹起他们附近的一堆枯叶,形成一股小小的旋风。爱丽丝看着这些卷起的枯叶,心里想到,她可能不小心从某处时空裂缝中滑落了。《时空兄弟》里就有这么一集:杰夫意外从金门大桥中间的一处时空传送门中跌落,斯科特只好去寻找他,把他带回来,一个穿越套着另一个穿越。这是电视剧编剧们厌倦了重复一遍又一遍的相似剧情而想出的新花样。爱丽丝可能是迷路了，也可能是被困住了，或者两种情况兼具。总之她确信，不管是什么情况，所有的事情都在真真切切地发生。她的情绪像过山车一样飘忽不定，她也对周围的一切保持高度警觉。爱丽丝觉得自己像是蜘蛛侠，不过她只是一个青春期女孩而已。

她和汤米是朋友。他们从来没有谈过恋爱，甚至都没有过亲密行为。在贝尔维德，有几对固定的情侣：安德鲁和摩根、瑞秋·古雷维奇和马特·博雷利斯、瑞秋·汉弗莱和马特·帕乔尼、布丽吉德和丹尼、阿珊蒂和斯蒂芬。爱丽丝一直觉得，从人类发展的角度来看，他们可以甩她几条街。他们在走廊里接吻，知道大家都能看到他们。他们在公共场合牵手，比如在足球场边。他们在学校舞会上狂舞，像电影《辣身舞》中的临时演员那样用膝盖夹紧对方的身体，而其他人不会因此窃窃私语。爱丽丝交往过几个男朋友，但没有一个的时间持续超过一个月。他们都是她脑海里的"加拿大男友"①的变种，只不过他们不是虚构中的加拿大人，而是她在数学课上刚刚认识的真人。她的恋爱过程就像是一场持续几个星期的谈判，最后以一个尴尬的电话草草收场。这基本上和小学六年级时的状态没什么两样，只是她那时很少和男孩单独待在一起，一起笨拙地做着一些相互亲密的事。

汤米和爱丽丝不一样。他在一些时候是有女朋友的。那是一些高年级学生，一些不再童贞的女孩。汤米是他们年级中最可爱的男孩，所以对自己现任男朋友感到厌倦的高年级女孩们都会选择和他在一起。他甚

---

① "加拿大男友"指的是那些只在对话中出现，从来没有真实存在过的男朋友。

至也和其他学校的女孩约会,那些穿着校服的女孩会穿过公园来接他。有些女孩住在林荫大道,她们富有的父母拥有一些完整的岛屿。爱丽丝是汤米的朋友,她爱上了他。有时他会在她家过夜,他们会抱在一起睡觉。爱丽丝根本睡不着,她只想听他的呼吸声。有时在半夜,他们会接吻,这时爱丽丝会想:"噢,这是真的。他现在是我的了。"但是一到早上,汤米总是表现得像是什么事也没发生过,所以什么都没有改变。他与她二十多岁时在酒吧、三十多岁时在约会社交软件上认识的那些男人没有什么不同。

汤米拿着烟盒,爱丽丝从中抽出一支烟。"谢谢!"她说道。

"那么,生日聚会准备得怎么样了?"汤米问道,"都有谁会来参加?"

"我不知道,萨姆负责的。"爱丽丝如实说道。

爱丽丝想起了她生日聚会上的一些事情:她给萨姆催吐,还在生日聚会进行的时候漫不经心地想要收拾残局。她记得汤米坐在沙发的角落里,闭着眼睛仰头向上。她吃了菲比的哥哥给她们的东西,看起来像阿司匹林的小药片,然后坐在汤米的腿上,放任他的手伸进了自己的衬衫里。她记得丹尼一头栽倒到窗外,从四英尺高的地方摔了下来,导致手腕骨折。她记得自己拉上了百叶窗,以免邻居吉姆·罗曼和辛迪·罗曼夫妇报警,后来她又希望他们能报警来阻止这一切。

"我有没有告诉过你我要写剧本?"汤米说,"布莱恩和我昨天讨论过这件事。我们要写一个剧本,这有点像《半熟少年》①,但不只是描写一群底层少年,剧情不需要那么压抑。然后我们会在这部电影中自导

---

① 《半熟少年》(Kids)是一部美国青春电影,讲述了一个美国下层社会青年追寻情欲的故事。

自演。"

"你的大学呢?"爱丽丝问道。她知道汤米后来和他的父母一样,都去了普林斯顿大学。

"我不会去的。我不会我父母让我做什么我就去做什么。我才不听他们的!"汤米吸了一口烟。有什么东西在嗡嗡作响,汤米从腰带上解下他的传呼机。"是萨姆,她就在学校的公用电话旁。"他说道。

"我马上就回去,还有什么事吗?"

"莉齐会来吗?她会参加你的生日聚会吗?"莉齐是个高四学生。有一次,她跟爱丽丝和萨姆一起去一家伪装成正规超市的地方买过香烟。除此之外,她们之间没什么交情。在爱丽丝的生日聚会上,汤米和莉齐发生了关系,就在爱丽丝的床上。从那之后,汤米和爱丽丝再也没有说过话,直到他带着他的妻子和孩子走进她的办公室。

"我不清楚,我们回去吧!"爱丽丝说道。她站了起来,掸去裤子上的灰尘。

25

萨姆站在贝尔维德学校的电话亭里,咬着自己的指甲。电话亭位于一楼,紧挨着大楼后面的教师休息室。它的木板墙上刻着几十年来许多学生姓名的首字母和各种低俗的脏话。电话亭的小门是关着的。萨姆透过刮花的玻璃看到了爱丽丝,为她推开了门。爱丽丝挤了进去。

"那位帅哥想要干什么?就为了让你欣赏他一小会儿?"

"他想知道莉齐是否会来参加生日聚会。"

萨姆翻了个白眼。"他竟然在你生日这天问你这种问题?这简直太气人了。那你还好吧?"

"老实说,我现在担心的不是这个。"爱丽丝说,从架子上摘下话筒,茫然地看着它,"怎么联系查号台来着?"

萨姆指给她看,然后把电话还给爱丽丝。

爱丽丝说:"你好!能告诉我俄罗斯套娃酒吧的电话号码吗?在地铁站的那一家。"爱丽丝打完电话后,把话筒挂回原处,转身看着脸色苍白的萨姆。

"你是认真的吗?"

"恐怕是的。"爱丽丝感到泪水涌出了她的眼眶。

"天哪,"萨姆说道,"这么说,你已经很老了?"

"我不老,"爱丽丝回答,"我才四十岁。"

萨姆笑着说:"四十岁难道还不老吗?不过,我尊重你的看法。"

"只是相对而已。比如,我爸……"爱丽丝不知道该如何解释1996年的这一天,伦纳德是多么年轻。但她不得不承认萨姆是对的——乍一听,四十岁确实很老。二十五岁听起来都很老了,四十岁就更不用说了。如果有一个二十五岁的男人在酒吧里向她们搭讪,她们不仅会感到受宠若惊,还会全身起鸡皮疙瘩。四十岁的人已经成了老古董,有可能是家长、权威人士或者主席。

"是不是你爸爸像《时空兄弟》那样,送你穿越到了这里?"萨姆做了一个表示汽车在太空中飞驰的手势。在电视剧片头中,巴里和托尼出现在小行星的背景前,他们驾驶的那辆锈迹斑斑的轿车在星星间跳跃。

"不,当然不是。我们走吧!我有主意了。"爱丽丝说道,她想到了伦纳德躺在病床上的样子。

"等等,你能告诉我一些未来的事吗?只要跟我说一件事,我就能判断你是不是在瞎编。你知道我最反感恶作剧了。"

爱丽丝想了想。萨姆对体育赛事不感兴趣,也不在乎哪个名人出了什么事。她非常关心自己的婚姻,从《回到未来》的剧情来看,这样似乎很危险。

"你爸爸的事是真的,我很抱歉,但我知道你心里在想这个。"爱丽丝终于开口了。她们直到上了大学,才谈起这件事。那时她们相距千里,靠电话保持联系。萨姆的父亲沃尔特经常出差，往返于华盛顿特区和纽约之间，而且每次都在外面待上几天。萨姆上大学时，洛兰终于和他离婚了，因为有人告诉她，他在外面有了别的女人。从此他们的生活发生了巨变。这些年，萨姆一直在怀疑她的父亲，但她从未对爱丽丝透露过一个字。

萨姆深吸一口气。"该死的，我还以为你会说，阿诺德·施瓦辛格会成为总统什么的。"

爱丽丝把萨姆拉了过来，紧紧抱住她。"对不起，我真的很抱歉。"萨姆的泪水浸湿了爱丽丝的衬衫。但过了一会儿，萨姆后退一步，还笑了出来。

"我早就料到这破事了！"她说道，"没什么，咱们走吧。"

. . .

俄罗斯套娃酒吧下午五点钟才营业，但电话里的人说，如果只是寻找失物，她随时都可以过去。爱丽丝确信整件事是从酒吧开始的——那是个昏暗的、脚下总是有点湿滑的地下空间。如果真的有什么通往过去和未来的秘密通道，那么它就应该在地底下，可能沿着地铁2号或3号线的方向。如果人们不想以这样或那样的方式消失的话，没有人会去那种鬼地方。

爱丽丝曾读过关于住在地下通道里的无家可归者的故事。她还听说过废弃的地铁站，在第91街下面就有一个。如果在乘坐地铁1号线或9号线的时候稍加留意，你就可以看到它。一定是这样的——有些人挖得太深了，越过了某种边界，所以搞砸了一些事情。以前，当伦纳德和他的朋友们聊起科幻小说时，爱丽丝总是取笑他们，说他们是成年人了，还把所有时间都花在谈论平行宇宙上。她现在后悔自己当初没有仔细去听。

"那么，人长大了是什么样的感觉？"萨姆问道。

"我觉得还行。我想做什么就做什么，我想去哪儿就去哪儿。"

萨姆开始唱起歌来："但是无人可以取代你①……"

爱丽丝大笑起来。"是的。现在我只是觉得，如果我做出不同的选择，一切都会变得不同，一切都会好起来。虽然在未来的日子里，我没有生命垂危，也没被抓进监狱，但我忍不住去想，未来能不能变得更美好。"她想起伦纳德，想起了他身边的管子和医疗器械，还有那群皱着眉头的医生。

据萨姆说，她们只去过那家酒吧一两次——爱丽丝所有在那里度过的时光肯定都发生在未来。也许是从她们毕业后的那个夏天开始的，甚至有可能是在大学期间，在两人都回家过感恩节并与朋友们重聚的时候。爱丽丝觉得她们看上去太年轻了，不可能就这样大摇大摆地进去，尤其是在白天——她们得编个理由。

"我们要找什么东西？"萨姆低声问道。

"一些可能会不同的东西，"爱丽丝说道，"比如门洞、隧道，或者是一个电灯开关？我不确定。我想如果我们看到就能分辨出来，想想你看过的时空旅行方面的书或者电影，也许会有线索。"

"知道了。"萨姆说道，"我是说，我会尽力的。"爱丽丝能感觉到她们之间的互动有些微妙。这并不是说萨姆不信任她——很显然，她信任

---

① 这是出自爱尔兰摇滚女歌手希妮德·奥康娜的歌曲《无人可以取代你》（*Nothing Compares To You*）的歌词，上文爱丽丝的话与歌词的部分内容相似。

爱丽丝。但萨姆明白，正和她说话的爱丽丝不仅是她的好友，还是一个像监护人、保姆一样大的成年人。爱丽丝甚至还没有告诉萨姆自己在贝尔维德学校工作的事。不然，她在萨姆心目中就成了学校管理员了，那样就更没意思。

俄罗斯套娃酒吧的门是开着的。女孩们慢慢走了进去，一点一点让她们的眼睛适应黑暗。酒吧里空荡荡的，吧台上摆着几排酒瓶，有一个模糊的人影正弯腰数着那些酒瓶。萨姆紧张得抓住了爱丽丝的胳膊。爱丽丝明白，她的朋友只在掌控局面的情况下才能做到游刃有余，比如为复习法学院的入学考试，或者嫁给一个把她奉为女神的男孩。

"有人在吗？"爱丽丝说道。她向后拉了一把萨姆的胳膊，紧紧攥住。

酒保站直了身子，就在前一天晚上，他还以友好的态度款待过她。"哦，你好！"爱丽丝说道，试着让自己放松下来，"很高兴再见到你！"

"姑娘们！"酒保招呼道，他的目光中带着警惕。他看起来并不认识爱丽丝。

"我想我在这里丢了一样东西。"爱丽丝清了清嗓子，"我刚才打过电话。我们能找找看吗？我们什么也不喝。"

酒保开始把酒瓶搬回吧台后面的架子上。整个地方散发着难闻的气味，就像发酵着成千上万个陌生人的遗憾与不甘，又夹杂着些许呕吐物和消毒水的味道。"那你们找吧。"他一边干活一边说道。

爱丽丝把萨姆拉到自动点唱机旁边的角落里，说道："就是这儿，我和那个酒保都在这里，我告诉他今天是我的生日，他还免费招待我一些酒。后来我喝醉了，把我的毛衣弄脏了。我好像还给一旁举行女生联谊会的女孩们分发了一些西班牙小吃。"

"这是什么时候的事?"萨姆问道。她们的鼻子几乎碰在一起,皮肤被点唱机小灯泡发出的光照成了橙色。

"昨晚,也是我穿越前的最后一晚。"

"明白了,明白了。所以我们是在寻找一些奇怪的东西对吧?比如一扇门,或是一个看起来令人不寒而栗的通道?"萨姆在房间里左右张望——这里有一台老旧的弹球机和一张塌陷的沙发,沙发里可能藏有能侦破好几起刑事案件的DNA,除此之外就剩下那台自动点唱机。

"照相亭!"爱丽丝说道。她拉着萨姆的手,穿过吧台,进入隔壁房间。

照相亭的门帘开着,里面座位是空的。爱丽丝迅速坐了进去,萨姆也悄无声息地坐到她的身边。

"我觉得这里没什么异常。"萨姆说。

"我也这么想。"爱丽丝说,"我真希望我能用谷歌搜索一下。"

"你在和我说未来的东西吗?"萨姆噘起了嘴唇,"如果你想告诉我未来的事,那么我更想知道我嫁给了谁,是布拉德·皮特还是丹泽尔·华盛顿。"

"即便是对成年的你来说,他们也都太老了。但是,好吧,好吧!我说过我不会告诉你细节。但是在未来,有一个东西叫作谷歌,你只要输入一些内容,它就会给你提供成千上万条答案,还有一个叫维基百科的网站也跟它差不多。我真希望我能输入'请给我时空旅行指南',然后搜到一些答案。"

"你是说,什么都可以输入吗?它能告诉你想知道的一切吗?那样不就没有人需要做作业了吗？"萨姆问道。

"不是这样的。"爱丽丝说道。她用手指在自助照相机的操作说明书和投币口处摸索。她站了起来，从裤子后面的口袋里掏出钱包，抽出一张皱巴巴的一美元钞票。她把钞票塞进投币口，照相机的灯开始闪烁起来。爱丽丝和萨姆分别摆了四种姿势，然后照相机的内部装置开始嗡嗡作响。拍完之后，她们离开了照相亭。

在等待照片冲洗的过程中，爱丽丝在两个房间内来回踱步。她摸索着俗气的墙壁，检查着那些几十年都没有被移动过的照片。她没发现什么异常，至少没有什么比白天来到酒吧更古怪，这就像放学后还待在学校里一样。机器终于吐出了东西。萨姆和爱丽丝赶紧跑了过去，小心翼翼地从边缘拿起还未干透的照片。

"经典。"萨姆赞许地说道。照片里的四种姿势分别是亲吻脸颊、伸出舌头、瞪大眼睛和闭上眼睛。

"嗯，我也喜欢。"爱丽丝说。她可以从照片中看到自己——当然是她十六岁时的脸。但她也能看到别的东西，比如从瞳孔和嘴角处表现出的惴惴不安。这张照片与萨姆在她四十岁生日那天送给她的照片不是一张照片，但很相似，就像是一起拍出来的。

"你拿着吧，"萨姆说道，"这是我送给你的生日礼物。"

爱丽丝有点沮丧。"我们还是回到波曼德街吧。我想尽可能多地陪陪我爸爸。"

"好的。"萨姆说。她们向困惑的酒保挥手告别，然后穿过地铁站的旋转闸门，晃了晃她们的学生证，迅速坐到一排空座位的另一头。

萨姆说："再告诉我一点别的事，我想听好事。"

"你会搬到新泽西。"爱丽丝笑着说道。

萨姆假装挥出一拳。"你就是在跟我开玩笑。"

爱丽丝点了点头。有时候,真相确实令人难以相信。

26

当萨姆和爱丽丝回到波曼德街时,伦纳德不在家。她们穿过客厅,走向爱丽丝的卧室,厄休拉在她们的腿边跑来跑去。爱丽丝房间的门上贴着一张便签:"很快回来——爸爸。"

"那么,有什么计划吗?"萨姆蜷缩在爱丽丝的床上问道。她俯身拿起一本《17岁》杂志。"我真不敢相信你会订阅这种垃圾。"

"今晚的计划?还是我人生的计划?"爱丽丝坐在她的旁边。

"这难道不是一回事儿吗?"

"容我想想。今晚,我想在聚会上比上次更尽兴。我想弄清楚怎样才能回归我的生活,回归我的另一个人生。另外,我想多陪陪我的爸爸。"如此坦率地承认对父母的依赖是一件很难为情的事。贝尔维德学校的孩子们正处在一个自我意识薄弱的年龄段。他们试图改变自己,尝试找到自己的另一副模样。在这方面,他们表现出了高度的开放性和进步性,知道自己仍然在不断探索和发展中。爱丽丝十几岁的时候,生活的全部意义就是假装什么都影响不了她。严格说来,她还是不敢把真相告诉萨姆——如果可以的话,爱丽丝想拯救伦纳德,避免他落得医院里等死的下场。她想挽救他的命运,就这么简单。就在这时,爱丽丝听到前门打开又关上的声音,厄休拉从某个高处——书架或冰箱顶上一跃而下,跑向门口。

"爱儿,是你在家吗?"伦纳德喊道。

"是的!我在家,和萨姆一起!"爱丽丝大声回答。萨姆在翻阅杂志上的彩色广告:美宝莲俏密睫毛膏、斯沃琪瑞士手表、邦妮贝尔润唇膏和卡宝德珠宝首饰盒。当时爱丽丝曾相信,订阅这些杂志是在为自己的未来做准备,就像《飞跃比弗利》[①]里的一样,只不过现实中的女孩们在学校里穿的裙子更短,戴的帽子更多。她所沉迷的一切都在向她证明,她已经长大了。爱丽丝想摇着萨姆的肩膀告诉她,她们还都是未长大的孩子,但周围的人不这么看待,就像是她们套上了同一件风衣,让对方站在自己的肩膀上,看起来和成年人一样。萨姆早就知道自己并没有成为一个真正的成年人,她曾经因为晚归而惹上麻烦。当萨姆的母亲在她的房间里发现了烟蒂时——她被禁足了。当洛兰接到贝尔维德学校的电话,电话里说萨姆在上课时间被抓到在楼梯后面与一个叫诺亚·卡梅洛的男孩接吻后,萨姆的传呼机被没收了两个星期。作为一个青少年,最糟糕的事情之一就是认识到每个人的生活都不一样——爱丽丝那时就意识到了这一点。只不过,她花了几十年的时间才完全明白,许多她认为对自己人生有利的东西却起了恰恰相反的作用。

"你要在聚会前回家一趟吗?"爱丽丝问道。

"不,干吗要回去?我就穿你的衣服。"萨姆说。爱丽丝忘记了一件

[①]《飞跃比弗利》(Beverly Hills, 90210)是一部美国青春电视剧,讲述了一群生活在邮编为90210的比弗利山庄的高中生的友情和爱情故事。

少女的衣服在她们心中存在的时间是如此短暂，忘记了她们之间的物品分不清到底属于谁。她和萨姆穿着相同尺码的衣服，几乎不分彼此。

在萨姆送给她的生日照片中，她们戴着王冠，穿着吊带裙，像是选美皇后被迫在半夜参加晚宴一样。"我们穿平时的衣服吧，"爱丽丝提议，"别太花哨。"

萨姆耸了耸肩，说道："今天可是你的生日。"

电话铃声响起。爱丽丝花了一分钟，才从一堆衣服下面找到了它。

"喂，你好！"她说。

"生日快乐，爱丽。"她的母亲在电话里说道。爱丽丝从不喜欢这个昵称，感觉就像塞雷娜在跟别人说话，而不是跟她。从某种意义上来讲，确实是这样。塞雷娜总以为爱丽丝很想听到她的声音，或者满足于她时常的通话和偶尔的照顾。"我给你寄了一些东西，收到了吗？"

"嘿，妈妈。"爱丽丝说道。萨姆又回头去看她的杂志了。

"姑娘们要吃午饭吗？"伦纳德朝这边喊道。两人齐声回答："要！"

27

"格雷木瓜"热狗店是纽约城最棒的餐厅,它只提供一样东西:热狗——番茄酱热狗、芥末酱热狗、德国酸菜热狗、风味酱汁热狗。在柜台后面,有几大桶压榨好的、颜色鲜艳的果汁。如果有人不点店里特色的木瓜汁,而是选择了其他饮料,那么他很可能是个自恋狂。餐厅里没有座位,只有面向百老汇大道和第72街的沿窗高桌供顾客一边就餐一边观赏街景。当伦纳德去点餐时,爱丽丝和萨姆在高桌前抢了一个可以俯瞰百老汇的位置。

"你告诉他了吗?"萨姆低声问道。

爱丽丝摇了摇头。

"但是他很懂这方面的知识。"萨姆说。

"你指的是什么?《时空兄弟》吗?萨姆,那只是一本书,是虚构的,而且是一部愚蠢的作品。书中的兄弟俩穿越时空,却只是为了解决一些鸡毛蒜皮的小事。"

"但也许它变成现实了呢?你是不是有一辆锈迹斑斑的汽车?"萨姆睁大眼睛问道,"也许那辆汽车被你伪装成了卫生间什么的。"

"你到底在说什么呢？"

"哦，好吧，现在轮到我说胡话了。"萨姆翻了个白眼。伦纳德挤过身后排队的人群，端来四个热狗，其中两个加了番茄酱和芥末酱，另外两个加了德国酸菜和洋葱。"这是我最喜欢的蔬菜。"他说道。

爱丽丝说："爸爸，我从来没有见过你吃过绿色的东西，除了像蓝色5号色素和黄色8号色素混合在一起的那种。"伦纳德转身回到柜台去拿饮料。

"要不你问问他吧？"萨姆咬牙说道。

"还不到时候。"在伦纳德把胳膊肘放在她旁边的桌面上时，爱丽丝朝父亲笑了笑。她咬了一口热狗，还是那熟悉的、无与伦比的味道。伦纳德一边吃一边闭上眼睛，显然和她一样在享受他的美味。也许这就是生活的真谛：抛开其他一切杂念，发现一天之中的每一个微小时刻，在那一瞬间，或许只是几秒钟内，你会变得无忧无虑，只剩下快乐和对眼前事物的赞赏。这可能就是超然的冥想，当我们手上有了热狗，又明白世间万物都在变化，有时美好有时糟糕的道理，不妨只欣赏生活美好的那一面。

· · ·

吃完热狗后，他们沿着阿姆斯特丹大道走向伊多乐冰激凌店，小心躲避从街区另一头的纽约自然历史博物馆拥出的一大群游客。爱丽丝在五岁、十岁或成年时，都有可能是这样庆祝生日的。好几辆行驶中的出租车突然改变方向，停靠在马路边揽客，路上后面的汽车都在猛按喇叭以示不满，就好像是他们第一次见到这种现象似的。人行道上的行人要么直视着前方的路，要么看向他们的朋友。成群的鸽子在他们面前从天而降,享用着美味的垃圾——那是人们掉落的午餐。

在空荡荡的冰激凌店内,爱丽丝和萨姆从玻璃柜里挑选了精心制作的冰激凌。爱丽丝要的是薄荷加双倍巧克力口味的冰激凌,还撒上了热可可和彩虹糖,萨姆要的是开心果、草莓配鲜奶油的口味,而伦纳德要的是曲奇口味。他们围坐在一张小圆桌旁,膝盖在桌子下面挤到一起。

"你每天晚上在写些什么呢?"爱丽丝问她的父亲,然后用勺子挖出她面前冰激凌里的那一堆糖。此时,她脑海里回想起父亲工作时的声音——扬声器里传出忧伤的吉他声,他趿拉着拖鞋走来走去的声音,他的手指在键盘上不停敲击的声音。对她来说,这些声音像白噪音一样令她放松。那意味着他就在那里,他还在写作,他在以他自己的方式快乐着。

"谁?是说我吗?"伦纳德问道。

"是的,爸爸。"爱丽丝说道。热可可已经凝固成稠密的熔岩状,粘在脆弱的塑料勺子上。

"我在构思故事、寻找灵感或者不同的东西。"

爱丽丝点了点头。在伦纳德开始发火之前,在她打算探究父亲的内心之前,她一直都是这样开场的。"那你为什么不出版呢?纽约随便哪一家出版商都会买下你的稿子,绝对的,即便你写得乱七八糟。"

伦纳德把一只手放在了他的胸口上。"你这样说很伤人。"

"爸爸,你明白我的意思吗?我并不是说你写的东西真的都是垃圾。我只是说,这不是明摆着的吗?有人会买下你的书的版权,然后会出版,再给你一大笔钱。为什么不试试呢?"爱丽丝红着脸问道。

"伦纳德,我想爱丽丝想问的是,"萨姆说,"你是不是正在写类似

《时空姐妹》的作品？你应该明白我的意思，就是按照同样的套路去写，只是主角是女孩而不是男孩，毕竟女孩在各方面都更胜一筹。"

伦纳德点了点头说道："我明白你的意思，真的。谢谢你，萨姆，谢谢你提出了一个相当有价值的想法，我应该早几年就想到了。但是，同样的事情再重复一遍就不好玩了。如果我再写一个同样套路的故事，只是里面的人物不同，你不觉得很无聊吗？"

爱丽丝和萨姆耸了耸肩。

"恕我直言，这有点像'蜘蛛侠'系列漫画。如果你有一本成功的书，你就可以出版另一本。但是一本书之所以会成功，首先是因为书的作者对读者负责任——作者要让读者喜欢上这本书，这就是我写作的原因。有些作家几十年来一遍又一遍地写同一本书，每年出一本，是因为他们能做到对读者负责，而且做得很好，让读者们喜欢去读，就是这样。还有一些作家，比如我，"说到这里，伦纳德笑了，"发现自己灵感枯竭，以至于宁愿和自己十几岁的女儿一起看《抢答》节目，随便写些自己想写的东西，不用担心会有别人来看。"

"《抢答》！那是个非常好的节目。"萨姆说，"我明白了。"

爱丽丝不觉得萨姆能理解伦纳德。萨姆和她妈妈一样，有着出类拔萃的学术抱负和智力水平。萨姆从大学本科直接考上了法学院，一气呵成，连喘口气的间歇都不留。不过，爱丽丝理解萨姆，她在贝尔维德学校经常看到这种情况：爱打网球的父母有着爱打网球的孩子，酗酒或爱喝酒的家长因为在他们孩子的储物柜里发现啤酒而被叫到学校辅导员办公室，科学家的孩子擅长科研，厌恶女性的男人的儿子也会厌恶女性。爱丽丝一直以为自己在事业方面与父亲截然相反——父亲高歌猛进，而她只能找一份稳定普通的工作，就像一只尾部缠绕着海草的海马——现在她终于明白自己想错了。她的父亲也很胆小，他更愿意保持已有的成就，而不是冒险去尝试新的事物。

"对不起，爸爸，"爱丽丝说，"我能理解你的感受。"

伦纳德用手轻轻拍着她的脸颊，说道："你总是什么都知道，什么都理解。这真的很奇怪。即使在你很小的时候，每当我问你问题时，你好像都能对答如流。我本以为你会被考倒，就像是有人从灌木丛里跳出来说：'哈！你以为这个孩子知道有袋动物和哺乳动物的区别吗？但她只有三岁，什么都不知道！'但从来没有出现过这种情况，你就是知道答案。"

"不过，爸爸，你真的应该去按萨姆说的做，如果能那样的话就太好了。你知道你会写得很好的，对吧？人们会喜欢的。《时空兄弟》的大获成功并不意味着你的另一本书会彻底失败，这不是不去尝试的理由。"

伦纳德一边用勺子去挖纸杯底部，一边问道："你们两个什么时候变得这么聪明了？"女孩们早就吃完了她们的大杯冰激凌。伦纳德了站起来，把桌面上所有的垃圾和碎屑残渣扫到他的手掌里，然后扔进了垃圾桶。萨姆看着爱丽丝，把头歪向一边。"我有个想法，"她说，"我得回家去查看一样东西，然后再来波曼德街找你，好吗？有事就呼我。谢谢你的冰激凌，伦尼。"

伦纳德点头回应："不客气。"

萨姆挥挥手，走出大门。她向爱丽丝抛出一个飞吻。爱丽丝接住了萨姆的吻，她突然感到紧张起来，自己又要独自面对真相了。

"我们要不要去看鲸鱼？你不会觉得太幼稚吧？"伦纳德问道。

28

　　星期六的博物馆总是很拥挤，但再怎么人山人海，游客们还是喜欢拥进楼上的恐龙馆。爱丽丝从五岁起，就不再关心这种场面，那里不是他们要去的地方。伦纳德在入口处亮出他的会员卡后，他们迅速转向左边，经过了老罗斯福的青铜雕像和一些立体模型景观，这些景观无疑大大低估了历史上北美大陆原住民和殖民地清教徒之间的紧张关系。伦纳德和爱丽丝穿过一个丛林风貌的通道，这里摆着等身大小的老虎和一只大得足以吞下老虎的蚌壳。爱丽丝从这里知道了这两种生物可以如此相近。

　　他们的目的地有一个正式名字，那就是米尔斯坦展厅，但没有人这样叫它。当人们的头顶上游着一头公交车那么大的蓝鲸，四周充斥着深邃幽暗的大海声音时，谁会想得到这个名字呢？当你身处在这个展厅里，感觉仿佛置身于与世隔绝的海底。上层的阳台上有蜘蛛蟹和水母，墙上陈列着各种生物，但真正的精彩之处还是在楼下，在蓝鲸下面，这里周围都是巨大的手绘实景模型。海牛睡眼惺忪地漂浮着，仿佛在见证一场永恒的梦；海豚炫耀着自己的跳跃本领；一只海豹被旁边一只体形硕大的海象捕食；在角落里，还有一个几乎被珊瑚和鱼群掩藏起来的采珠潜水员。伦纳德和爱丽丝小心翼翼地走下楼梯,没有说一句话。这个房间需要安静,就像电影院或教堂里需要安静一样。

成年人总会遇到时间问题,仿佛做什么都有时间限制——和萨姆的晚餐聚会最多两个小时,和其他朋友的约会可能甚至还没有这么久。有时需要排队等待用餐位置,有时会在酒吧过夜,有时参加聚会到很晚,但即便如此,实际花费的时间也不过几个小时。爱丽丝现在的大部分友谊都是脱离现实的,就像她年轻时交笔友一样。她和她的朋友们常年不见面,只通过他们发布在社交账号上的宠物狗、孩子或午餐的照片来了解他们的最新情况。她从来没有像今天这样,一整天都游走在各种事情之间。爱丽丝认为婚姻和家庭的好处就是随时有人陪伴在身边,不需要通过三封电子邮件、六条短信或者最后一刻的改期才能见面。每个人小时候都在家庭的陪伴中长大,但只有真正被命运青睐的人才能在成年后一直保持这种生活状态。拥有兄弟姐妹的人通常在这方面占据优势,但也不一定。在贝尔维德学校有两个男孩,他们从幼儿园起就是好哥们儿,长大后还娶了一对姐妹为妻。现在他们的四个孩子都在贝尔维德上学,由两位母亲轮流开车接送。这就是友谊的更高形式——通过婚姻来让友谊更紧密。这听起来似乎是中世纪的做法,就像世界上所有的王室成员或多或少都是亲戚,甚至连表亲这个概念都像是在炫耀自己——他们都是我的人。爱丽丝从来没有觉得自己属于任何人,或者任何人属于她,除了伦纳德。

伦纳德走到房间中央,慢慢压低身子,然后仰面躺在地板上,他那双磨损的运动鞋向两边伸开。他不是唯一一个躺下的人,有一对带着婴儿的夫妻也躺了下来,仰望着鲸鱼那宽阔的肚子。爱丽丝跪坐在她的父亲旁边。

"还记得我们以前经常来这里吗?"她问道。爱丽丝小的时候,他们每个星期至少来一次。她甚至记得和母亲一起逛博物馆的日子,她的母亲更喜欢宝石和矿物的展厅。爱丽丝的手来回抚摸着自己的大腿。她穿着布料硬挺的深色水手裤,这条裤子是从爱丽丝秘密之家那里买的,那是她最喜欢去的服饰店,不仅仅是因为和她同名。她看着自己年轻的身体,这仍然让她感到陌生,她几乎不记得自己年轻时的样子了,因为她一直把青春视作一种不复存在的东西。

"在整个纽约城,这是唯一一个能让你不再哭闹的地方。"伦纳德笑容满面地说着,用手拍了拍旁边的地板,"快来躺下吧。"

爱丽丝也仰面躺在地板上。有一次,贝尔维德学校里那群鬼混的人在他们兴起的时候去街角的天文馆看激光秀——那是平克·弗洛伊德乐队和他们的象征飞天猪共同登场的那场演出。爱丽丝想不明白为什么有人更愿意去别的地方而不是来这里。

"我不清楚为什么我再也不来这里了。"她说,"我感觉刚才我的血压都下降了。"

"你什么时候开始担心血压了?十六岁真的和以前不一样了。"伦纳德把手放在自己的腹部,爱丽丝看着他的手随着他的呼吸上下起伏。

爱丽丝想说点什么。在展厅里,有些父母用婴儿车推着熟睡的孩子,有些游客提着购物袋走来走去,但房间里很安静,安静到不管爱丽丝说什么,除了她父亲,没有人会听到。

伦纳德当然比大多数人更关心时空旅行。尽管他经常嘲笑糟糕的科幻小说、电影和电视节目,甚至是他朋友的作品,但爱丽丝知道他喜欢它们。科幻使不可能成为可能，使现实的极限超出科学所能解释的范围。当然，科幻是一种隐喻、一种修辞、一种流派，但它也是一种乐趣。没有一个人，当然也没有一个伦纳德喜欢的人在写科幻小说的时候是把它当作一种赚钱的工具，那是愚蠢的做法。在全世界所有作家中，伦纳德最不喜欢的就是那些花里胡哨的作家，他们接受过名校艺术硕士的课程，常出席那种必须穿着黑领结礼服的颁奖典礼。他们短暂地降临到地球上，只是为了从科幻流派中偷走一些东西——比如永生和末日启示录——然后把它们带回天堂。伦纳德喜欢科幻迷，喜欢那些血液里流淌着科幻基因的人。在那些花里胡哨的作家里，也有一些人在内心深处是忠实的科幻迷，伦纳德对他们没有微词。不过，爱丽丝认为现在还不能随便谈论科幻迷、科幻小说或时空旅行等话题，否则会暴露自己，而且她还没做好准备。她知道这一过程可不像告诉萨姆那样简单——即使是萨姆也惊讶地扬起了一条眉毛，就像是在面对一个有信仰但不一定信上帝的人。伦纳德一直相信爱丽丝——比如哪个女孩在幼儿园里把她推下滑梯，哪个男孩嘲笑了她，哪个老师打分不公平。她并不担心她父亲会怀疑她，她害怕的是接下来会发生什么，因为伦纳德会毫不犹豫地立刻相信她。

这头鲸鱼有整个展厅那么长，它的吻部朝下，像是要潜入漆黑的深渊。为了推动庞大的身躯下潜，它那宽大的尾鳍推动着海水，甚至看起来要打破展厅的天花板。爱丽丝闭上眼睛，感受着身下坚实的地板。

"我有没有告诉过你我和西蒙去灯塔剧院看感恩至死乐队[①]的事？"

[①] 感恩至死乐队（Grateful Dead）是一支美国摇滚乐队，风格以迷幻摇滚和乡村摇滚为主。下文中提到的杰瑞，即杰瑞·加西亚（Jerry Garcia），是感恩至死乐队的吉他手兼主唱。

他说过。

"说吧！"爱丽丝笑着回答。其实她知道他将要说出的每一句话。

伦纳德开始说道："1976年那会儿，杰瑞有一把白色的吉他。我的朋友们经常看感恩至死乐队的演出，但我只看过那一次。灯塔剧院有时感觉很大，有时感觉很小，这取决于你坐在哪个位置。西蒙从他的经纪人那里拿到了门票，他的经纪人是这方面的行家。不知道怎么的，我们坐在了第三排，是第三排哦！坐在那里的每个女人都美得让人窒息，那四个小时就像是待在另一个星球上。"

这正是爱丽丝一直怀念的东西。她想要了解的不只是她一直不敢问的问题，也不只是外人不知晓的家族历史，更不只是她父亲眼中童年的她，还有这些她听过千万遍却再也听不到的尴尬故事。她可以想象整个音乐会和伦纳德那张满是汗水的笑脸——那时他还没结婚，还没做父亲，还没出书。即使她闭上眼睛，也能看到那个场景，就像看到鲸鱼一样清楚。

29

他们回到波曼德街时,电话铃声正响起。伦纳德让到一边,示意爱丽丝快去接电话。

"是打给你的。"他说。

"你怎么知道的?"爱丽丝说着拿起了话筒。

"我的天哪!我一直在给你打电话,十分钟一次,都打了好几个小时了。"萨姆说道。

"抱歉,我是爱丽丝,不是你的天。"爱丽丝把电话绳绕在食指上。为什么人们会觉得有了手机就不会束手束脚了?这感觉就像是在太空自由地漫游了一天,任何人无法触及,现在又连接上了。

"哦,闭嘴吧,小祖宗。你打算晚上在哪里吃饭?我去那里找你。"

"爸爸,我们晚上去哪里吃饭?"爱丽丝问伦纳德。他站在餐桌旁边,翻阅着一叠邮件和杂志,谁知道那些都是什么。

"我们去'V&T'比萨店吧。这样,萨姆可以直接走过来见我们。你觉得怎么样?"

"很棒。萨姆,你听到了吗?六点钟去'V&T'比萨店,一起去吃黏糊糊的比萨。"爱丽丝转过身背对父亲,"还有别的事吗?"

"有,我想我弄明白了,也许很有可能,等见面后我再告诉你。"萨姆的声音略带着喘息,仿佛她已经在原地慢跑了几个小时,而不只是在不停地重拨电话。爱丽丝的心中燃起一股希望的火焰,或许也带着几分潜藏的焦虑。

"好吧,到时候见。"爱丽丝挂断了电话。

伦纳德把那叠邮件扔回到桌子上,自言自语道:"为什么都是些垃圾邮件?"

电视机的摆放位置很尴尬——在厨房岛台的末端。在那里,它可以转向桌子,也可以面朝沙发。虽然桌子挡住了沙发的视线,但这里空间不大,没有地方挪动,反正伦纳德和爱丽丝也都习惯了。录像机被塞在电视机下面,所有连接的线路都悬空在岛台旁边。如果他们养的是别的猫,一只正常的猫,而不是厄休拉,这些线路就会成为不可抗拒的诱惑和麻烦,但厄休拉对这些东西不屑一顾。晚饭前还有几个小时的时间。爱丽丝依次打开又关上了每个橱柜的门,直到找到可微波炉加热的爆米花。她把爆米花拿出来向父亲晃了晃。

"想看电影吗?"

伦纳德打开放录像带的壁橱,开始喊电影片名。"《绿野仙踪》?《蝴蝶梦》?《飞天万能车》?《飞天万能床》?《欢乐满人间》?《伴我同行》?《辣身舞》?《回到未来》?《橡皮头》?《竖起你的耳朵》?还是《佩吉·休要出嫁》?"

"佩吉·休!"爱丽丝说道。她绕过壁橱的门,以便能看见他。伦纳德从盒子里取出录像带,递给了她。

"瞧，我们俩是不是最聪明的人？别人在慢跑，在找乐子，我们却在大白天看电影。"他说道。

这部电影一如既往地好看，只是让爱丽丝抓狂的是，佩吉·休似乎很少关心她的父母。谁会在乎她那些无聊的朋友，还有她那个愚蠢的男朋友？她应该尽快和每个人打完招呼，然后老老实实地待在家里。别忘了还有她的祖父母呢？佩吉·休过着幸福的生活。她结婚生子，父母健在，一切都很好，除了她可能想离婚。这根本不是时空旅行，一点都不是。这只是佩吉·休晕倒后做的一个梦。这部剧看起来就像是那种可能预设三种不同结局的电影，因为试看观众很可能不喜欢他们所看到的那个结局。爱丽丝喜欢的结局是：凯瑟琳·特纳在酒吧的地板上爬来爬去，寻找兔子洞①，但没有找到，所以被永远困在那里，重复着相同的错误。爱丽丝想看点恐怖电影。不过话又说回来，她可能马上就要亲身体验了，所以她可能不需要去看。

伦纳德轻轻用肘部碰了一下她。爱丽丝睡着了，她的头靠在沙发的扶手上，像是跷跷板一样。如果是她四十岁的身体，这样的睡姿可能会导致她的脖子酸痛好几天，但年轻的爱丽丝轻松地坐了起来。

"是时候去吃比萨了。"伦纳德说。

· · ·

"V&T"比萨店位于第110街和阿姆斯特丹大道的交叉路口，与圣约翰神明大教堂隔街相望。每年的圣方济各日②，伦纳德都带着爱丽丝前去

---

① 兔子洞的说法出自著名儿童文学作品《爱丽丝梦游仙境》，它是主角爱丽丝进入奇幻世界的入口。

② 圣方济各日（Saint Francis Day）是纪念天主教圣人圣方济各（San Francesco di Assisi）的节日。为了纪念他，美国旧金山市使用他的名字作为城市名。

这座教堂。节日当天,人们会打开教堂巨大的前门,让一头大象走进来。斯特恩一家从不庆祝任何宗教节日,但他们乐于庆祝纽约的本地节日。除了和大象一起庆祝圣方济各日,他们还会在梅西百货感恩节大游行的前一晚去看气球充气;欣赏第五大道的高档百货公司的圣诞橱窗;庆祝圣热内罗节和中国春节,去吃卡诺里卷和饺子;在淹没整个上城区的雷击顿舞曲中参加波多黎各日大游行;也会参加同样热闹的圣帕特里克节大游行,只是乐器变成了风笛。

"V&T"比萨店的比萨并不是纽约市最好的比萨,但肯定是最黏糊糊的比萨。这里的比萨烤箱的中间可能都有轻微的凹陷,使得每一张比萨的中间部分的奶酪都是液态的,形成一圈圈漩涡。奶酪会朝某个方向滑动,拿起第一块比萨的人不得不把这个黏糊糊的东西从其他比萨上扯下来,然后用手指或餐刀重新切割剩下的部分。爱丽丝喜欢这样的比萨。当她和伦纳德走到街角时,萨姆正在前面踱步。

"嘿,跟我一起去洗手间吧。"萨姆说着抓住了爱丽丝的胳膊。

伦纳德挥手让她们快去快回。

洗手间很小,里面没有人。萨姆冲了冲马桶,又打开了水龙头。

"先说一下,不要笑话我好吗?"萨姆说道。她把双臂交叉,抱在胸前。

爱丽丝说:"我哪有资格笑话你?而且我永远也不会!求你了,告诉我吧。"洗手间里有一股消毒水和番茄酱的味道。

萨姆说道:"好吧。你知道的,我妈妈很喜欢《时空兄弟》。所以我读了一遍《时空兄弟》,我还读了她的其他几本书——事实证明,作为一名教授,那个女人的书架上有很多时空旅行方面的垃圾。"她显然有太多的话想一股脑儿地说出来,"就目前的情况而言,我认为主要有两种方案,这并不是说你可以选择其中一种方案,我只是提出两种理论。"

"好吧。"爱丽丝说道。感谢上帝,萨姆还是老样——体贴、聪明且乐于助人。爱丽丝想告诉她,正是这些品质使她成为一个伟大的母亲,但她没有说出来。

"总的来说,我认为你要么被困在这里,要么能回到未来。斯科特和杰夫有一辆汽车,对吧?那辆汽车载着他们到处转悠,就像马蒂·麦克弗莱驾驶那辆时空旅行的车一样。可是你没有汽车,而且,你还是穿越到了自己年轻的身体里。我不想让你难过,但这似乎并不是个好兆头。如果有两个你,而且另一个你能看到自己正在做的事情,让两条时间线完美融合,就像电影《回到未来2》那样,那么很明显你就能回去,否则就会永远存在两个你。你明白我的意思吗?"

"是吗?"爱丽丝说。

"我认为这可能是个虫洞。有一次,斯科特和杰夫穿过虫洞,你记得吗?书上没写,但电视剧里有这一段。你知道我说的是哪一集吗?当时,他们在威斯康星州斯科特家的农场。'哒哒哒,我猜这一次我们不要去时空旅行了。'台词是这么说的,就好像他们在度假一样。斯科特在帮他的奶奶清理一个旧谷仓,然后突然间就来到了1970年,他一下子变成了婴儿。那天,他一直是处在婴儿的状态,和他的奶奶待在一起。剧情里你可以看到他的妈妈是怎么死的。然后第二天,他又变回到了现在的自己,但未来已经有点不一样了。我想你的情况可能就是这样——你走进了存在虫洞的谷仓。"

"那么,现在我就是那个婴儿。"

"是的，而且你很清楚你变成了婴儿。"

有人敲响了洗手间的门，这是这家餐厅唯一的洗手间。爱丽丝关掉水龙头，喊道："我马上出来！"她和镜子里的萨姆对视了一下。"不过，我真不知道该怎么办。"

萨姆耸了耸肩，说道："我们先去吃比萨吧。"

. . .

当她们回到餐桌上时，伦纳德已经点了可口可乐，而且在红色方格桌布的中央还摆着一份由卷心生菜和浅色番茄做成的蔬菜沙拉。这种不太讲究的比萨店沙拉一直深受伦纳德的喜爱。女孩们在伦纳德对面的椅子上坐了下来，各自喝了一大口苏打水。萨姆在家里不允许喝苏打水，所以跟爱丽丝和伦纳德在一起时，她就疯狂畅饮。

"你确定今晚要去开会吗？"爱丽丝问道。

伦纳德挑了挑一侧的眉毛，问道："意大利腊肠？蘑菇？还是胡椒香肠？家里你不是都已经有计划了吗？"

萨姆喘着粗气说："伦纳德！你不应该知道的！"

"没事，开个小聚会吧。我相信你们。"他笑着说。服务员端来一杯红酒，伦纳德向他道谢。

他带着他的包——从军用品商店里买来的挎包，现在已经变得破旧。他把它挂在椅背上。餐后，伦纳德将直接去市中心的一家酒店参加会议。爱丽丝一直在思考自己的事情，甚至没有注意到这一点。

"你真的要去吗？"爱丽丝再次问道。

"得了吧，你们两个都不想看到我。你们玩得开心点，我明天早上会打电话过来。如果你有事找我，家里的冰箱上有酒店的电话号码。"伦纳德喝了一大口酒，皱着眉头说，"这是……醋，但我喜欢吃醋。生日快乐，我的宝贝。"他举起手中的酒杯。

爱丽丝不由得叹了口气。"爸爸。"

"好吧，生日快乐，爱丽丝。"他试图换个话题。

"谢谢爸爸。"她点了点头。

一个小时后，伦纳德挎上挎包，和她们挥手告别，在门铃的叮当声中走了出去。这时还不到八点钟，爱丽丝不记得接下来会发生什么。

30

夜色降临，波曼德街的房子显得更小了。不知为何，这里总是缺少阳光，尽管光线能够穿过狭窄步行街周围的高楼照到这里，却让空间显得更加紧凑。爱丽丝和萨姆在冰箱里装满了啤酒，在餐桌上摆放了几大碗薯片。爱丽丝紧张地吸着烟，萨姆在衣橱里翻找着要穿的衣服。

"给我讲点绯闻吧。"萨姆说。

爱丽丝吸了一口烟，回想着她十六岁生日那天，有什么事情会给她留下最深刻的印象。"我和很多人上过床。"

萨姆把一堆衣服抱在胸前，愣住了。"很多是多少？"

爱丽丝不清楚确切的数字——大学时期的记忆已经很模糊了，二十多岁时的大部分时光也快记不清了。那些中途放弃的算不算呢？"三十个？差不多吧。"有好几年时间，她只和一个人在一起，也有过连续半年连一个吻都没有的时候。但是这么多年来，她确实和很多人发生过关系。

萨姆脸上的表情介于敬畏和恐惧之间，比爱丽丝说她会搬到新泽西时还要糟糕，但她很快恢复了平静。"好吧，告诉我，哪些事情是我不知道的？"萨姆和爱丽丝都是处女，而且一直保持到上大学。和乔希谈恋爱之前，萨姆交过两个男朋友。据爱丽丝所知，萨姆总共有过三个男人。爱丽丝想起了她们当年的共同誓言：她们永远不会和其他人过界，她们会保持童贞，直到慢慢变老。爱丽丝已经忘记了不知道如何对待自己的身体，不知道如何在自己或别人身上找到乐趣的那种担忧，但现在她能感觉到那种恐慌、恐惧和欲望正在她的内心深处翻腾。

"噢，天哪！"爱丽丝说，"可能有很多。要我从女性生理开始讲起吗？"在1996年，对于贝尔维德学校的男孩们来说，解决世界饥饿问题也许比和女孩一起寻求刺激要容易得多。

萨姆的脸色变紫了。她说："天哪！好吧，要不就当我没问过吧。感觉我在上一对一的生理课，这比普通生理课更让人尴尬。"

门铃响了，爱丽丝惊慌失措地说道："也许我应该取消聚会。"

萨姆不慌不忙地爬出衣橱，踮着脚尖走到床边，放下了她抱着的一堆衣服。"我去开门。你赶紧穿上衣服。如果聚会搞砸了，我们就把他们赶出去看《红粉佳人》，或者看什么都行。"

时过境迁是必然的规律，即使一个人再怎么尝试，也无法让一切和以前一样。爱丽丝连前一天午饭吃的什么都不记得，怎么可能还记得她十六岁生日那天发生的所有事情呢？床头柜上有两瓶已打开的啤酒，爱丽丝一口气喝光了第一瓶，接着又干掉了第二瓶。她的目标是回到四十岁吗？还是要搞清楚到底发生了什么？她现在的任务是不再喝吐、不让汤米伤透她的心、不再像以前那样活着，对吗？还有，她得让伦纳德开始跑步，而不是每天都要灌下几罐可口可乐，对吗？生日本来就是令人失望的，它一向如此。在她的记忆中，没有一次生日是她真正喜欢的。在全球范围内，社交媒体对抑郁症的发病率起到推波助澜的作用——这个时代的人很容易看到其他人过生日的开心场面，有人晒出伴侣送的精美礼物，有人被聚会上的惊喜弄得措手不及！爱丽丝不想要什么聚会上的惊喜，但仍然有所期待。比起不想举办一个盛大的生日聚会，爱丽丝更不想觉得自己不配拥有这样的聚会。这是她举办过的最后一次热闹的生日聚会，也是最后一次与不需要主动邀请他人共同庆祝的聚会。

· · ·

如果说爱丽丝觉得自己做错了什么，那就是她太过被动了。她没有像其他人那样辞去在贝尔维德的工作；她在知道对方不适合自己的情况下，没有及时分手；她从来没有搬过家，也没有做过任何令人惊叹的事情。她得过且过，像一只漂浮的海马。

海马是伦纳德最喜欢的动物。艾瑞·卡尔写过一本关于海马父亲的书，讲的是海马父亲照顾小海马的故事，爱丽丝认为这可能就是伦纳德喜欢海马的原因。孩子们对动物很感兴趣，尤其爱谈论自己喜欢的动物，因此父母们必须有个方案，如果这个方案在离家只有几个街区远的博物馆里展出，那就更好了。自然界中，没有多少动物的母亲像爱丽丝的母亲那样，有很多母亲从一开始就抛弃自己的孩子，比如蛇、蜥蜴和布谷鸟，但塞雷娜没有那么做。她压抑着内心的痛苦，在爱丽丝身边陪伴了很久。她离开之后，伦纳德一个人带大爱丽丝。任何事情都好坏参半。海马喜欢静静地漂浮在水中，用尾巴缠住海草或珊瑚，不敢游得太远，伦纳德对人生就是这个态度，后来爱丽丝的做法竟然也和父亲如出一辙。这就是为人父母者不得不面对的糟糕事实：你的所作所为比你说过的任何话都重要得多。

· · ·

爱丽丝好不容易站了起来。她还没喝醉，但是肯定快醉了。她走到自己卧室的门口，查看其他房间里的情况。客厅里站着好几个人，每人手里拿着一大瓶啤酒。她们是萨拉与莎哈、菲比、汉娜与珍以及杰西卡与海伦。除了萨拉，其他人都存在于爱丽丝的成年世界中，至少她大致知道她们住在哪里，做什么工作。莎哈和汉娜当了医生，她们成天泡在社交软件上，晒着她们孩子们滑冰的照片。而菲比会上传她的黏土作品和落日余晖的照片。杰西卡搬到了加利福尼亚州，从事冲浪运动，她的所有照片都是以前的，但可以知道她至少有两个孩子，还有一个腹肌明显的性感丈夫。海伦住在公园坡地区，离爱丽丝的公寓不远，她做着各种有趣的低薪工作，这倒没什么关系，因为她的曾祖父发明过一种用于制造运动鞋的机器的零件，所以她即使一辈子都在以五十美分一个的价格出售锅碗瓢盆，还是能买得起昂贵的洞洞鞋。爱丽丝和海伦每年都会在街上偶遇一两次，相互拥抱，亲吻对方的脸颊，并约定要一起吃一顿晚餐，但从来都不会有后续。

"爱丽丝·斯特恩，这个聚会只有女孩吗？"海伦说着，走到爱丽丝面前，亲了她的脸颊。她的呼吸带着伏特加的味道，也许这就是大家都会呕吐的原因——她的朋友们在参加聚会前就已经烂醉如泥了。门铃声响起，爱丽丝丢下海伦去开了门。

男孩们成群结队地走来。他们浩浩荡荡的，几乎堵住了整个波曼德街的道路。走在最前面的男孩马特把一只手放在嘴边，说道："大部队跟上！"他可能本来想要耍酷，但听起来更像一个干练的营地管理员，把他的团队从街道的一边带到另一边。爱丽丝从门前闪开，让男孩们鱼贯而入。有几个男孩她不认识——男孩们似乎总是拥有几个表兄弟或者在其他学校的朋友，这当然不错，但其他学校的男孩只存在于现实生活之外的某个地方，就像电影中的临时演员一样。

每个男孩进门时都吻了爱丽丝的脸颊，即使是那些她不认识的男孩，好像这是入场费一样。汤米在这群人中间，这意味着她必须接受他的吻，然后再让他看着其他陌生人亲吻自己，看着他们走进她的家。她在最后一个男孩贤治·莫里斯进入房子后关上了门，然后又把门锁上了。贤治是个又高又帅的高二男生。他性格文静，喜欢和高年级的男孩们一起玩，他那忧郁的眼睛总是从黑色斜刘海下面向外窥视。爱丽丝从五年级起就认识这里的大多数男孩，即便如此，她脑海中对他们的记忆也只有寥寥数笔：据说，马特身体的某些地方有点畸形；七年级的时候，詹姆斯在一次户外教学中吐在校车上；贤治的父亲去世了；大卫给爱丽丝录过一盘混音带，里面有很多音乐剧的歌曲。

音乐声响起，有人把她的光盘册子打开了，放在音箱旁边的厨房岛台上。爱丽丝一个人在家的时候，她会听不同歌手的音乐——绿日乐队、丽兹·费儿、绿洲乐队、玛丽·布莱姬，还有雪儿·克罗，如果她也出现在收音机里，周围没有人嘲笑的话。而聚会上的朋友们都爱听声名狼藉先生、马索·曼恩、难民营乐队和探索一族的音乐。这并不是说私立学校的白人男孩们都假装自己喜欢黑人音乐，而是他们觉得作为纽约人，意味着他们比其他地方的白人更有机会接触黑人文化，即使他们住在俯瞰中央公园的经典六房间设计的公寓里。唱片机正在播放的是马索·曼恩和玛丽·布莱姬合唱的《你是我想要得到的一切》。女孩们都跟着音乐哼了起来，而男孩们只是摇头晃脑，一副对万事漠不关心的样子。

菲比挤过人群，抓住萨姆和爱丽丝的手腕，把她们俩拉进了卫生间。

"快看！"她说着从口袋里掏出三粒药丸。

"这是什么？"爱丽丝问道，尽管她知道答案。

"我们没必要这么做。"萨姆说道，"我们不应该这么做。"爱丽丝记得第一次的十六岁生日聚会上，萨姆也是这么说的。一直以来，她比爱丽丝更聪明。

爱丽丝回想着那天晚上的情节，那些在她的脑海里挥之不去的岁月沉淀：当汤米把目光从她的脸转向莉齐时，她的感觉有多强烈？她看着他们消失在自己的卧室里。爱丽丝对真爱的希望化为泡影，而这一切都会发生在她的生日这一天。当发现他们在一起后，聚会上的爱丽丝被愤怒吞噬，就像八十年代电影中黑帮成员的妻子一样。她想把衣服扔出窗外，放一把火烧光。汤米不想和她在一起，别人可不一定。爱丽丝想接吻，随便谁都行，于是她走到一个又一个男孩面前，与他们接吻。她觉得他们湿漉漉的嘴令自己感到恶心。但没有关系，爱丽丝选择继续吻下去。她将以处女之身死去，而汤米从未属于她。在卫生间外面，孤独的新人贤治对她说："你真的不必这样。"就在那时，萨姆开始呕吐，她需要爱丽丝的帮助。后来，其他人都走了，只剩下萨姆、海伦、杰西卡和爱丽丝。她们四个一起睡在爱丽丝的房间里，直到第二天中午。那段日子，没有参加聚会的人也都听说了爱丽丝的狂欢以及汤米和莉齐的浪漫经历。从那以后，爱丽丝总和不同的男生亲吻，就差没有被称为荡妇了，但她实际上没有和任何人上过床，她也绝对不是任何人的女朋友。

当时，爱丽丝还不明白自己和萨姆之间的区别、自己和莉齐之间的区别，以及想要某人爱上她和想要任何人爱上她之间的区别。萨姆从不把时间花在贝尔维德的男生身上——他们配不上她,这是显而易见的。她可以等待她的白马王子。而莉齐那一类的女孩明白大家都一样胆怯,对所有人来说,需要的就是自信。

"我不要,"爱丽丝对菲比说,"我想我不需要它。"和大家一起狂欢,这听起来很美妙,但和一群十几岁的男孩一起狂欢,这让她觉得恶心,就像被巨大的青蛙攻击一样。不过,这些青少年,也就是她周围的这些孩子,在她眼里并不年轻,这就像是她作为一个成年人看待贝尔维德的学生那样。他们看起来美丽、世故又成熟,一向如此。爱丽丝意识到自己不是在以四十岁的眼光来看待他们,确切地说,她的大脑中某一部分是四十岁的,另一部分则是十六岁的。爱丽丝既完全是她自己,也是她自己的一部分。尽管爱丽丝经历过这一切,但她觉得自己并不会成为讨厌鬼,或是教导这些年轻人的警察。

"好吧,我去找萨拉和莎哈去了。"菲比说完就溜了出去。她一离开,爱丽丝就把后背靠着门,门上悬挂着毛巾。

"我想做一些疯狂的事情。也许我不该这么做,但我想要去做。"爱丽丝紧闭双眼,皱起了脸,好像这样就能阻止萨姆的理智干扰她的计划。

"你要干什么?"萨姆双臂抱在胸前问道。

"天哪,你在四十岁的时候比我过得好多了。还记得在《佩吉·休要出嫁》中,佩吉·休和一位诗人骑着摩托车一起去野餐,并在野餐垫上亲昵,然后诗人把他的作品献给了她的那一段吗?整部电影中,只有这件事暗示着电影的其余部分是真实的,而不仅仅是一场梦。"爱丽丝说得很快,但她知道萨姆能听明白她的意思。

"嗯哼。"萨姆应道。

"我要和汤米在一起,如果他愿意的话,我想这会改变我的人生。这不是为了一次糟糕的上床,而是我在想,如果我真正掌控了自己的意愿,并且为之采取行动,而不是一味地胆怯,我想我的人生会大有不同。"爱丽丝发现了真相。

"好吧,我告诉你我的想法。第一,他十八岁了,所以虽然你们在一起很奇怪,但这是你们的自由。"萨姆说,"但第二点是,我不知道那些穿越到年轻的自己身体里的人应该注意些什么,但我确实认为这没什么关系。去做你想做的事,好好保护自己。"

爱丽丝已经很多年没有好好想过她的身体了。她戴着宫内节育器,对她的身体采取了严格管制,只留出一点空隙供月经排出。月经也只是为了提醒她一个事实——如果有需要的话,她可以选择生一个孩子。在上环之前,为了避免生育,她拥有长达十五年的避孕药的服用史。爱丽丝想改变自己的人生,但并不想在十几岁时生下孩子。"谢谢你的话。"她停顿了一下,"我会好好保护自己的。"

爱丽丝父亲的房间非常简朴整洁,而她的房间却非常凌乱——父亲总是整理好他那张全尺寸的大床,床头柜上的一摞书是唯一没有收起来的东西。地板上连一只袜子都没有。几年前,爱丽丝在他的床头柜里看到了一包安全套。当时她还在上七年级,但是她偷了一枚放在自己的小包里,因为她觉得这会让自己看起来很厉害,尽管她从来没有给别人看过,连萨姆也不知道。她拉开了抽屉。和她的抽屉一样,那里装着一包香烟、几根火柴、一个笔记本、一支笔和一些零钱——但不同的是,最里面的角落里藏着一包特洛伊安全套。

"别让我看这些,真恶心。"萨姆说道。她从门口看着爱丽丝抽出一枚安全套塞进了口袋里。

・・・

汤米坐在沙发上，就像爱丽丝记忆中的那样。在爱丽丝她们待在卫生间的那段时间里，又来了一群人。厨房桌面上摆满了啤酒瓶、临时烟灰缸和光盘。这些被抽出来轮流播放的音乐唱片摞得像比萨斜塔一样。莉齐在角落里和其他几个女孩聊天，但她的眼睛正瞄着汤米。她穿着一件紧身背心，高高扎起的马尾辫扫过她裸露的肩膀。爱丽丝扑到沙发上，倒在汤米旁边。

"嘿！"她说。

"嘿！"汤米微笑着，向她弯下腰。

"我能和你谈一谈吗？"她把自己的手放在他的胸前。他曾经在她的床上睡过很多次。他曾经亲吻过她的后颈。爱丽丝一直以为汤米是在故意吊她胃口，或者只是在玩弄她，但她现在终于明白了。他还未长大，就像她一样，都在等待别人告诉他该怎么做。

爱丽丝谈过几次恋爱，足以知道灵魂伴侣只是个传说，一个人的追求和品位并不是一成不变的。她的初恋发生在大学校园里，那是一个电影专业的红发可爱男生。她的第二个恋人是一名律师，是萨姆在法学院的朋友，他喜欢带她去高级餐厅，那种地方她只在别人举办婚礼和成人礼时去过。她的第三个恋人是一位艺术家，他花心到无可救药——爱丽丝曾经很努力地挽救过这段感情。只要他开口，她就会嫁给他。尽管付出一切，依然无法挽回。

人生就是这样——尽管付出一切，却依然无法挽回。她的明日之所以会这样，她的余生之所以会这样，爱丽丝一直坚信，今晚就是她走错的地方。这世上会有很多人伴你同行，他们中有的是你的挚爱，有的是你的丈夫或妻子，还有你人生中的其他重要人物，但只有极少数人才会帮助你走上属于自己的道路。爱丽丝想起了理查德·德莱福斯在电影《伴我同行》结尾时说过的话："有人还能交到像他们十二岁时那样的朋友吗？"爱丽丝上大学时，她的一位教授绘画的教授长篇大论地讲了一些题外话，说芭芭拉·斯坦威克是他的青春性启蒙老师。尽管教室里的每个人都对这一话题感到很难为情，但爱丽丝还是点头表示赞同。世界的一切事物都有因有果，对她来说，汤米·乔菲就是一个诱因。爱丽丝不知道如果她如愿以偿地得到了他，她的人生会有什么变化，她自己会有什么变化。即使她无法弄清楚怎么回到她的现实生活，即使她被困在人生的这一时刻，她也想得到答案。

爱丽丝站了起来，把汤米从沙发上拉到她的面前，有几个男孩在经过时捂着嘴窃窃私语。爱丽丝能感觉到莉齐的目光就出现在她身后，但在这一瞬间，莉齐不知道自己会错过什么，只知道她还在渴望什么，而爱丽丝清楚这里发生的一切。这种同情的感觉总会过去的。

· · ·

当他们进入她的房间后，爱丽丝关上了门。门上有一个细长的钩眼扣门闩，是她让她父亲安装的。爱丽丝轻轻地把钩子插进门孔，把他们俩锁在房间里。

"天哪，爱儿，在大家过来之前，你没有认真打扫过卫生吗？"汤米指了指地板上堆积如山的衣服。他用靴子踢出一条路来。房间里有一把椅子，就码放在爱丽丝的小书桌前，但上面放着一堆毛衣和几本教科书，所以汤米径直走向她的床。此刻，她离他那么近，伸手就能碰到他的肌肤,她的五脏六腑都在翻腾。当成年汤米走进她的办公室时,爱丽丝都没有这么激动,她只是感受到了她熟悉的感觉,那些几十年来伴随着她的羞愧、软弱、未老先衰以及千禧一代的颓废。但是现在,爱丽丝激情澎湃,处于失控的边缘。她想要永远和他在一起。

"何必如此麻烦?我想让人们了解真实的我,不想再装模作样。"

汤米瘫倒在床上,说道:"我倒无所谓。这里很舒服,我感觉自己就像一头冬眠的熊。"他把被子拉到头上,看起来好似盖上了一条长垂的面纱。

"给你,"爱丽丝说,"用这个。"她把自己的衬衫从头上扯了下来,扔给了他。汤米接住了她的衬衫,对她笑了笑,无法掩饰自己幸福又窘迫的感觉。

"哦,还有别的惊喜吗?"汤米说道。他挑了挑眉毛,但并没有真的期待她会这么做。

很多人看过爱丽丝的裸体——不仅是她的男朋友,还有她平时的好友、纽约堤尔顿堡海滩上的游客、亚特兰大大道基督教青年会更衣室里的孩子,以及一堆医院的妇科医生,谁知道还有谁。当她还是个少女时,她经常穿着衬衫,扣上或解开里面的文胸,即使是她独自一人时也羞于脱掉上衣。但现在她不会再犹豫了。

汤米惊呼了一声。他把被子从头上掀开,扔到自己的腿上。爱丽丝毫不怀疑,他现在完全把注意力放在了她的身上。她大脑中的一部分自己清楚她不该这么做,但是她那暂时更占优势的、更强大的另一部分自己确信这是她改变人生的机会,而她正在抓住它。在过去的二十多年里,她从未奢望自己能和汤米在一起并嫁给他,但也是在这二十多年里,她明白了一个道理：等待是一种极其低效的手段，它很难让你拥有你想要的东西。如果说有什么事情爱丽丝想做得更好，那就是她想让自己的愿望为人所知。以前她渴望和汤米在一起，但不知道该如何表达，现在她得到了勇气。爱丽丝感到自己的成年大脑正在退回到意识后面，进入休眠状态。

"没想到吧。"爱丽丝说着，慢慢地走向他，用一根手指把他推倒在她的床上。她爬到他的身上，将她的脸悬停在离他半英寸的地方，等待他主动迎接自己。

"你确定吗？"汤米问道。是的，她确定。

31

客厅里有东西掉落在地板上，爱丽丝听到萨姆大声叫某个人把它清理干净。音乐越来越响，她只能听到难民营乐队的歌声。汤米仰面躺着，他的脸涨得通红。

"我要去看看。"爱丽丝说，"你知道吗，其实我想把他们都赶出去，先暂停一下。"她在浪费时间，毕竟青少年是善变的、疯狂的野兽。爱丽丝突然觉得她是在陪伴保护着自己的生日聚会，陪伴保护着自己的身体，另一个自己想让她离开。她和年轻的自己共为一体，共享着同一条生命，但她们并不是百分之百相同。十六岁的她并没有因为四十岁的她搬进同一个身体而满心喜悦地离开——她们变成了室友。

汤米用胳膊肘撑起身子。"没错，让他们离开这里吧，我完全同意。所有人都得离开，然后你马上回来，我想和你在一起。"

爱丽丝笑着说道："别急，帅哥。"她轻轻地拍了一下他的胸膛，"好了，是时候穿好衣服回家了。"

汤米瞪大了眼睛。"什么？然后呢？我想……你知道的。"

"当然，我知道。"爱丽丝冲他笑了笑，"我们永远不会分开。但是你知道吗,现在我得去做点别的事。"

"我能和你一起去吗?"汤米问道,他的声音带着忧伤。她以前从来没有听到过。

"也许可以吧,"爱丽丝说,"这取决于你清空房子的速度有多快。"

汤米跳下床,以流畅的动作迅速整理好衣服。还没等爱丽丝走出卧室门,他就消失在过道里。她听到吵闹声、欢笑声和掌声此起彼伏,但很快,它们就变成了前门那令人满意的离开声。爱丽丝可以想象他们脸上的表情——不满的、懊恼的、愉快的以及愤怒的。他们在四十岁的时候,站在她的办公室外面,看着梅琳达与他们的孩子互动时,也是这种表情。人们在成长路上,既改变了,又没有改变;既长大了,又还是原来的模样。爱丽丝想象着一张图表,图表上的一个坐标轴表示高中毕业后人们的性格转变程度,另一个坐标轴表示人们的新居与老家之间的距离。当你每天处于同一个环境时,你很容易保持不变。一路走来,你的人生道路有多么平坦,就有多少资源人脉在围绕着你转,像是一个小心包装在泡沫箱子里的玻璃摆件。

伊丽莎白·泰勒[①]可能根据她丈夫们的名字来标记自己的人生岁月。为了寻找一份终身职位而从俄亥俄州搬到弗吉尼亚州,再搬到密苏里州的学者们,可能通过他们不断变化的健康保险或学校的吉祥物来标记自己的人生岁月。爱丽丝用什么来标记她在世间的时光呢?她被封印在琥珀里,只是假装自己在自由自在地遨游。但她已经准备好去尝试改变这一切了。几分钟后,汤米跑了回来,拍了拍他的手表示干完了。

[①] 伊丽莎白·泰勒(Elizabeth Taylor)是美国著名女演员,一生有过八次婚姻。

萨姆站在爱丽丝的卧室门口，准备回家。她点了点头，说道："我已经准备好解决你这个棘手的麻烦了。嗯，刚才在你不在的时候，我一直在想，在变成婴儿的那一集情节中，维持时间只有一天，一天后斯科特就回归到了原来的生活。这么说，你……"

"时间不多了。"爱丽丝说，"我是说，如果真的是这样的话。"

"什么鬼？发生了什么？"汤米问道。

"没什么可担心的！"爱丽丝说道。她从冰箱上拿起那张写有酒店信息的纸条，然后先行一步离开了。

32

伦纳德的字迹一直很潦草，基本都是难以辨认的圈圈点点，但爱丽丝惊讶地发现，他的字迹曾经是这么清晰。纸条上的内容她看得清清楚楚：万豪侯爵酒店1422室，百老汇大道与第45街的交叉路口。下面是它的电话号码。萨姆和汤米一直站在厨房里盯着她，都不愿意离开，坚持要和她一起去，尽管爱丽丝认为自己一个人去会更好，但他们还是一起出发了。家里现在像是灾难现场，但回来时它也不会有任何变化，和现在一样满地狼藉，所以爱丽丝想回来时再打扫。月明星稀，伴随着尖锐的制动声，地铁2号线列车很快就呼啸着进站。当他们坐在地铁上时，汤米握住了爱丽丝的手，两人手指相扣，把手放在他们紧紧相靠的大腿之间。现在的她今非昔比了。

不管是白天还是晚上，曼哈顿的街道总是充满活力，车流不息，行人匆匆。每一个感到孤独的人，一旦陷入纽约城中，就几乎不可能再有孤身一人的时候。当暴风雨过后，总会有人拿着一把破伞，冲过水坑，把它扔进垃圾桶。总会有一个陌生人，和你面对着同样的痛苦与挣扎，哪怕只有几分钟。这里的地铁系统又慢又脏，但爱丽丝还是喜欢它。地铁2号线或3号线——伦纳德仍然称呼它们之前的老名字——轨道很狭窄，车厢也很细长，这使得它在上下班高峰时段拥挤不堪。因为成群的华尔街经纪人会在上西区蜂拥而上，在列车穿过河底并进入布鲁克林之前，根本找不到座位，而且经常有人故意和你靠得很近。不过，晚上的地铁也很热闹，地铁2号线会从哈林区来到中城区，再到第14街以及其他地方。这里有剧院的观众、俱乐部的孩子，几乎人人都坐地铁。

爱丽丝坐在中间，萨姆和汤米坐在她的两侧。他们本来可以去别的地方，比如去看电影、参加聚会，或者去麦迪逊广场花园。爱丽丝把头靠向萨姆，然后又靠向汤米。她闭上眼睛，想打个盹，哪怕几分钟也行。但她担心如果她睡过去的话，醒来时可能再也无法见到她的父亲，所以她坐直了身子。

"你说对了，萨姆。"爱丽丝说，"我本来就该取消这次聚会，我甚至不该让他去参加会议。我应该分得清轻重缓急。"

"我总是对的。"萨姆说。

. . .

这家酒店非常大，几乎有一整条街区那么大，就在时代广场的北面，中间有一条供出租车通行的车道，还有三扇旋转门供人们进出。在地铁上，爱丽丝事先跟萨姆和汤米讲过接下来要看到的东西，但眼前的一幕还是让他们目瞪口呆。

科幻与奇幻大会上有像伦纳德和巴里这样的演讲嘉宾，还有很多著名作家、演员、电影导演和动画大师，但这不是大会的宗旨——大会是为粉丝们举办的。它的服务对象是那些最狂热、最忠实的粉丝以及他们在其他大会上认识的朋友——这些人成天泡在留言板上，就"是否是汉·索罗①先开的枪"或者"哪一任神秘博士②是最好的"等问题争论不休,他们的衣橱里装满了精致的角色服装。他们是一群不甘于过平凡生活的人。汤米慢慢停下了脚步。

"黑武士达斯·维德"站在外面,通过面具上的一个小孔吸烟。一位戴着金色假发的女士也在吸烟,她穿着华丽的花花公子兔女郎装,大腿上绑着一把巨大的仿真枪。

"我说,她的造型应该是战斗芭比娃娃吧?"萨姆问道。

"是《越空追击》里的造型,"汤米说,"你认识帕米拉·安德森③吗?"

"你的反应倒是挺快。"爱丽丝说。

"对不起,"汤米红着脸说,"我喜欢看《海岸救生队》。"

"来吧!"爱丽丝说道。她牵着汤米和萨姆的手,穿过一扇不是旋转门的大门。大厅里有很多穿着各种角色服装的人,他们成群结队地来回走动——爱好没有分界,也不分年龄和肤色。到处都悬挂着巨大的横幅,指向这个或那个方向、这间或那间宴会厅。爱丽丝一生中从未见过这么多科幻迷,他们兴高采烈地聚集在这个地方,为一些其他人根本不

---

① 汉·索罗(Han Solo)以及下文中的达斯·维德(Darth Vader)、莱娅公主(Princess Leia)、柯克船长(Captain Kirk)都是《星球大战》系列科幻电影中的主角之一。
② 《神秘博士》(Doctor Who)是一部英国科幻电视剧,讲述了一位自称"博士"的拥有重生能力的时间领主用他伪装成警亭的时间机器和搭档一起时空冒险的故事。
③ 加拿大女明星帕米拉·安德森(Pamela Anderson)以傲人的身材出名,曾为《花花公子》杂志的封面兔女郎,也出演过电影《越空追击》(Barb Wire)和电视剧《海岸救生队》(Baywatch)。

在乎的微小细节争论不休。

伦纳德总说他讨厌参加这样的会议。爱丽丝认为他讨厌的是自己在会议现场的身份位置，也就是他只能坐在铺着廉价桌布的折叠桌前，一个接一个地给粉丝签名。每三个走近他的人中，就会有一个人问他关于《时空兄弟》电视剧的复杂问题。这时，伦纳德会回答道："电视剧的剧本不是我写的，但我认为你提出了一个很好的问题。"不过，人们知道他写过电视剧的一些剧集的剧本，所以他可能会答得上来他们的问题，尽管这让他很为难。还有一群书迷，大概每十个人中会有一个人问他关于小说的问题，这时伦纳德便会愉快地回答他们。人们经常跟他拍照留念。尽管他来参加会议是有报酬的，但说实话，他也很享受和这些人相处。反正他是会参加的，至少为了见一见从外地飞过来的朋友们。

酒店里的酒吧是人头攒动的热闹地方，尤其是在当天的正式流程结束之后。

"我感觉自己身在莫斯艾斯利[①]的小酒馆里，"汤米说，"只是没想到这里的空调开得这么冷。"

"你对《星球大战》到底有多痴迷啊？"萨姆说道，声音中带着赞赏的语气。

"快看！"爱丽丝说道。两个穿着皮夹克的英俊男士正受到众人的追捧。在科幻迷群体中间，他们的长相属于万里挑一的那种，但在普通人的世界里，他们只是中等偏上。其中那个满头白发、留着整齐白胡子的人看到爱丽丝后，夸张地用手拍了拍他结实的胸膛，聚集在他面前的人

[①] 莫斯艾斯利（Mos Eisley）是《星球大战》系列科幻电影中的城市。

们转头看向爱丽丝。

"爱丽丝，亲爱的。"那个男人说。他是澳大利亚作家戈登·汉普希尔，他写过很多关于精灵和仙子的书，书中充斥着大尺度描写。他已经六十岁了，挺着啤酒肚，但如果你以科幻与奇幻大会群体的眼光来看他的话，还真有点像毛发发达版的老年汤姆·克鲁斯。爱丽丝从她父亲那里得知，戈登和他认识的每一个女人都上过床，那是一大群女人——他的女性朋友、女粉丝、朋友的妻子、其他女作家以及无数个酒店女员工和鸡尾酒女招待。他一跟女人说话就免不了调情。

"嘿，戈登！"爱丽丝说道，然后被他拉进了怀抱。

"这是爱丽丝·斯特恩，她是无与伦比的、颠覆性的《时空兄弟》的作者伦纳德·斯特恩的女儿！"戈登宣布道。聚集的人群像是受到了暗示一样，发出赞叹声。

穿着皮夹克的年轻人，也就是戈登刚才的会谈演出搭档，他点头说道："我喜欢你爸爸。我是吉列尔莫·蒙塔尔丹，我写过——"

"《洞穴》！"汤米在爱丽丝身后说，"我喜欢你的书，伙计！那个狡猾的角色，就像是个太空大盗。他闯进了灵魂圣堂，然后所有他放出的灵魂都围绕在他身边。我喜欢这个情节！太酷了，伙计！"

吉列尔莫把手放在胸口，微微鞠了一躬。"我很荣幸！"

"戈登，你看到我爸爸了吗？他在自己的房间里吗？"爱丽丝问道。她在酒吧里转了一圈，看到了几个她认识的作家以及"莱娅公主"。有一个粘着假海豹胡的男人正在和巴里·福特交谈，而留着真海豹胡的他正皱着眉头看向眼前这个粘着假胡子的男人。

"是的，我觉得他在。"戈登说，"你想让我带你上去吗？这地方有太多自动扶梯和电梯了,简直像是个迷宫。"

周围的人群看起来都很容易激动。"不用了。"爱丽丝说。汤米正在和吉列尔莫深入交谈。萨姆挥手向她示意,并说道:"去吧,爱儿,你要找我们的话,就来这里。"

33

戈登说得没错,这家酒店的布局乱七八糟,设计师可能是个喜欢制造麻烦的家伙。你必须换乘电梯并跟着指示牌走,才能到达顶层。爱丽丝迷路了几次,还好"柯克船长"和"美少女战士"给她指了路。她沿着一条铺着长长地毯的走廊前行,终于找到了正确的房间,并上前敲响了门。

应门的是西蒙·拉什。他满头大汗,他的白色纽扣领衬衫上有几处污渍——不知是芥末酱,还是激浪饮料。衬衫最上面的几颗扣子被解开了,露出了一小片灰色胸毛。

"爱丽丝!"西蒙说。他转身朝房间喊道:"各位,爱丽丝来了!"里面传来一小片欢呼声。爱丽丝把头伸了进去。霍华德·爱泼斯坦也在房间里,他是伦纳德最喜欢(也是唯一喜欢)的学术界朋友,在大学里教授科幻作品方面的课程。屋内还有编剧奇普·伊斯顿和经常扮演外星人的黑人演员约翰·沃尔夫。霍华德背着双手站在床边。约翰坐在床上,身子靠着床头板,好似一副睡前看书时的姿势。而奇普坐在房间里唯一的一张椅子上。

"我爸爸在这儿吗？"爱丽丝问道，"这是他的房间吧？"

"嗯，他会回来的。我想，他只是去找别人聊天了。快进来吧，进来吧！"西蒙说道。他的脚步有点踉跄，显然他喝醉了。

"好的。"爱丽丝说着大步走进房间里。这个房间可以俯瞰第45街，爱丽丝看到人行道上满是从附近剧院涌出的人群——这里有明斯科夫剧院、杰拉德·舍恩菲尔德剧院和布斯剧院。现在是纽约城星期六的晚上，仿佛每个人都不愿待在家里。爱丽丝从不去看戏剧表演，也从未去过时代广场。现在她也不会去现场看音乐会，而且从十二岁起就没有去过麦迪逊广场花园。如果爱丽丝要乘坐地铁，无非是去贝尔维德学校，还有她喜欢的四家酒吧和餐馆，有时她也会坐火车去新泽西州看望萨姆。这些年轻的心，他们要去哪里呢？在她十几岁的时候，她觉得1980年像上辈子那么遥远，但现在时光又向后拨了十几年，她却觉得1996年仿佛就在昨日。她生命中的前二十年是在慢动作中熬过的——无尽的夏天，生日与下一个生日之间的遥遥无期——可后二十年转瞬即逝。尽管每一天过得还是很漫长，但几个星期、几个月，甚至几年的光阴在眼前一晃而过，就像一根正在从你手中溜走的绳子。

"爱丽丝，什么风把你吹到这儿来了？"霍华德问。

"嗯——"爱丽丝考虑着如何如实回答这个问题，"我，我最近在想《时空兄弟》、穿越、时空旅行这类的东西。怎么说呢，就是我想了解一下我的家族事业。"

"爱丽丝，我很高兴你终于感兴趣了！"霍华德说道。他和伦纳德相识于几十年前，当时霍华德为《科幻世界》杂志采访过伦纳德。霍华德住在波士顿市，养了四只猫，每只猫都以日本妖怪的名字命名。

"这会形成裙带关系吗?"西蒙捂住嘴咳嗽了一声,又眨了眨眼睛。他的两个已经成年的儿子都在出版公司工作,负责出版西蒙的书。在西蒙去世后,他的一个儿子还继续创作,并以西蒙的名义出版。

"我可能只是想了解一下各种理论和它的工作原理。比如穿越时空是怎么做到的?"爱丽丝说着,用膝盖顶住了下巴。

"嗯,你得知道时间循环、时间回路、时间桩、多重宇宙、弦理论……"霍华德说道。

"还有虫洞、时间膨胀效应、时光机……"西蒙补充。

"爱儿,你读过《时间的皱折》吗?知道超立方体吗?"霍华德问道,"可以说,宇宙中存在一种褶皱的地方,在那里,空间和时间在一定程度上被折叠了,你可以从那里进行时空旅行。"

"或者像电影《回到未来》里那样。"奇普说,"主角拥有一台时光机,只需要某种燃料,并以每小时八十八英里[①]的速度行驶,这样就可以穿越了。"

"我演过《回到未来》,"约翰接话道,"我在里面还有一句台词。"

"哦,想起来了。"霍华德说,"台词是'哇,伙计!'还是什么?我一直偏爱杰克·芬尼[②]那一套的设定:主角被征召加入一个秘密的特殊时空旅行探索计划。但他实际上只需要在精准的时间出现在纽约古老的达科他公寓里,然后他就能感觉到一些微妙的变化,最后穿越到了一百年前。"

---

① 八十八英里相当于一百四十二千米。
② 杰克·芬尼(Jack Finney)是美国著名科幻小说家,荣获过世界奇幻奖终身成就奖。

"时间回路是什么？还有时间循环和时间桩是什么？"爱丽丝问道。

"你听说过祖父悖论吗？"奇普问道，"也有些人把它叫作希特勒悖论，就是如果你穿越到过去，杀死了婴儿时期的希特勒，这样就能阻止未来的大屠杀了吗？再比如说，如果你穿越到过去，把你的祖父推下桥去，那么你的父母就不会出生，你也就不会存在。你知道这会发生什么吧？"

"可怕，"爱丽丝脱口而出道，"好吧，我明白了。"

"总的来说，在一些时空旅行中，会产生一种动态变化的循环，你所做的任何事情会影响到其他人。比如，杀死婴儿时期的希特勒，然后希特勒就不存在了，这可能会影响很多很多事情，彻底改变历史的进程。还有一种动态平衡的循环，那就是除了你做过的事情以外，什么都不会改变，就像《土拨鼠之日》①里的剧情。"爱丽丝没有考虑过这种可能性，即第二天早上醒来的时候，不得不重复再次度过前一天的生活。还有什么事情比再过一次十六岁生日更糟糕呢？难道她要连续过一百次十六岁生日，永远活在十六岁吗？那样的话，她大脑中四十岁的那一部分自己会怎么样？会不会像是断了电的房间一样，最终消失在黑暗中？

"然后你就进入多重宇宙的领域。如果你回到过去，而且改变一些东西，那你是不是也在这一期间改变了未来？或者你只是改变了一种可能发生的未来，而另一个未来仍然存在——也就是你离开的那个未来。"霍华德解释道。

"真让人头疼。"爱丽丝说。

---

① 《土拨鼠之日》(*Groundhog Day*)是一部美国奇幻电影，讲述了气象播报员菲尔被困在了同一天，开始他的重复人生。

"你知道我一直喜欢哪一部时空旅行的电影吗?是《超人》这部电影。在《超人》电影中,超人必须及时回到过去救出他的妻子露易丝·莱恩。他只需要飞得特别快就能回到过去,这样简单又有效。"约翰说道。

西蒙说:"我喜欢那种一个人身不由己地卷入不同时空的故事,比如《血缘》。我的读者不太喜欢这样的情节,但很多人喜欢。"他拿出一支香烟点上,然后房间里的其他人一个接着一个也都点燃了香烟。

"《时空兄弟》里有一台时光机。西蒙,你的作品也有吧?一台还是两台?"奇普问道,"你那本讲古生物学家回到三叠纪的书里,那个古生物学家靠什么穿越来着?一块神奇的骨头?"他忍不住笑了起来。

西蒙回答道:"是的,靠着一块神奇的骨头。你不会想到!我也靠着那块神奇的骨头在东汉普顿的富人区买了套豪宅。"

"你和你的骨头真不简单!"奇普说。

"如果有人利用未来的信息来影响过去,这叫什么?就像贝夫和年鉴[①]一样。"爱丽丝问道。

"嗯,这真是个好想法。"西蒙笑着说。

"好吧,假设我来自未来,我从未来回来告诉你们,在未来十年的某一年,波士顿红袜队将赢得世界大赛冠军。然后你们都通过下注红袜队赚了一大笔钱。这样是不是没有问题,不会改变什么和伤害其他任何人吧?"爱丽丝问道。每个人都对这样的假设咕咕哝哝,除了霍华德,

---

[①] 在《回到未来》系列科幻电影中,老年贝夫乘坐时光机回到过去,把未来的体育年鉴交给了年轻时的自己,后来年轻时的他根据年鉴内容买彩票,成了手眼通天的大富翁。

那个孤独的波士顿人正挥舞着拳头,欢呼雀跃起来。

"好吧,让我们先定义一下什么是伤害。"西蒙说,"我是纽约洋基队的死忠,所以它当然会伤害到我。当然,我明白你的意思。"

"你们就是这样开会的吗?坐在一起谈论书籍和电影,然后互相找乐子?"爱丽丝问道。

"有时也有人会带来制作玛格丽特鸡尾酒的机器和一些刺激的东西。"奇普说。霍华德用胳膊肘顶了顶他,提醒道:"她才十六岁!爱丽丝,别听他胡说八道!这里都是一群沉浸在角色服装中的成年人,你不会真以为这些家伙头脑完全清醒吧?"

"我没放在心上。"爱丽丝说,"但是,时间桩的原理是什么?什么是时间桩?"

"就像一条平行时间线,这条时间线不会影响已经发生的未来。也有些人叫它时空连续体或连续时间线——我猜这只是为了表示它可以一直持续下去,而不会循环。"霍华德交叉着双臂说道,"我想我读过的书比你们所有人都多。"

"哦,快得了吧。"奇普说,"只是你总在给一大群学生讲课,所以你最会高谈阔论。"

"但是,时空旅行怎么回到原来的地方呢?我是说,如果没有时光机之类的话,他们怎么回去?"爱丽丝问道。约翰递给了她一个苹果。她边吃边想,如果她能顺利回到家,也就是回到四十岁的时间点,回到那时她父亲的房子里,那么她在1996年吃的所有东西会不会烂在她的肚子里。

"你是在指虫洞吗?"西蒙问。

"或是传送门?"约翰补充道。

"古代遗迹?魔法?"西蒙继续猜测,"除了恐龙骨头,有一次我在创作中想到了猫头鹰食丸①的点子,它在未来被人切开。于是一个三年级的老师被吸回到了过去,他必须找到那只猫头鹰才能回来。"

"我真不敢相信你到底赚了多少钱。"霍华德摇了摇头。

"你们知道我爸爸在哪里吗?我的确要找他谈谈。"爱丽丝的声音开始颤抖起来。她在这里听他们讲太久了,这是在浪费时间。

霍华德叹了口气,然后看向约翰。约翰把下巴收向胸口,用力点了点头。"来吧,爱儿。我知道他在哪里。"

---

① 食丸是猛禽动物从胃里吐出的无法消化的食物残渣。

34

霍华德领着爱丽丝穿过走廊，经过电梯口，然后左转。最后，他们站在另一个酒店房间的门前。

"这就是你要谋杀我的地方吗？"爱丽丝开玩笑地说道，"因为我知道的太多了。"

霍华德翻了个白眼，用指关节敲了敲门。她听到房间里有一个女人的笑声，然后她的父亲打开了门。伦纳德并没有赤身裸体，甚至没有脱掉任何衣服，但眼前的情况再明显不过了。越过他的肩膀，爱丽丝看见一个女人正在戴耳环。爱丽丝脑海里的第一个想法是，这就像电视剧《飞跃比弗利》里，唐娜·马丁在跟踪涂鸦合唱团乐队的时候，却意外发现她母亲出轨一样。不过，这完全是两码事，她的父亲现在是单身状态，他没有背叛母亲，也没有对不起任何人。

"看看我偶遇谁了。"霍华德说，"见到你真好，爱儿！"他轻轻向其他人挥了挥手，然后转身离开，匆匆回到大厅去。

"嘿！"爱丽丝打招呼道。伦纳德对她的到来感到很吃惊，用手来回摸着胡子，他一紧张就这样。

"小爱儿，你怎么来了？没事吧？"

爱丽丝后退了几步，靠在墙上，问道："她是谁？"

伦纳德叹了口气，说道："我没想到你会来。"

"回答我的问题！"爱丽丝顺着墙根滑下来，盘坐到地毯上。

"她叫劳拉，是一名杂志编辑。她今年三十四岁，住在旧金山。"伦纳德用一只手扶住额头，"我们认识好几年了。如果我们在同一个城市的话，我们就——"他停顿了一下，"我不知道为什么我没有告诉过你。"

"好像有人在聊我。"劳拉说着走过来把房门开得更大，"你好，爱丽丝！很高兴我们终于见面了。"她长得很漂亮，戴着眼镜，留有一头棕色卷发，项链上挂着一只大大的塑料章鱼，几乎遮住了她衬衫三分之一的地方。

"嗯，我也是！"爱丽丝嘟哝道。她真的从来没有想过父亲可能会有女朋友，而且已经维持了很长时间的关系，她的父亲一直在瞒着她。而且这个女人才三十四岁，比她还年轻！尽管爱丽丝知道不能这么做比较，但她还是觉得很郁闷。

"我可不是故意不告诉她的，劳拉。"伦纳德说道。他的脸上泛起一片红晕。"只是这段关系对你没有什么太大的影响，爱儿。我也没想过让你承受别的东西。我这样做是不是太奇怪了？"

"有一点，不过没关系。我很高兴你有个伴侣。"爱丽丝不知道伦纳德和这个女人在一起了多久，不知道他们只是露水情人，还是在认真地经营一段感情。她后来又去哪儿了？为什么她没有在医院出现过，握着他的手？"我们能谈谈吗，爸爸？"

劳拉拿起她的钱包和房门钥匙。她刚刚和伦纳德差不多高，在穿上鞋子后,又比他高出一点点。她长着圆嘟嘟的脸颊和尖尖的下巴,看起来像是个惊叹号,又给人一种愉快而又亲切的感觉。她碰了碰伦纳德的胳膊肘,然后说道:"我一会儿再回来。爱丽丝,很高兴与你见面,如果有机会我还想再见到你。"她离开房间,沿着长长的走廊走向电梯,随即消失在拐角处。

"对不起!我本来想告诉你的。"伦纳德看起来快要哭了。他捂着肚子,好像突然感到一阵恶心。

"我是从未来回来的。"爱丽丝说道,"说实话,这是个好消息,而且我根本没有反感这件事。"

"我没想到你会这么说。"伦纳德竖起了一根手指,"我去拿我的鞋子,然后我们回到我的房间去。"他在屋内消失后很快又出现了,两只手各提着一只鞋子。他们默默地走回伦纳德的房间。房间的门敞开着,萨姆和汤米从房间里探出头来,唱着跑调的歌。爱丽丝勉强听出他们唱的是男孩男儿乐队的《路的尽头》。萨姆在鼓掌,汤米拿走了别人的雨伞,把它当作拐杖用。

"你们在干什么?"爱丽丝说道。

"爱丽丝!"汤米喊道,"我们失去了你,不过现在又把你找回来了。"

"你爸爸的朋友给我们买了一些饮料,"萨姆说,"有点上头。"

"你妈妈肯定不愿意看到你这副样子,萨姆。"伦纳德说,"好了,伙计们,我要带你们回家了。"

爱丽丝把萨姆和汤米拉进房间。"先等下!你们和伦纳德的朋友再待会儿吧,我需要和我爸爸说几句话。萨姆,不要吐出来,好吗?好吧,你特别想吐那就吐出来吧。霍华德，你能再和他们聊一小会儿吗？"霍华德轻轻点了点头，答应下来。爱丽丝把她的两个朋友推到房间深处，然后她走进卫生间，打开了照明灯，招手让伦纳德也进来。爱丽丝示意他关上身后的门，伦纳德照做了。

"爸爸，我是认真的。我知道这听起来像个笑话，有些好笑，但确实是真的。我是从未来回来的，我不知道该怎么解释清楚。"

"我已经知道你说的事情了。"伦纳德双臂交叉，嘴角带着笑意。

"好吧，我看得出来你觉得这很搞笑，我能理解。但我接下来要讲的事情可能会让你感到震惊，你最好坐下来听。"爱丽丝转过身来，把双手放在洗手池边缘。她爸爸的洗漱包就在那里，里面有他的牙刷、牙膏和牙线，天知道还有什么。一切都那么熟悉，她小时候每天都看到这些愚蠢的小玩意儿。爱丽丝知道，熟悉并不等同于生活和以前一样。她从每样她看到的物品上都感受到了无法回避的彷徨与沉重。她的父亲把这些东西带到了医院。伦纳德离开后，它们又会何去何从？

伦纳德把浴帘拉到一旁，然后坐在浴缸边上。他打了个响指，说道："准备好听了。"

"昨天是我的四十岁生日。但今天早上醒来时，我发现自己回到了十六岁。"

"伙计，你来对地方了！"伦纳德放声大笑。

"哈哈哈。"爱丽丝也模仿着父亲大笑，然后撇着嘴说道，"爸爸，我不是在开玩笑。我不像你和你的朋友那样总是很奇怪，没有冒犯的意思，我就是想说我的每一句话都是真的。"

伦纳德看着她，一遍又一遍地叫道："哇哦，哇哦，哇哦！"他脸上的表情没有表现出任何具体含义。他微笑着,就像是爱丽丝刚刚告诉他一个天大的好消息一样。当一个人告诉父母自己快要结婚或者快有了孩子的时候,他们的脸上也会露出这样的笑容,那是在惊喜中感慨着自己的日渐老迈。爱丽丝不知道他是否真的相信自己,还是觉得她出于某种原因正在和他开玩笑,但不管怎样,伦纳德似乎对此很开心。

伦纳德跷起自己的腿,然后又把它放下。"我不会打听我过得怎么样。我就当你和我一直住在波曼德街,健康优雅地老去。"

爱丽丝咽下口水,艰难地说道:"你猜对了。"

"好吧,我们先把你的朋友送回家,然后接着聊。"伦纳德站了起来,与他一起站起来的还有卫生间镜子里的映像。爱丽丝盯着他,试图搞清楚他有没有在认真听自己的话。也许他这时候已经需要助听器了——那是很久以后才会发生的事情,也许他根本没有听进去她说的任何一句话。有人在敲门,萨姆在他们做出回应之前就把门推开了。

"我想我要吐了。"她说道。伦纳德迅速闪开,在爱丽丝的注视下回到了酒店房间里。爱丽丝掀开马桶盖,伸手抓住萨姆的头发,防止她一头栽进去。

35

　　爱丽丝的朋友们喜欢在人来人往的路口吻别，甚至在马路中间这样做，只是为了好玩。与他们不同，伦纳德的朋友们挥一挥手就各奔东西了，好像他们只是在公共汽车上偶遇一样。

　　"下次再见。"爱丽丝说道。约翰后来得到了一个真正能够在镜头前表现的好机会，他因此赢得了表演大奖，人们都说他一直是个大器晚成的宝藏演员。伦纳德和他一起去参加了金球奖颁奖典礼，当颁奖嘉宾念出约翰的名字时，伦纳德激动得掉下了眼泪。爱丽丝的父亲曾经有过很多好朋友，但他们都是男性朋友，男人并不擅长维护自己的友谊。霍华德和奇普给医院打过问候电话，但至于其他人，她已经很多年没有看到或听到过他们的任何消息了。人们会因为年龄的增长而更替自己的朋友圈，爱丽丝当然理解这一点，但是有些时候，你至少应该露一下面。

　　"伦纳德，这里的人都很奇怪。"萨姆说。她走起路来仍然有点摇摇晃晃，所以在伦纳德招呼出租车的时候靠在酒店的一面墙上。

　　"这里的人都很棒，我喜欢。"汤米说道。他走近爱丽丝，在她的脸上亲了一下。

"好了，热闹结束了。"伦纳德说着，把他们三个人都推进了出租车的后座上，然后为自己拉开了副驾驶室的车门。

出租车里播放着经典老歌电台的节目。他们转向第六大道，驶过纽约无线电城音乐厅。爱丽丝闭上眼睛，静静地听着歌。萨姆靠在她的一侧睡得深沉，而汤米靠在另一侧，跟着爱伦·奈维尔的《伯纳黛特之歌》的节奏，用手指敲击着她的大腿。汤米住得最近，他住的圣雷莫公寓就在中央公园西大道和第74街的交叉路口，所以伦纳德让出租车司机先到那里。连续六个路口都是即将转成红灯的黄灯，正好全让他们赶上了。

出租车在离汤米家房子还有半个街区的地方开始减速。爱丽丝向汤米靠了过去。"你可能以为我疯了，但是，和我结婚吧！我不是说现在，现在还早着呢。我是说大学毕业以后。答应我，好吗？"她悄悄地说道。车里的音乐声很大，其他人都听不见她说了什么。她甚至不确定汤米能否听到，不知道自己想要达成什么目的——她不仅仅想要得到这些，不仅仅想要坐在出租车的后座上，听司机和她健康的父亲讲起他曾经载过戴安娜·罗斯的经历。爱丽丝想推一推那些横在她生命中的壁垒，看看能不能把它们推开。她想一次又一次地按下重启键，直到每个人都幸福起来，并且永远地幸福下去。汤米看着她，他棕色的眼睛昏昏欲睡。"我答应你。"他说道，那语气就是像他同意在餐桌上喝苹果汁而不是喝橙汁那样轻松。然后他下了车，向他们挥手告别。爱丽丝看着公寓的门卫推开了沉重的大门，然后站到一侧，看着汤米走了进去，门卫制服上的金色纽扣闪闪发光。

萨姆把爱丽丝推到后座的另一侧，直到躺在她的腿上。"你回去以后，我还能留住你吗？你会不会从这里彻底消失？你还能记住这一切吗?"

"我不知道。"爱丽丝说。她把自己的手臂像安全带一样搭在萨姆身上。在前往第121街的剩余路程中,他们都很安静。爱丽丝把萨姆送进大楼,一直送到她家里,伦纳德则和司机一起在楼下等待。萨姆家里一片漆黑,没有一点动静。洛兰可能已经睡着好几个小时了。萨姆房间里的时钟显示现在是深夜一点半。爱丽丝给萨姆盖好了被子。

"我喜欢做你的朋友。"爱丽丝说,"哪怕你搬去新泽西也一样。"

"噢,天哪,别这样。走吧走吧。"萨姆说,"我爱你。"

爱丽丝像个小偷一样溜出门外,沿着宽大的石阶跑到等待她的出租车上。她的父亲仍然坐在前排,正专心致志地和司机谈论着什么。一分钟后,爱丽丝明白了——司机在谈论《时空兄弟》。伦纳德朝坐在后座的她笑了笑,然后摇下车窗。在开往波曼德街的路上,凉爽的空气吹拂着车内的每一个人。

. . .

伦纳德打开门锁,为爱丽丝推开了波曼德街的大门。罗曼一家的灯还亮着,街道其余的大部分人家都沉浸在黑暗中,除了几户房子二楼正对着街道的卧室窗户还在向外透着光亮。爱丽丝想象着她所有的邻居都躺在床上,读着书或看着电视。她觉得自己也是经常这样度过某些夏日夜晚的,好像今晚她错过了自己生活中的这一刻。

"好吧,现在我们可以好好聊一聊了。"伦纳德快步走向门口,手里的钥匙叮当作响,"我们时间不多了。"

"什么时间?"爱丽丝问道。她立刻想起了她父亲即将看到的脏乱局面。"糟糕!我忘记告诉你了,我们刚才举办了个聚会。没有那么大,没上次那么大,但是——"她还没来得及说完,伦纳德就把门推开了。厨房里一片狼藉——有人打翻了啤酒,爱丽丝和伦纳德的鞋子粘在地板上,发出噗噗声——但伦纳德似乎并不在意。他径直走到自己的座位上,推开面前所有的空瓶子,腾出了一些地方。然后他点了两支烟,把其中一支递给了爱丽丝。

"坐吧。"他说。

爱丽丝坐了下来。她吸了一口烟,紧张地用手指弹了弹烟头。

"我相信你。"

"真的吗?在酒店,找到你之前,我和你的朋友们谈论过时空旅行的事。他们说得很荒谬,比如神奇骨头。那到底是什么东西?没有任何科学依据。"爱丽丝看到她手指上有黄色斑点,那是一小块光滑的尼古丁片。如果她以前认真锻炼身体呢?如果她没有一口气喝下四十盎司①的啤酒呢?如果她在数学课上专心听讲呢?如果她尽可能多地陪伴父亲呢?如果伦纳德也认真锻炼身体,或者学会做饭和戒烟呢?如果她纠正了人生之中所有的遗憾,帮助父亲活到九十六岁,帮助他在睡梦中安详地离开呢?她希望改变一切,改变所有的人生憾事。

伦纳德扬起眉毛,深深地吸了一口烟。他连续吐出三个完整的烟圈,然后用手指穿过烟圈。"当然,西蒙的神奇骨头很荒谬,就连他自己都这么觉得。但我知道你的话并不荒谬,因为我也见识过这种事。"

"什么?"爱丽丝惊呼道。厄休拉跳上桌子,灵活地避开所有杂乱无章的东西,然后跳到伦纳德的肩头。

---

① 四十盎司约为一点二升。

"在时空旅行方面,各类传闻五花八门,说什么的都有,很多传闻就像你猜想的那样疯狂。但是,在我写这本书之前,我花了大把时间和人们交谈,并了解过很多疯狂的理论。我也听说过一些关于波曼德街的传闻,可完全没有根据,比如有人声称他朋友的朋友的表弟看见过大脚怪。但还是有人相信这套鬼话,不管怎么样,这种故事还是很吸引人。每当人们谈论起时空旅行的话题时,都离不开谈论它真实存在的可能性,甚至谈论它是否正在发生。那时波曼德街刚好有个房子待售,所以我们就搬过来了。不过,我还是花了一段时间才弄清楚。"

伦纳德笑了笑,继续说道:"说是想通了,其实根本没办法弄清楚一切。我觉得这有点像冲浪——你只需要去你要去的地方。斯科特和杰夫有一辆笨重又紧凑的时空旅行车,那辆汽车上有各种各样的按钮和旋钮,但真正的时空旅行根本不是那么回事儿。如果我在写这本书之前就知道这一点的话,《时空兄弟》的内容就会大不一样。时空旅行中的人不能开车,也不能选择去哪里。每个人都有一个目的地和一条道路,仅此而已。当你回来时,你总是会回到你开始的地方,就像迪士尼乐园里的游乐设施一样,但是出口会看起来有所不同,这取决于你在时空旅行的过程中做过什么。在每次玩的时候,都由你来掌控。你可以调整它速度的快慢,是急流勇进还是一马平川。你可以轻轻松松地从时空旅行中离开,一切看起来和你进去的时候一样。"

"你是说游乐设施?"

"是的,"伦纳德说,"这只是打个比方。"

"谢谢。"爱丽丝吸了一口烟。她想要她面前出现一张纸——一张图表或者地图什么的。"好吧,所以这一切都是在这里发生的吗?在我们家？在整条街？这怎么可能呢？"

伦纳德摇了摇头。"告诉我你做过什么。"

"我和萨姆一起吃了晚饭，然后我一个人去了俄罗斯套娃酒吧，喝了太多酒，然后我打车回到这里，在马路边吐了。后来我在外面睡着了，看起来像是个自甘堕落的人。早上醒来的时候，你就出现我眼前，就是这样。"

"你在外面睡着了？"伦纳德问道。

"在警卫室里，或者也可以说是在你的种植工具间里，几乎没有什么东西，所以我把一些杂物推到了一边，然后就睡着了。"

伦纳德点了点头，问道："你知道是几点钟吗？"

"你是问我什么时候睡着的吗？我不知道，大概是凌晨三点吧？或者是凌晨四点？"如果爱丽丝还有自己的手机，她就能查看优步出租车是什么时候把她送到家的。她的记忆模糊不清，淹没在各种画面里。

"在凌晨三点到四点之间，因为只有在这个时间段，它才起效。"伦纳德说着，靠在椅背上，用手摸了摸自己的脸，"我花了很长时间才弄清楚。好多年过去了，我一直在观察，不确定那里有什么东西，但我能感觉到。十年前的一天，就在你刚上贝尔维德学校的时候，我和奇普谈起《神秘博士》的剧情，这让我想起了我们的警卫室。我想肯定是那里，于是我在警卫室待了一晚上。我不想让海德里克一家或者其他人从他们家的窗户那里看到我，我便一会儿待在小屋里，一会儿待在小屋周围。不过没有人注意到我，至少我觉得没有。我把警卫室里清空了，把扫帚、泥土、铲子和垃圾都拿了出来，甚至连蜘蛛网都没留。我在那里坐了很久很久，正如我猜测的那样，后来我出现在了别的地方，警卫室以外的地方。我竟然躺在床上——我和你妈妈的床上——在我们以前居住的公寓里。而且我知道那时不再是1986年。

"刚开始我以为这是因为我满脑子想着《时空兄弟》，或是我产生了幻觉，就像宿醉或者慢性酒精中毒的症状一样。但是当我走到外面，走到报刊亭前时，拿起报纸一看，发现我来到了1980年。我的口袋里还有二十五美分，所以我买了一份报纸。然后我又看了一遍日期，我意识到那天是你出生的日子。"

"我出生的日子？你说的是1980年的今天？10月12日？"爱丽丝问道。

厄休拉从她父亲的肩膀上跳了下来，坐在他的大腿上。伦纳德笑着说道："是的，是你出生的那一天。那时你妈妈的预产期还有三个星期。我们住在第86街，住在那间又长又狭窄的公寓里。她感到很难受，痛得一直走来走去。我简直不敢相信自己的眼睛，她的身体就像是一条吞了西瓜的蛇。塞雷娜看起来很漂亮，尽管她时常面露狰狞，身材魁梧，脾气又很差。在我回到过去的那个时候，我知道她不知道的事情，那就是那天下午你会从她的肚子里诞生，就在下午三点十七分的时候。"他眨了眨眼睛，想努力控制住自己，但泪水还是夺眶而出，"你知道我在那个小屋里待过多少回吗？每次都是为了重温这一过程，为了再次亲眼看着你来到这个世界，看着你完美的小脸蛋。我不知道为什么，但那就是我的一段人生，那就是我想要看到的一切。"

爱丽丝可以想象那条长长的走廊，还有她那身材魁梧、脾气暴躁的母亲。"这听起来刺激又很紧张。"

"是这样的。塞雷娜的分娩过程很辛苦，确实很辛苦。但我知道它意味着什么，所以并没有感觉到那么紧张。"

"你告诉过她吗？"爱丽丝问道。

"谁？你妈妈？没有。"伦纳德摇了摇头，"你知道吗，我试过好几次，想通过它来改变自己的人生。每次回到过去的时候，我都努力成为一个更好的丈夫，不管这会不会起到什么作用，我都努力成为她期待的模样。我会专心聆听她说过的每一句话，给她捶背，喂她吃木糖醇糖果。从来没有这样过，我做了很多事情，希望一切能好起来。在那个疯狂的一天里，我真的很努力，想让塞雷娜知道我们之间可以关系更融洽。有那么一次，当我回归到未来的现实生活时，我发现我们没有离婚，我们还是夫妻，但她比以前更痛苦，更容易暴怒。我一直在努力成为一个背离自己的人，对婚姻来说，这是一件无比糟糕的事。"

"你可以细说这一点。"爱丽丝说道。

"你会知道的。"伦纳德笑着说，"幸运的是，人生是如此倔强，你无法改变它太多。我的朋友们说得也都没错，但那些都是理论上的可能。他们是一群专业的业余爱好者。"他压低了声音，好像其他人能听到似的。

"那现在未来的我会怎样？"爱丽丝问道。她担心她那四十岁的身体瘫倒在小屋里，一动不动，会不会吓坏那些正忙于生活的波曼德街邻居。"你的朋友们提到的关于'希特勒悖论'的内容吓到我了。"

"没什么问题。"伦纳德说，"这只是按下了暂停键。你现在马上就能回去，那边也许就只过去了三十秒，顶多一分钟。宇宙无时无刻不在移动，我们也在移动，所以我能肯定这过去的时间并不是一个精确的数字，但在一个大致的范围内。你会回到原来的地方。可能你回到的四十岁人生和原先的人生并不完全相同,但你确实是四十岁的自己。今天你所做的任何事情都会影响你的未来,但届时你也会明白我所说的'人生是如此倔强'意味着什么。未来的这一天,你会在凌晨三点到四点之间醒来,又回到你离开的时间,回到你拥有的时间,这一切自然而然地发生了。作为人类,我们所做的大多数决定都是相当稳定的,时间也喜欢稳定。我把它想象成一辆在路上飞驰的汽车。汽车想要一直前进,而且大多数时候路上都畅通无阻。我能想象霍华德和西蒙会怎么描述'希特勒悖论'。未来改变了什么?你在过去做过了什么?你又给自己的人生埋下了怎样的伏笔?这些当然很重要。但必须是很重大的事情才能让你偏离原来的人生轨迹。所以不要太担心。"伦纳德控制自己的手在桌子上朝一个方向走去,然后又朝另一个方向前进。

爱丽丝看向时钟:现在已经凌晨三点。除了他们家,波曼德街上所有的灯都熄灭了。"给我一分钟。"她说道,然后把烟头在一个瓶盖里掐灭,匆匆跑进她的房间。爱丽丝环顾周围,寻找可以让她抓住的牢固物体。她觉得自己正在一辆上下颠倒的过山车上,她明知道自己会掉下来,却对此无能为力,哪怕换再多的衣服也都无济于事。

伦纳德靠在她卧室的门框上,说道:"亲爱的。"

爱丽丝看着他,知道自己还没有尝试去改变他——不管他说什么,她都要把人生推离原来的轨道,但她到目前为止还什么都没有去做。"爸爸!"她开口说道,但她父亲抬起手阻止她继续说下去。

"一开始会觉得有点奇怪。"伦纳德带着她走了过去,随之而来的是头脑模糊不清的感觉。她依然记得自己的人生,自己以前的人生,但一切不再历历在目。记忆毕竟是记忆,终有一天会慢慢褪色,尤其是在没有照片定格某一瞬间的情况下。时间会抚平一切,至少他是这么认为的。当然,伦纳德也解释过,他不能肯定他的观点。尽管伦纳德很平静,但爱丽丝开始恐慌起来。

"可是我刚到这儿,"爱丽丝说,"这不公平。"她想告诉他这不公平,因为她还没有弄清楚如何确保她能回到未来,或者说是前往未来,不管正确的说法是什么,她的父亲都会在另一端睁开眼睛等候着她。

伦纳德点了点头,说道:"我知道时间永远不够用。但是记住,你明白自己是怎么来这里的。你知道我看过你多少次出生了吗?你可以随时回来。"

"你还会在这里等我吗?我们真的可以这样做吗?我该怎么办呢?"爱丽丝晃动着她的手脚,就像是在跳儿童摇摆舞一样。

"时间很晚了,"伦纳德说,"我要去睡觉了,或者我们可以坐在沙发上。"

爱丽丝经过她父亲身边,在昏暗的光线中走向沙发。厄休拉用身体蹭了蹭她的腿,爱丽丝俯身把它抱了起来。爱丽丝躺在沙发上,厄休拉完美地蜷缩在她的腋下。

伦纳德给她盖上了一条毯子,然后打开了电视,尽管爱丽丝知道他没在看电视,而是在看着她。她闭上眼睛,试着调整呼吸,但她的脑海里浮现的是吸烟者干瘪的、黑乎乎的肺部,就像是那些印在烟盒上本该把她吓跑但没有起到效果的警告一样。

"你能为我做一件事吗?"爱丽丝问道。

"当然,什么事?"伦纳德反问道。

"你能戒烟吗?真的好好戒一次烟。"伦纳德以前尝试过戒烟——从他年轻时开始，几乎每十年尝试一次。

伦纳德哼了一声。"好吧，我会努力戒烟的，可以吗？你在我最容易动摇的时候说服了我，所以我保证我会尽力的。"伦纳德停顿了一下，像是在自言自语地说道，"爱儿，为什么警卫室里面是空的？我一直小心地照看那里。它怎么就被人清空了？那时我在哪里？"

爱丽丝不想对他撒谎，但她也不能告诉他真相。她不像平时那样总是担忧太多关于医院的事情。医院是如此的遥远——像是几十年前，甚至亿万年前的事情。如果他们是一个相互拥抱的家庭，她就会在此时拥抱他，只为了得到他的拥抱。为什么他们不喜欢拥抱彼此？是她的原因吗？还是他的原因？爱丽丝不记得了。伦纳德还在她的身边，还能和她像往常一样聊天，这才是最重要的。"我把里面的东西拿出来了，那些东西像平常一样被堆在一起。我花了好长时间。"她靠着沙发扶手喃喃自语，过了一会儿，她就离开了。

36

爱丽丝还没有睡着,至少她认为自己没有睡着,但是有一种从梦中醒来的晕乎乎的感觉。她把双臂举过头顶,触碰到了某个坚硬的东西。爱丽丝仍然闭着眼睛。她用手在自己周围摸索着——硬实的、光滑的、凹凸不平的表面,这里肯定不是她父亲的那张旧沙发。

当她的眼睛逐渐适应黑暗时,爱丽丝看到自己躺在床上——一张超大号床,总之比她睡过的特大号床更大。爱丽丝摆动脚趾,以确定她还能活动自如,果然,她看到自己的脚趾从厚厚的羽绒被下伸了出来。这里看起来像是一间她负担不起的昂贵酒店套房。一盏带有几何图案灯罩的银色台灯紧挨着她的脸。爱丽丝打开了灯。床的另一半是空的,被子被人漫不经心地掀开,好像有人刚刚起床了一样。墙壁是乳白色的,床单也是乳白色的,地板是实木的,像是百年前被人铺设在房子里的。爱丽丝能断定两件事:第一,她以前从来没有来过这个房间。第二,毫无疑问,这是她的卧室,就像伦纳德告诉过她的那样:你会在你的床上醒来,无论你的床会在哪里;你会出现在你的生活里,就像现在你本身就身处在你的生活里一样;你会错过很多东西,但你最终也会感受到你错过的一切。

· · ·

她摇晃着坐起身来，靠在床头上，俯身检查着床边的抽屉。那里有她的手机，正插着充电线，还有一些耳塞、一支笔和一个眼罩。桌子下面的地板上散落着一小摞书，这让爱丽丝放松下来——无论这套公寓看起来有多么华丽，她自己依然还是她自己。她想起了伦纳德说过的关于轨道的说法，这让她更加放心。即使一切看起来有所不同，但她自己不会真的改变。爱丽丝拔下手机的充电线，把手机举到自己面前：现在是早上五点四十五分——她在睡梦中完成了时空旅行。手机还是老密码——她所有的密码都是一样的，是她的生日和基努·里维斯的生日。这是她在十四岁时设置的密码，而且从未想过更换，难怪窃取身份信息是一件如此容易的事。只不过，爱丽丝以前的手机壁纸是厄休拉的照片，但现在变成了两个微笑的深色头发的孩子。

他们看起来像是一个男孩和一个女孩，但爱丽丝不能确定。两个孩子苍白的额头上都长着深棕色的眉毛。年龄较小的那个孩子长得胖嘟嘟的，坐在大孩子的腿上，而大孩子张着大嘴，他们就像是一对俄罗斯套娃。爱丽丝知道他们是自己的孩子。从他们的肤色、嘴巴和眼睛，以及他们酷似小拉斐尔·乔菲（他曾来过她的办公室，或者从来没来过，视情况而定）的小脸上来看，爱丽丝判断出谁才是睡在另一边的那个人。

爱丽丝拉开被子，把脚放到地毯上。床下的这张地毯很大，价格可能比她在契弗街公寓的三个月租金还要贵。她穿着条纹睡裤和一件印着"贝尔维德公益长跑"字样的衬衫，她认出这是她几年前的衣服。爱丽丝把衬衫拉紧，她感觉到了柔软和踏实。好吧，这一切是真的。爱丽丝拿起手机,蹑手蹑脚地走向门口。当她把手放在门把手上时,传来了一阵马桶冲水的声音,隔壁墙上的一扇门被打开了。她本能地把身体蜷缩起来,就好像她是一只穿山甲或一条毛毛虫一样,但她仍然站在那里,没有在此刻隐身。

"你在干什么?"汤米穿着一套修身运动服,满身大汗,头发也湿漉漉的。他的样子看起来和当初去她办公室时的样子差不多,只不过发型更短,脸也更瘦了。她在过去的行动起到作用了——有些事情正在改变。爱丽丝想起了出租车上的情景:汤米的头靠在她的肩膀上,而她在汤米的耳边低语。也许这就是问题的关键——明确告诉别人你想要什么,说出你真实的想法,然后迅速走开。

"没什么。"爱丽丝说着直起身来,"我们就住在这里?你和我吗?"

"没错。你还能看到天空是蓝色的,草地是绿色的。还有什么惊人的发现吗?"

"我们一直生活在这里吗?"爱丽丝问道。

"好吧,不是所有时间都待在这个房子里,有时也会出去。你能想象你问的问题有多尴尬吗?"汤米说道,然后朝她翻白眼。他试图展现出自己的幽默,但这种幽默让爱丽丝感到不自在。"你是不是在用这种不同寻常的方式告诉我,你还想再买一套房子?房产中介不是你的朋友,爱丽丝。别在半夜玩手机了。我们有一套乡间别墅就足够了。"在汤米说话的时候,爱丽丝可以想象到一幅画面——树篱后面的白色房子和一条碎石车道,还有人正在修整草坪。"还有我父母的房子。他们今年要重新装修泳池,孩子们会喜欢那里的。"

这样的话爱丽丝已经听过不下千百次了。她在贝尔维德学校的生存之道就是把嫉妒转化为优越感。全体学生中有三分之二的人都说自己来自中产家庭，爱丽丝觉得这一类人通常不会拥有私人飞机、加勒比海岛上的房子、长岛上的别墅或者专职仆人。伦纳德曾坦率地告诉她，他赚的钱比他的大多数朋友多，但他们家的资产比爱丽丝的大多数朋友要少，因为伦纳德的报酬是他们家的唯一收入来源，而贝尔维德的大多数孩子都站在几代人的财富上。纽约人擅长将他们的奋斗精神（亲身抢购大包小包的优惠商品，宁愿挤地铁也不开车）转化为价值，而爱丽丝也有多年的经验能让她相信自己的生活比别人过得更好，因为她没有格林威治富人小镇的家族领地，也没有私人马场，更没有揽胜路虎汽车。现在，爱丽丝似乎拥有了所有这一切。除此之外，她还和满身大汗的汤米·乔菲同住在一起，这让她有点不知所措。她看过的所有时空旅行电影基本都有这样的结局——在《女孩梦三十》里，詹娜·林克穿着婚纱从家里走出来；比尔和泰德如愿通过了他们的历史课考试；马蒂·麦克弗莱得到了一辆吉普车——紧接着镜头向后移动，展现出一幅完美的全景场面，最后画面渐渐暗淡。在《时空兄弟》中，在拯救过去的间隙，斯科特和杰夫去了他们最喜欢的比萨店。但电影里从来没有人像她这样穿着睡衣一动不动地站在画面中，试图回忆起自己的人生。

卧室的门被猛地推开了，撞到了爱丽丝的右侧身体。

"妈咪！"一个幼小的身体贴在她的小腿上。这感觉就像被一头友好的章鱼打招呼一样——但章鱼不可能只有两只触手。爱丽丝以为自己会摔倒，但她没有。她把自己撑在墙上，牢牢扶住孩子，用手轻轻地摸了摸他的头。这是照片上的那个男孩还是那个女孩？爱丽丝蹲下身来，想看个究竟。

"你好，小家伙！"爱丽丝说道。这是一个男孩，不是她在贝尔维德学校面试过的那个男孩，但他们长得很像。他的眼睛和汤米的眼睛一模一样，小脸上方有着浓密漂亮的头发。爱丽丝打量着孩子的脸，但找不到任何与自己相像的地方。这种感觉就像是在夸赞别人的孩子长得像他们的父母，结果被告知孩子是收养的。"你叫什么名字来着？消防车？木琴？提醒我一下，好吗？"

男孩咯咯地笑着说："妈妈，是我，利奥。"他钻进爱丽丝的膝盖之间，把她轻轻推倒在地。尽管已经生下了两个孩子，爱丽丝的身体还是紧实又强壮，比以往任何时候都强壮。她想知道自己在私人教练身上花了多少钱，但她还是决定不知道为好。

"哦，是的，没错。"爱丽丝说，"利奥，那你妹妹呢？她叫雨伞？还是津巴布韦？"爱丽丝感觉到各种名字在她的头脑里翻滚。她几乎能看到那些字母来到不同的位置，就像是字母组合游戏一样。这些孩子是她的，这一点毫无疑问，是她和汤米的孩子。爱丽丝现在成了一位母亲。孩子们叫她妈咪，还是妈妈？塞雷娜曾经决定让爱丽丝直呼她的名字，因为她认为真正的母亲只有一个，那就是大地之母。爱丽丝感觉自己脖子上的皮肤因为紧张不安而起了鸡皮疙瘩。

利奥又咯咯地笑了起来，他柔软潮湿的双手捧着爱丽丝的脸颊。"丑丑脸！"男孩说道。他看起来很可爱，就像意大利小天使。爱丽丝喜欢他的手触碰自己皮肤的感觉，她也把自己的手放在他的手上。爱丽丝不知道她能否和汤米顺畅交流，但她和利奥没什么问题。这正是她的强项所在——蹲下身来，感受小家伙温暖的呼吸。利奥应该在四岁左右。不，他肯定是四岁。爱丽丝知道，这种感觉就像你从酒店房间醒来，想不起来自己身处何处，或者不记得卫生间在哪里一样。

"不，不，我不是丑丑脸。"爱丽丝说道。利奥从她身上爬下来，跑到走廊里，一遍又一遍地叫着"丑丑脸"。

汤米脱掉身上衬衫，把它揉成一团，扔进了洗衣篮里，然后他又脱下了其他衣服准备去洗澡。尽管爱丽丝很高兴再次看到他成年时的身体，但她把自己的目光移开了。这对于她来说太过于露骨了。爱情需要亲密无间，因此热恋中的视野也会受限。当爱丽丝保持距离，从房间的另一端看去，她便能看清这一切。于是她闭上眼睛，假装睫毛里进了什么东西。

"你还要去跑步吗？"汤米问道。爱丽丝听到他走进卫生间，然后是淋浴的水声。

"是的。"爱丽丝说道，她急切地想要离开这个房间，走出这套公寓。她想回到波曼德街，想给她父亲打电话。"呃，能不能给我说一说今天的安排？我感觉自己，不知道怎么了，有点健忘。"

"我以为娶一个年轻点的女人就可以避免这个问题。老年痴呆不会这么早就开始吧？"他的声音在瓷砖墙壁间回响。

"快点提示一下我吧。"爱丽丝说道。汤米的生日比她的生日仅仅晚一个星期。她永远记得汤米的生日，离她的生日那么近，她的目光经常停留在那个日期上，仿佛那是用只有她能看见的隐形墨水写下的。他们之间是这样交谈的吗？爱丽丝觉得自己仍然处于成长阶段，无法表达她对任何事物的真实感受，只会挖苦讽刺和假装愤怒。她从手机上看到的日期是十月十三日，也就是她四十岁生日的第二天。看来她进入时空隧道的同时，时空隧道也把她吐了出来，眼下她至少已经让自己部分的人生偏离了原来的轨迹。爱丽丝想给她父亲打电话，但她感到害怕。她也想联系萨姆，但她还是感到害怕。主要是爱丽丝想要偷偷做这两件事，因为她不确定他们现在是什么情况了，而且她知道自己不是一个好演员，无法掩饰真实的反应。如果她的父亲安然无恙，她会得知消息吗？如果他已经去世了，她也会得知消息吗？现在的爱丽丝对此一无所知，什么都不确定。汤米走出浴室，腰间还围着一条浴巾。

"好吧，好吧。四十而已，人生又是新的开始。"他举起双手做了一个自我防卫的动作，从她身边离开，"今天是这样的，我先去看着利奥和多萝茜，你跑完步后去陪他们。桑德拉会在十点钟过来，然后你就可以去看看你爸爸了。别忘了聚会在今晚七点钟开始。你还想做什么其他的事情都随便你。"汤米在她的脸颊上亲了一下。他显得很高兴，因为这个星期是她的生日。不知为何，爱丽丝对这一点比其他任何事情都记得更清楚。

爱丽丝说道："多萝茜，好吧，明白了。"房间的尽头有一扇窗户，她走过去往外眺望。中央公园像地毯一样在她的眼底伸展开来。正下方有一片湖泊，爱丽丝从来没有注意过公园的这一部分，因为这里好像是专为游客建造的。在视野左侧，她可以看到一座尖尖的塔，那是两座塔中的一座。

"不可思议，对了，你的父母去哪里了？"爱丽丝好像明知故问似的。汤米朝她翻了个白眼，试图换一个话题。

"哦，他们好像说天亮前会帮忙照顾孩子。但是你懂的，他们总是说说而已。"汤米一丝不挂地站在那里，继续说着他的话。他的胸毛好似密密麻麻的灰色小线圈，和装电池的弹簧一样。当他转向衣橱时，爱丽丝注意到他的屁股有点下垂。她知道这种想法有些不厚道，但确实让她感到欣慰，她并不是唯一一个正在衰老的活人，即使是汤米·乔菲也不能幸免。现在她的姓氏也是乔菲吗？不，不，她永远不会这么做的。汤米穿好衣服，离开并关上了门。爱丽丝也在抽屉里翻找着自己的衣服。伦纳德说得对，在熟悉的房间里会形成肌肉记忆。爱丽丝知道该打开哪些抽屉，至少她身体里的一部分自己知道。她迅速换好衣服，从卧室逃到走廊里，像攥住救星一样紧紧攥住手机。

爱丽丝并不是说不想要孩子，只是时机一直不对。和她的第一个男朋友住在一起的时候，她堕过一次胎。她曾经非常希望自己能嫁给他，但他不想要孩子，至少他是这么说的，而他们分手后，他很快和别人生了孩子。爱丽丝心里有一份给孩子起名的清单，"多萝茜"这个名字赫然在列。二三十岁的时候，爱丽丝一直相信自己迟早会有自己的孩子，后来她不再坚持。这就像让保龄球在跷跷板中间保持平衡，有些人非常坚定地朝某个方向努力，也有些人像她这样一直摇摆不定，直到有一天在自己心不在焉的时候让跷跷板倒向一边。电视剧《天生冤家》里的一位男演员在他七十九岁时生了一个孩子。男人从来不需要做任何决定。

这套公寓很大，走廊又长又暗，一边是书架，另一边是镶框的家庭照片。利奥响亮的叫声在另一个房间里回荡，爱丽丝还听到了一只英国猪[①]的声音，她认得这部动画片——和小孩交流时，及时了解他们与动画角色之间的准社会关系是很重要的。爱丽丝慢慢走着，她穿着袜子的脚轻轻踩在木地板上。大多数照片是孩子们的——利奥扮演超能敢死队

[①] 这里指的是英国儿童动画片《小猪佩奇》。

队员，而他的妹妹多萝茜则是棉花糖鬼①；两个孩子在浴缸里被一堆泡泡淹没；在墙的中央有一张照片，来自爱丽丝和汤米·乔菲的婚礼。她走近一步，鼻子几乎碰到相框的玻璃。在照片中，爱丽丝穿着一件无袖拖地蕾丝婚纱，腰间还有一个巨大的蝴蝶结，就像是一个被蝴蝶结包装好的礼物。她的发型是她从未留过的样式，像泳装模特的头发那样倾泻在一侧的肩膀上。爱丽丝无法完全读懂她脸上的表情——与其说是喜悦，不如说是略显呆滞，不知是因为过于兴奋而冲昏了头脑，还是因为恐惧。还有几张爱丽丝怀孕时的照片，她用双手托着大肚子，仿佛担心它会掉到地上一样。爱丽丝用手摸了一下她的腹部，那里的皮肤软绵绵的，就像是正在发酵的面团。

"妈妈！"一个高亢的声音从隔壁房间传出。爱丽丝穿过走廊，把头探进一扇敞开的门里。这个房间是粉红色的，比爱丽丝小时候在波曼德街的卧室大三倍，里面有一张带帐幔的床。一个小女孩坐在地毯上，正在和一只同她一样大甚至更大的毛绒玩具熊一起喝茶。爱丽丝感到自己的身体里产生了一种微妙的感觉。她想用力抱住多萝茜，和她依偎在一起，就像利奥刚才抱她的方式一样。

"嘿，多萝茜，"爱丽丝说，"我可以加入你们吗？"

多萝茜点了点头，表示她现在的工作很重要，然后假装给爱丽丝倒了一杯茶。爱丽丝迅速挪了挪身子，坐在孩子和玩具熊之间。随着一声雷鸣般的动静，利奥跳进房间里，撞上了爱丽丝，并从后面抱住了她。汤米紧随其后。

---

① 超能敢死队队员和棉花糖鬼是美国动作奇幻电影《超能敢死队》(*Ghostbusters*)里的角色。

在她的朋友们开始结婚生子后，爱丽丝就考虑过这些决定会给生活带来的影响：个人房间会被玩具攻陷。她要永远和同一个人睡在同一张床上，但他也可能是那个懂得如何正确报税的人。生活的负担加重了怎么办？她必须懂得如何母乳喂养，以及胎盘到底是什么，为什么有人会吃它？随着时间的推移，爱情会变味吗？如果她厌烦自己的孩子或者反感自己的配偶，那她该如何是好？起初，这一切似乎都是理论上的，就像少女们计划她们未来的婚礼一样，即便知道真正的婚姻生活并不那么完美，但无论如何也想要结婚。随着爱丽丝的年龄越来越大，她的朋友们的经历越来越多，这个快乐的幻想逐渐变成一个悲伤的现实。婚姻显然意味着妥协，为人父母则意味着更多的牺牲，就像所有困难和令人抗拒的事情一样，越早被提出来，就越容易让人接受。

"这茶真好喝！我可以再来一点吗？"爱丽丝问道。多萝茜点了点头，用她胖乎乎的小手把杯子拿了回去。"你多大了，小仙女？"

"丑丑脸三岁了！"利奥喊道。他在房间里跑来跑去，最后一头撞向那只巨大的毛绒玩具熊。这把多萝茜气哭了。她站起身来，尖叫着，双手握成拳头。

"呼，小子！"汤米叫道，"过来，宝贝。"他把多萝茜抱到角落里的一张摇摇椅上，然后摘下一个挂着褪色棉布的奶嘴。多萝茜用双手接住奶嘴，塞进自己的嘴，很快发出心满意足的哼哼声。"去跑步吧，"汤米说，"有我在这儿。"他坐在椅子上，从旁边的书架上拿出一本书。利奥像士兵似的匍匐前进，把头靠在汤米的一只脚上。爱丽丝不知道自己什么时候变成了一个爱跑步的人。她在门口系上运动鞋，走向了外面的世界。

37

门卫打开前门,然后站到一棵六英尺高的盆栽树旁边,这棵树是大楼入口两侧的两棵盆栽树中的一棵。"早上好,爱丽丝。"那人打着招呼。他看起来身材矮小,脸圆圆的,双排扣外套下有着丰满的胸部。爱丽丝因为自己不知道他的名字而感到歉意。她可以想象这幢大楼里有多少人懒得叫他的名字,只有在圣诞节时才会记起他的名字,然后把他的名字写到信封上。

"早上好!"她也回应道,然后匆匆走进黎明前的中央公园西大道。与百老汇和哥伦布大道附近繁华的商业街区不同,中央公园西大道仍然保持着原样。树木靠在石墙上,就像热心的邻居们一样。还有一些树弯腰倾斜,为下面的长椅遮挡住阳光。面向公园的公寓楼不同于爱丽丝在中城区看到的那种壮观的摩天怪物。这些建筑优雅而坚固,可能都是在过去五十年里用石灰岩和砖块砌成的。昂贵的高档公寓楼前摆放着花箱,大门口有门卫站岗,随时准备为业主叫出租车或帮忙搬运杂物。爱丽丝从口袋里掏出手机,按下通讯录里她父亲的名字。汤米刚才说了什么?去探望她的父亲,还是只是去见她的父亲?他提到过医院吗?爱丽丝基本可以肯定他没提到过医院这回事儿。

拨打铃声响了又响,然后电话里开始播放伦纳德的语音信箱留言提醒:请留言,我会尽快回电话。爱丽丝很久没有听过了。在她生日之前的几个星期里,她一直没有理由打电话给他——如果伦纳德不能接听电话,那么他的手机不过是一块巴掌大小的工业废品,那么她还有什么好继续拨打的呢?他有留言提醒,也许他正在洗澡,也许他在"城市餐厅"吃早餐,把手机忘在家里了。爱丽丝一直佩服她的父亲对手机保持着二十世纪的态度。他不会随身携带手机,而且可以轻易做到几个小时不碰手机,但爱丽丝不到十分钟就会忍不住看上一眼。她没有留言就挂断了电话,然后又改变主意,重新打了回去。在嘟的一声提示音响起后,她留言道:"嘿,爸爸,我是爱丽丝。我只是想听听你的声音。"她站在自然历史博物馆的对面,她的一部分自己在想,如果现在走进去,她可能会看到自己和父亲躺在鲸鱼下面。爱丽丝突然开始跑了起来。

往北跑了几个街区,爱丽丝来到了贝尔维德学校的街角。她偷偷瞥了一眼,空无一人的街道使她松了一口气——既没有她过去的幽灵在路上游荡,也没有她现在的另一个自己在眼前出没。她加快了跑步速度,经过一对手牵手散步的老年夫妇,又经过一个为新一天生意做准备的热狗小贩。这座城市的稳重造就了她的坚韧本色。纽约城可以应对任何个人危机——因为它总是经历过更糟糕的情况。

跑到第86街和中央公园西大道的路口时,红绿灯变了。爱丽丝俯下身子,用双手撑着膝盖,嘴里喘着粗气。一个戴着耳塞的慢跑者在她身边跳来跳去。爱丽丝没有理会她,直到那个女人在爱丽丝的鼻子前挥了挥手。

"早上好!"爱丽丝打招呼道。

"噢,拜托!"那个女人说道。她像个羽量级拳击手一样,不停地来回跳动,然后开始挥舞拳头。"你说今天是你的生日……当当当!其实今天也是我的生日!"女人大笑起来,"我跟你开玩笑呢,今天不是我的生日。祝你四十岁生日快乐!"正当爱丽丝一头雾水时,那个女人满是汗水的手臂用力搂住了她。

"哦哇,谢谢你!"爱丽丝勉强回应道。当那个女人抽回手时,爱丽丝打量着她。她是贝尔维德的一位学生家长,一个真正让人讨厌的家伙。她叫玛丽·伊丽莎白,还是玛丽·凯瑟琳?她有两个儿子,其中一个因为咬人,差点被幼儿园开除。她的儿子叫费利克斯和霍勒斯,没错。爱丽丝记得他们整齐的发型和破坏王般的行为。"你是怎么知道的?"爱丽丝问道。

玛丽·凯瑟琳·伊丽莎白挥动着她的手机,说道:"看这里,你一直在社交账号上疯狂发动态。我看到了你的孩子吃蛋糕的照片,太可爱了。我的两个孩子不吃谷蛋白,因为一吃他们就会——"她用手指在耳朵周围画了个圈,又在眼前画了个叉,"无论怎样,我们终于找到了一个新的保姆,所以我和伊桑今晚都会参加。陪一天孩子真累,我晚上想喝点鸡尾酒放松一下。不管怎么说,我得去跑一跑了!保重!回头见!"她又做了个鬼脸,然后迈开大步,飞速穿过宽阔的街道,随即消失在南边的公园里。

爱丽丝又要举办生日聚会了,又一次。她掏出手机,想给萨姆发个信息,但她看到她们之间的交流变得稀疏。大部分信息都显示在蓝色聊天气泡里,那些都是爱丽丝发的:嘿!我想随便聊聊!下个星期有空一起吃饭吗？最近怎么样？告诉你一声，《飞跃比弗利》的新一季又开播了。而萨姆的回复寥寥无几：好吧，我会去的，这个星期可真忙啊！爱丽丝把手机塞回了口袋。她想稍后再联系萨姆。

她又花了六分钟才跑到波曼德街。大门后面的波曼德街很安静，但这不会持续太久。爱丽丝打开沉重的铁门，匆匆走向她父亲的房子。她不想见到任何一位邻居，因为她不了解现在哪怕最基本的情况——甚至一句问候，都有可能让她踩到雷区。爱丽丝关上了房门，厄休拉立即跑到她的两腿之间。爱丽丝弯下腰，把小猫抱到胸前。

"嘿，小猫咪，还记得我吗？"她对着厄休拉黑色的猫毛悄声说道，以防吵醒可能还在睡觉的父亲。所有的灯都关着，但太阳已经开始升起，爱丽丝因此可以顺利地来回走动——不过即使她蒙上眼睛，也能在这个家里来去自如。她来到过道的尽头，伸手去握父亲卧室的门把手，但她又犹豫了。她到底在期待什么呢？她想看到父亲正在那里呼呼大睡？还是她想看到一张空空如也的床？爱丽丝没有开门，而是回到自己卧室的门前，推门而入。

地板上有一块旧地毯，看起来十分昂贵，也许是土耳其地毯。可能它一直都铺在那里，藏在她成堆的杂物下面，只是她不记得自己曾见过它。她的床不见了，原来的位置上放着一张书桌，一张又大又漂亮的木头桌子。

"搞什么鬼？"爱丽丝自言自语道。厄休拉砰的一声跳到地板上。爱丽丝打开她的衣橱门，发现里面的衣服挂得整整齐齐，床单和毛巾也被叠好了，但是这里没有一样属于她的东西。"这到底怎么回事儿？"

爱丽丝从自己的房间退了出来，又回到她父亲的卧室门前。她犹豫了许久，然后轻轻敲了几下门，把耳朵贴在门板上。里面没有任何动静，于是她又敲了敲，慢慢拧开门把手。

伦纳德的床上没有人，上面放着四个枕头，他那熟悉的花纹被子笔挺又平整，一切像往常一样被收拾得整整齐齐。爱丽丝关上父亲卧室的门，回到了客厅里。厄休拉叫了一声，显然是在要求尽可能优雅地给它喂食，于是爱丽丝打开了一个新鲜的猫罐头，把它倒进了厄休拉的碗里。那只碗还放在老地方，就在厨房地板上的一个小托盘上。

厨房里的大多数东西还是老样子。如果你和伦纳德的生活习惯一样——购买东西从来不深思熟虑，无论怎样改变，环境都会有同样的结果。比如，当你需要一个折叠凳时，你在莱特纳床上用品店看到了一把折叠凳就把它买下来，不管这家店是不是专门卖凳子的，不管这家店还有没有别的款式的凳子，你只会觉得它正是自己需要的。伦纳德从来不关心商品的内部设计或者任何形式上的设计。但是，厨房里有什么东西和以前不一样了，爱丽丝站了好一会儿才弄明白是怎么回事儿。

这里的烟灰缸没了。

她仔细检查了餐桌，这里没有。她又检查了一遍厨房岛台，这里也没有。屋内有一股薰衣草和香皂的味道。爱丽丝转头看向冰箱，抓住了冰箱门，但没有打开。冰箱门上用磁铁贴着一张她的照片。那是一枚美国国家航空航天局的圆形徽标，是伦纳德收藏一生的藏品。它是爱丽丝很小的时候，她父亲在博物馆买的。

这张照片看起来像是一张节日贺卡——专业拍摄并印在厚厚的卡片纸上，上面用金色大字体写着："新年快乐！"照片里，爱丽丝把利奥和多萝茜抱在膝盖上，利奥的小胖手紧紧抓着一辆玩具卡车。汤米站在他们身后，双手搂着爱丽丝的肩膀，就像一个笨拙的按摩师。

前门吱呀一声，吓了爱丽丝一大跳。"爸爸？"她转身叫道，心里怦怦直跳。

"不是。"一个弱小的声音回道。有个穿着蓝色牛仔裤和肥大运动衫的瘦小女孩从门口朝她挥手。"我是住在隔壁的凯莉。你爸爸伦纳德住院期间，我在照顾厄休拉。"

"对。你好，凯莉，谢谢你！我刚刚喂了厄休拉，但我肯定它很喜欢让你抱一会儿。"爱丽丝咽了咽口水说道。

"好吧。"凯莉说道，但她仍然站在门口。

爱丽丝摸了摸冰箱上的照片，用食指的指肚遮住了照片上自己的脸。"真的谢谢你。"她说着迅速走出家门。探视时间从十一点开始，所以她现在不能直接去上城区的医院。爱丽丝看了看手中的钥匙，朝圣雷莫公寓走去。她很难说服自己把那里当成家。

38

当爱丽丝走进家门时，孩子们欢呼起来。爱丽丝心想，真不错，还有人专门欢迎你回家。她以前想过很多为人父母的坏处——比如晚上睡不好觉，随时要换尿布，需要爱和支持孩子一辈子——但她没有花太多时间去思考它的好处。

"我先去洗个澡，马上就来！"爱丽丝喊道。她原来一直一个人住，现在她突然感觉以前的生活除了享受安静时光、私人空间和自由之外，总有那么一点点孤独。爱丽丝锁上了浴室的门，她还没有准备好迎接汤米认为的理所应当的亲密关系。她试着给萨姆打电话，但对方没有接听。爱丽丝没有选择留言，而是发了一条短信给她：我很想和你聊一聊，有空请给我回电话。

爱丽丝的身体发生了一些变化：她的胸部失去了往日的神采；她的腹部更加柔软，向骨盆方向微微隆起，上面布满了妊娠纹，像是在用莫尔斯电码传递一条信息——"我已经生了两个孩子。"她感觉自己就像是在玩一个刊登在杂志背面的智力游戏——找不同！她的头发变短了，爱丽丝可以看得出这是她迄今为止做过的最昂贵的发型。头发是她小时候夏天的自然颜色，那是一抹被阳光亲吻过的金色，但现在已经是十月份，而她已经二十年没有这样的金发了。浴室里的洗发水可不便宜，包装也很精美，爱丽丝知道旁边这一大瓶沐浴露要花五十美元。她还不知道汤米是做什么工作的。当然，她的一部分自己肯定知道，但目前控制她大脑的并不是那一部分。爱丽丝有很多问题要问她的父亲。父亲真的戒烟了吗，还只是为了满足她提出的要求？她的另一段时光，也就是她之前的人生，发生了什么事情？如果没有她的改变，其他人的生活还会继续如往常一样吗？还是她给整个世界按下了重启键？如果真是那样的话，她似乎捅了天大的娄子。但父亲给她解释这一切的时候，他一直在微笑，好像这样并不会产生什么大问题，不是吗？

爱丽丝洗完澡并穿戴整齐后，慢慢悠悠地回到客厅。她发现孩子们在和一个陌生的女人——可能是桑德拉——一起坐在餐桌旁，正忙着做什么。当然，这里只有爱丽丝是真正的陌生人，这个女人并不是。

"看，妈咪！这是桑德拉帮我画的！"利奥说道。他从桌子上拿起一样东西，跑到她面前。那是一张折叠好的画纸，上面用蜡笔画了一个尖尖的心形，里面写着大大的"利奥"。

"谢谢你，太棒了！"爱丽丝说着亲吻了男孩的头。世界上许多地方都有包办婚姻，走进洞房前彼此是陌生人，走出洞房后彼此是一家人。人们每天都要学习如何去爱对方。爱丽丝觉得自己像是走进了一个电视剧的拍摄片场，不是《时空兄弟》，而是《马尔柯姆的一家》或者《罗斯安家庭生活》，那种画面中间有沙发、镜头摆在平时电视机位置的家庭情景喜剧。虽然这一切感觉并不真实，但爱丽丝愿意试一试。她拿起一支蜡笔和一张纸，开始画画。

39

医院和爱丽丝记忆中的一模一样，一系列装有巨幕玻璃的白色建筑依偎在曼哈顿的北端，俯瞰着哈德逊河。华盛顿堡大道上悬挂着一条巨大的横幅，宣称这里是全美排名第十一位的医院，令人遗憾的是，这似乎只是医院的自吹自擂。身穿白大褂的医生和护士在外面的餐车前排队等候，对于一旁的救护车和正在推进医院的危急病人熟视无睹。医院这种熟悉的现象反而让爱丽丝放下心来——爱丽丝又想起了她父亲说过的话，关于人生轨迹的倔强。她的父亲没有离开这个世界，他还活着，就在这里，就在爱丽丝离开他的地方。

在医院里，爱丽丝等着办理探视手续。她认出了前台的那两个男人，伦敦和克里斯。和往常一样，他们一边微笑着和来访者聊天，一边接过对方递过来的身份证件。当轮到她时，爱丽丝走到伦敦坐着的椅子前，朝他保持微笑。

"你好啊，生日女孩！让我查看一下你的证件！"伦敦说道。他像是正在把一些看不见的长发披在肩膀。

医院的大厅通风良好，天花板距离头顶很远。大厅的一端是一家星巴克,另一端是一家出售廉价毛绒熊和糖果的礼品店。周围的情况很嘈杂,除非竖起耳朵认真去听,不然很难听清对方在说什么。

"你是怎么知道的?"爱丽丝问道。

伦敦朝她挥了挥她的驾驶证,然后说道:"我有超能力。"

"好吧,昨天真的是我的生日。"爱丽丝尴尬地说道。

"上去吧!你记得哪个病房吧?房间铭牌上印着房间号。"伦敦说着,把她的驾驶证和通行证递给她。

. . .

这家医院在某些方面与圣雷莫公寓并无不同。这里有很多电梯组,还有一些没有标识的门,通向一般人不应该去的地方,人们很少进行眼神交流。爱丽丝乘坐一部没有其他人的电梯来到了五楼,穿过两扇双开门,来到一个可以欣赏水景的休息区,这里能看到乔治·华盛顿大桥和阴沉的陡峭河岸。医院走廊看起来消毒很彻底,每隔十五英尺就有一个免洗手消毒液设备,但也不像人们想象的那么干净,墙壁的踢脚板上积满了灰尘,人们肆无忌惮地在空气里咳嗽。爱丽丝感到有些冷,于是她拉紧了外套。父亲的病房近在眼前。

这似乎并不公平,无论她怎样改变,有些事情总会迎来相同的结局。爱丽丝走到最后一段走廊时,突然意识到,她曾经认为她生命中的这一部分会有所不同,就像她的下沉式庭院公寓会被采光良好的合作公寓取代,那里有她可爱的孩子和负责起居的保姆。她做过这样的假设,如果现存的所有问题都得到了解决,那就永远不会再出现其他问题了。当然,没有人可以逃避死亡,每个人都会在未来的某一时刻迎来自己的结局,离开这个世界。当他们的亲人点头并悲伤地宣布"他活够了"的时候，他们就应该在此时撒手人寰。

是不是爱丽丝做过什么导致这一段命运没有被改变？从十六岁生日开始到现在，她在过去所做出的努力改变了人生的方方面面，那么为什么偏偏没有改变这个呢？爱丽丝来到了她父亲的那间用窗帘隔开的病房。病房外的墙上有一小块白板，上面写着伦纳德、值班医生和护士的名字，以及他所用的药物名称。病房里的电视机是开着的，爱丽丝可以看到屏幕上带有环境音描述的特殊字幕。电视机上正在播报天气预报："今日气温高于先前的平均水平，今天最高温度65华氏度，明天最高温度70华氏度。我们将关注这样的天气是否会持续到万圣节。"爱丽丝把手放在窗帘上，慢慢拉开。

伦纳德躺在床上。他的鼻子里没有插管子，手臂上没有连着输液管，除了前臂上有一块像萝卜头一样突起的皮肤，里面植入了输液港。他的病号服外面罩着一件法兰绒浴袍，像毯子一样裹住了他瘦削的身体。房间里和平时一样冷飕飕的。伦纳德眼睛紧闭，张着嘴巴，爱丽丝能听到他从干裂的嘴唇里发出的呼吸声。

病房里经常有人进进出出，这使得在医院里的时光变得不那么难以忍受。形形色色的医生、护士和诊治专家，还有前去更换干净床单的医护人员无休无止地穿梭着。人们总是被拖进礼貌性的社交和闲谈中，记住一个新名字，或是送上一声问候。病房里有个女人正站在窗户边。爱丽丝心想，无论她从事的工作是什么，送流食或午餐，检查生命体征还是清理医疗垃圾，在忙起来之前抽空眺望哈德逊河也是不错的。爱丽丝走近了她的父亲。那个女人转过身来，朝她微笑。

"爱丽丝。"那个女人打招呼道，她那双苍白的手像龙虾爪子一样伸向爱丽丝。爱丽丝顺从地让她握住自己的手,但那个女人继续把爱丽丝拉近,直到她们紧紧地拥抱在一起。她身材矮小结实,像一个长着灰白卷发的雪人。

"嘿,你现在没有在给他治疗吧。"爱丽丝说道。这位女士看起来像是她见过的每一个来自上西区的诊疗专家,或者是中学校长,一个既需要友善态度又需要强硬做派的职业。她的脸有点眼熟,但爱丽丝想不起来自己在哪里见过她。在扎巴食品超市的奶酪柜台吗?还是在林肯广场影院排队买爆米花的时候?她看起来像某个人的母亲。爱丽丝瞬间感到恐慌起来,想到她有可能就是自己的母亲。但她并不是自己的母亲,这是不可能的。

那个女人笑着说道:"拜托,你肯定想不到我对验血有多在行。"她松开抓住爱丽丝的手,在房间里唯一的一把椅子上坐了下来。

"他今天怎么样?"爱丽丝问道。

"他很好,跟昨天差不多。"那个女人说着,伸手从脚边一个大手提袋里面掏出一堆针织物。

爱丽丝回头看向她的父亲。在日光灯下,他看起来面黄肌瘦,满脸胡茬儿。她抚摸着他的手,轻声问候道:"嘿,爸爸。"

"你的生日过得怎么样了?孩子们给你做了什么东西吗?"女人问道。

"很好,他们送给了我一些礼物。"爱丽丝说道。她感到自己的后背被戳了一下,扭头看到那个女人手里拿着一封信。

"你爸爸给你写了一封信,我猜是一张生日贺卡。"那是一个普通的白色信封,上面写着爱丽丝的名字,那是伦纳德潦草的笔迹。爱丽丝小心地接过来，用双手捧着它。

"他什么时候写的？"

"我不确定具体是哪一天，大概是一个月前他交给我的，他叫我今天把这封信转交给你。"她眯起了眼睛，"爱丽丝，他真的很想庆祝你的生日。"那个女人用手臂搂住了爱丽丝的腰。

"我能感受到。"爱丽丝说道。尽管那个女人不愿意放手，但爱丽丝还是挣脱了她。

"我给你们一点独处的时间。需不需要我从自助餐厅带点什么吃的？生菜三明治要吗？"她的眼神看起来很温柔。爱丽丝摇了摇头。那个女人从包里掏出钱包，抽出一张二十美元的钞票，又把钱包放了回去。"我马上回来。"

那个女人刚一离开，爱丽丝就拆开信封，拿出了她父亲写的信。他的字迹就像是象形文字一样，但爱丽丝能辨认出他写的是什么："爱儿，欢迎回来！你会习惯的。再次祝你生日快乐！爱你的爸爸。"

这不是她想看到的，她所希望的是："哈哈，其实我想给你一个惊喜！我早就醒了，只是假装在吓唬你！"或者是："床底下藏着一把秘密的钥匙，找到它，你就可以让我重新醒来，就像上了发条的玩具一样。"爱丽丝把信放回到信封里，塞进她裤子后面的口袋中。"振作起来，爸爸，要是我能帮上一点忙就好了。"她对父亲说道。

爱丽丝把手伸进刚才拥抱她的那个女人的包里，拿出她的钱包并翻开了它。驾驶证上的名字是黛博拉·芬克——这张照片显然是十多年前拍的，那时的黛博拉还很苗条，棕色的卷发也没有花白，耷拉在她的肩膀上。上面的地址是西89街，就在波曼德街以南几个街区远的地方。爱丽丝可能无数次与她擦肩而过，甚至可能和她同乘过往返于百老汇大道的M104路公交车，就坐在她的身边。

. . .

一位医生敲了敲门，然后把头探了进来。爱丽丝愣了一下，就好像她在商店里偷东西被抓到了一样。那是一个高大的黑人女性。她的听诊器上挂着一只小考拉玩具，让爱丽丝觉得她看起来像是个儿科医生。如果医生们都看起来像是儿科医生，人们会更加喜欢他们。爱丽丝希望得到一盒贴纸或者小玩具，作为完成某些可怕又困难的事情的奖励。

"你好。"爱丽丝打招呼道，然后把钱包塞回到黛博拉的包里。她的手不小心被一根编织针扎了一下。"哎哟！我没事。"她叫了一声，连忙把手从里面抽了出来，握住医生刚刚消过毒的手。

"我是哈里斯医生，今天我来查房。你是伦纳德的女儿吧？"哈里斯医生从墙上的设备里挤出一些免洗手消毒液，一边说话一边搓着自己的手掌。

爱丽丝点了点头。

每个走进病房的医生，都会为那些经受病痛折磨和丧失移动能力的病人的情况好转感到惊喜。当然，年老力衰是避免不了的事情。这是爱丽丝自己的问题，她想要逆流而上。"我昨天和你的继母谈过了，今天还会再找她聊聊。你爸爸的情况目前比较稳定。但我确实想让临终关怀医生来和你们俩谈谈，让你们了解一下接下来可能存在的情况，还有就是怎么能让他更舒服。我想我们很快就会讨论搬到临终关怀病房的问题了。"哈里斯医生停顿了一下，"你还好吗？"

爱丽丝此时无比难过。"我还好。"她说道。

"那就好，"哈里斯医生说道，然后看向伦纳德，"你爸的意志很顽强，他是个坚强的人。"

"谢谢你。"爱丽丝说。哈里斯医生苦笑了一下，走出病房，在外面的白板上留下记录。

"很抱歉我没有告诉你，我更喜欢你的那个版本——我们一直住在波曼德街，健康优雅地老去。"她压低了声音，"我结婚了，有两个孩子。我不知道我有没有工作。我怎么才能知道我有没有工作？我不知道现在一切是怎么回事儿，爸爸。当初我要多问你几个问题就好了。"

伦纳德发出了哼哼声——不知道是不舒服、疼痛，还是无意识的梦话，爱丽丝判断不出来。她俯身握住他的手，说道："爸爸，你能听到我说话吗？很抱歉我没有告诉你一切。但我在这里，我又回来了。是我，爱丽丝。"伦纳德的舌头在他的嘴里嚅动，就像鹦鹉的舌头一样。"我生活的地方和以前都不一样了，一切都变了，可我不知道这到底发生了什么。"这种感觉就像是爱丽丝试图在和相隔一道鸿沟的父亲说话。没有人能听清每一个字，而且该说的话都应该已经说过了。这不像坐在关系疏远的亲人旁边，等待他临终前的一个道歉或者一个充满爱与温情的保险箱密码。爱丽丝和她的父亲一直都是关系亲密的。她知道这是运气使然，家庭成员之间性格互补纯粹是因为运气，可遇而不可求。许多人终其一生都渴望被家人理解，但爱丽丝想要的只是更多的陪伴时间。

外面响起了好似浴帘被拉开的哗啦声——黛博拉回来了。她手里拿着几包薯片、士力架巧克力和两杯咖啡。

"给你的，你自己选吧。"她说。

爱丽丝擦了擦眼睛，然后从黛博拉的左手接过咖啡。"谢谢你，后妈。"她叫道。

黛博拉挥舞她那只空着的手,把薯片碰倒在地。两个女人都弯腰去捡,在伦纳德床边的狭小空间里撞到一起。

"噢,别这么叫,亲爱的,"黛博拉说,"你知道我只是你的黛比。"

爱丽丝说道:"我一直希望他找个伴儿,真的。"

"我知道。如果不是因为你,他可能永远不会约我出去,和我在一起。"黛博拉说道。她是爱丽丝的继母,也是爱丽丝的又一个亲人。

"我能吃士力架吗?"

"亲爱的,我想今天仍然是你的生日。你想做什么都行。"黛比艰难地走近爱丽丝,直到她们的鞋尖相碰,然后她上身前倾,在爱丽丝的额头上吻了一下。她的身上有热牛奶、廉价咖啡和茉莉花香水的味道。爱丽丝想到了她读过的文章和成长书籍中的每一条关于女性如何拥有一切的愚蠢建议:只考虑单身生活中需要平衡的问题实际上是一种对人生问题的严重低估。她甚至从未考虑过所有她能拥有的一切,以及所有她不能拥有的一切。

"我会试试的。"爱丽丝说。

40

汤米说这次的聚会比较随意,但他随后又说,找来承办宴会的工作人员会在下午四点钟到达,在六点以前布置好现场,而酒保五点钟就到,尽管现在酒水已经到位了。当穿着整洁白衬衫和黑色马甲的人陆续到达时,爱丽丝这才明白,她和汤米对于"随意"这一词有不同的理解。爱丽丝回想起一些事情——她记得自己喜欢参加聚会,但她每次参加聚会的时候总是玩得不开心。

她的衣橱出乎了她的意料:虽然和电影《独领风骚》中雪儿·霍洛维茨的电动衣架不太一样,但也相差不远。在她的步入式衣橱里,除了她能认出的几件复古连衣裙和几条蓝色牛仔裤,还有很多昂贵的、做工考究的设计师作品。以她在贝尔维德学校的工资,根本买不起这些东西。不错,爱丽丝心想,这还差不多——这才是时空穿越的乐趣所在,是她熟悉的一幕。爱丽丝像《超市大赢家》综艺节目中的参赛者一样翻看着这些东西。然后她敞开着柜门坐回到床上,打开自己的电子邮箱,想看看谁会来参加聚会。她开始滚动浏览,和以往一样,大多数都是垃圾邮件。她在收件箱中搜索"贝尔维德",结果显示她收到过数不清的邮件:

关于疫苗接种、关于学校慈善募捐活动、关于送给老师的节日礼物。

"不会吧，我是家长。"爱丽丝自言自语道。她不仅是一个家长，还是一个贝尔维德学校的家长。这世上有各种各样的家长，贝尔维德的家长们也自成一体，像是汇聚在一起的水坑，而不是东奔西跑的河流。伦纳德穿着衬衫和过时的运动鞋，显得很另类，但他收入不菲，所以人们只是排斥他，而不是看不起他。爱丽丝在贝尔维德有很多朋友，他们都是这里的教师，又把自己的孩子送来这里上学，比如梅琳达。其他的大多数教职员工也都如此，因为这是一项重大福利，学校为教职员工的子女大幅减免学费，尽管爱丽丝从她的一些朋友那里获悉，减免学费的力度正日益缩减。这些教职员工是她所喜欢的家长，而其他家长——她和埃米莉称之为全额家长——则不一定讨人喜欢。

但她知道这些家长会是什么样子的。爱丽丝从衣橱里拿出几件衣服，扔在床上：宽松的、贴身的、带有精致珠饰的，甚至还有点缀着羽毛的。这就像在真实生活中玩换装养成游戏一样——至少在她这个时间线的生活中。

多萝茜蹒跚着走进来找她，然后用她那只沾满果酱的手抓住床单，朝一件连衣裙爬去。那是一件米黄色的裙子，看起来很适合一个家境殷实的虔诚信徒。

"嘿，多萝茜，你喜欢那件吗？"爱丽丝问道。

多萝茜舔了舔她的手掌，然后摇着头说："我喜欢那件粉红色的。"

爱丽丝也承认那件粉红色的裙子非常不错。它有着高领子和宽大的荷叶边，这让她想起了电影《红粉佳人》中的晚礼服。她的目光停在了裙子的下摆那里，这里用作装饰的羽毛估计足足有十几只鸵鸟之多。

"你不觉得这件太夸张了吗？"爱丽丝问道。多萝茜用力摇着她的头。

"这像一只火烈鸟。"多萝茜似乎是一个直言不讳的孩子。如果她是多萝茜的母亲，如果她还记得自己是多萝茜的母亲，爱丽丝确信自己会非常疼爱这个女儿。爱丽丝能感受到某种爱，或许是奉献精神，像一朵无形的云飘进房间里。这和她曾经想象的母爱不太一样，但话说回来，爱丽丝对于母亲这一角色又了解多少呢？爱丽丝几乎不记得和自己的母亲同处一室的情景——她对于和母亲在一起生活的时光只有点滴的回忆，仅此而已，其他的回忆都是在塞雷娜离开之后，和她远距离沟通的时候了。人们总是告诉爱丽丝，作为一个母亲，失去监护权是一件很难的事情，除非她自愿放弃。当一个母亲就像是高山滑雪或者从头开始精心烹制美食——当然，任何一个女孩都能学会如何成为一个母亲，但那些从小在家里就有好母亲做榜样的女孩要容易得多。

桑德拉叫了多萝茜的名字，小女孩很听话地跑回厨房，那里正在为孩子们准备晚餐。爱丽丝又查看了一遍手机。她再次试着给萨姆打电话，但还是没人接听。她的母亲发来了一条信息，这差不多是她的生活中唯一没有改变的事情。还有六七个她不认识的名字给她送上了迟到的祝福。爱丽丝似乎颇受欢迎。

汤米走了进来，关上了门。他穿着运动服，大汗淋漓，好像每一个拥有小孩的富裕家庭里的父母都需要轮流锻炼身体并洗澡。爱丽丝想起了她和汤米独处一室的时光，他肯定会觉得那是件很久远的事。

"嘿，还记得我十六岁生日的那天晚上我们在一起吗？"她问道。

"你怎么想起了这个？你给水管工打电话了吗？我的办公室后面还

在漏水，一定是从楼上的公寓滴下来的。"汤米说。

"当然。"爱丽丝说道。她只穿着内衣站在那里，那是一套非常漂亮的内衣，是那种装在盒子里，裹着薄纸，只能手洗的内衣。爱丽丝习惯于一次买三条内裤，然后一直穿到内裤有明显的褪色或破洞，才会把它们扔进垃圾桶里，再买几条新的。她用手抚摸着自己的蕾丝文胸。"我觉得这件很好看，你觉得呢？"

"当然，我看到信用卡账单了。"汤米说道，然后猛地把衬衫从头上扯了下来，"你爸爸怎么样？黛比也在那儿吗？"

"她在那儿，她人真的很好。我爸爸没有说话，但是他哼哼了几声。我想他知道我在那里，他肯定知道。"爱丽丝说道，尽管她并不确定这一点。可什么是肯定的？什么又是真实的呢？她曾经站在她父亲床边，触摸过他的手。在她拥有但是几乎没怎么仔细读过的那些悲情小说中，没有一本提到过这种情况，也许只是因为她错过了。或许存在一些专门为她这样的人写的秘密篇章，比如电影《甲壳虫汁》里的亡灵手册。在你需要用到某些信息之前，你并不会知道自己会需要它们。

爱丽丝在床上坐下来，看着床头柜上那些摆放得摇摇欲坠的书——作者有布琳·布朗、谢丽尔·斯特雷德以及伊丽莎白·吉尔伯特。显然，爱丽丝还买了奥普拉读书俱乐部推荐的每一本书。这里摆放的所有书她都有所了解。

汤米走进浴室，爱丽丝听到水溅到瓷砖墙上的声音。桌子上有一个小抽屉，爱丽丝拉开它，并把父亲的信放了进去，然后又轻轻地关上抽屉。客厅里大声播放着儿童教育节目《芝麻街》，当天的主题字母是"L"。爱丽丝的孩子们高兴地尖叫起来。

· · ·

　　桑德拉带着利奥和多萝茜迅速和聚会上的客人们打招呼并行屈膝礼。爱丽丝想跟着他们回到卧室，躲在被窝里，让他们温暖的小身体依偎在她的怀抱中，但是现实不允许，她已经穿上了那件弗拉明戈红舞裙，而且她是这次聚会的主人，肯定是不能走开的。萨姆还没有给她回电话，这让爱丽丝开始感到恐慌。伦纳德说过，人生就像是一个斜坡、一条向前滑行的轨道，而此时此刻正是她着陆的地方，无论她做过什么事，无论她做了什么决定，它们把她带到了这里。爱丽丝在脑海中列出了一个清单，试图将她十六岁到四十岁这段时间内发生的一切拼凑起来。显而易见的是，她结婚了，而且有了孩子。但她依然上了艺术学院，墙上挂着她的艺术作品，她对事物的热爱没有改变。冰箱里仍然塞满了富威超市的希腊鸡肉柠檬蛋汤、扎巴食品超市的哈拉面包和默里奶酪餐厅的熏鲑鱼；她最喜欢的书还出现在书架上，都是她一直拥有的那一套。每当有新的客人走进公寓时，爱丽丝都朝他们微笑，她感觉自己像是一个假期失忆症患者。只要没有人直接问她任何具体的问题，她就能蒙混过关。爱丽丝在贝尔维德的学生家里参加过很多次这样的聚会，所以她觉得自己很有把握——他们可以先谈论哪些宴会上的小吃最美味，一旦有人提到他们正在装修的房子，就可以顺着这个话题继续聊下去。

　　公寓里很快挤满了人，他们把外套挂在大门厅里的一个长长金属挂架上，承办宴会的工作人员端着一盘盘开胃小菜在客厅里穿梭。坐在客厅里的都是一些衣着考究的人，爱丽丝喜欢的音乐正在她不知道如何控制的某些隐形音响里播放。和以前一样，一小部分对生活有着独到见解的家长聚在一起，他们的小圈子里容不得外人。

汤米是这次聚会的好主人——爱丽丝看到他在房间里四处走动。他轻轻地抚摸着女人们的背部或者肩膀，表现得既没有非分之想又不高人一等，既不失友好又不近人情，就像是一个竞选公职的人。爱丽丝出现在房间的另一头，吸引了他的目光，他朝她眨了眨眼睛。这就是她想要的生活吗？爱丽丝确实想过这样的生活，尽管她不愿对自己承认这一点。她参加过这样的聚会，看着那些富有的主人在房间里走来走去，他们满是从网球场和滑雪场得到的自信，因为他们底子雄厚，所以做起事来慷慨大方。她曾经审视过这些人的婚姻，也曾经在背后对这些人的婚姻说三道四，或是挖苦嘲笑。但是，汤米看她的方式不是在开玩笑，爱丽丝的感觉也是认真的。时空旅行和陷入幻想的感觉是如此相近，就像童话故事里的公主发现自己中了魔咒，必须强迫还能控制的部分保持清醒一样。爱丽丝可以看出身陷其中是多么的容易。

"这次宴会办得不错！"爱丽丝对其中一个服务员说道，然后从他的托盘上拿起一杯香槟酒。"感谢。"那个人点了点头，又转向下一位客人。

早上慢跑时遇见的那个女人正站在门口，她和爱丽丝眼神交流了一下，然后脱下外套，大步穿过房间。爱丽丝坐在挨着窗户的位置，背靠着书架，这意味着其他人很难接近她，因为他们必须绕过沙发才能过来，如果走错了方向，他们要么得挤过沙发和咖啡桌之间客人们的膝盖，要么从墙边小桌过去，小心别碰倒上面的台灯。

玛丽·凯瑟琳·伊丽莎白有着强健的腿部肌肉，可以跨越任何东西。她在一分钟之内就穿过了房间，还顺手拿了一个龙虾卷。爱丽丝看到她张大了嘴，以免碰到口红，然后把整个龙虾卷塞进了嘴里。

"我有急事。"当玛丽·凯瑟琳·伊丽莎白走近她时，爱丽丝说道。

对方一边咀嚼食物，一边伸出一根手指，示意爱丽丝稍等一下。但爱丽丝已经从沙发上起身，歪歪扭扭地从客人们的双腿前挤过，她裙子上的羽毛挠着他们每一个人的脚踝。

卫生间外排着几个人。爱丽丝对着所有朝她报以微笑的女人也回以微笑，实际上每一个人都对她面露微笑。门厅里站着一群男人，他们都穿着纽扣衬衫，其中一半的人把衬衫塞进了裤子里，另一半的人则没有。那些没有把衬衫塞进去的男人是一些从不墨守成规的家伙，他们不在金融行业工作，而是去做律师，或者继承家里的财富，根本不需要工作。这一不需要工作的群体进而可以分为两类人：一类是拍摄人口贩卖纪录片的电影导演；另一类是贪婪又渴望权力的公子哥，他们只想在自己的父亲面前证明自己。有几个人朝爱丽丝点头致意，还有一个人挥了挥手。他们似乎不想和她说话，她也不想和他们说话。汤米和几个男人站在吧台边，他的手紧紧抓着另一个男人的肩膀。在这种场合里，夫妻通常只会隔着房间看向对方，也许晚些时候他们会抱在一起，因为这时候另一方正与其他人谈到兴头上。爱丽丝看了一眼她的手机，期待萨姆给她回电话。萨姆会来吗？她不好意思去问汤米。

爱丽丝不小心撞到了一个服务员，差点把对方手里的一整盘乳蛋饼碰掉在地上。"对不起。"她说道，"埃米莉！"

埃米莉直起身子，她的脸一下子红了起来。"对不起，是我的错，肯定是我不小心撞到你了。"

"不，刚才是我撞到你了！你在这儿干什么？"爱丽丝和埃米莉靠在走廊的墙壁上，给其他服务员让路。

"我很惊讶你还记得我的名字。呃，我不知道该怎么说。你懂的，我只是在这里兼职,我还在贝尔维德工作呢。"埃米莉的脸颊变得更加绯红。

爱丽丝说道:"我一点都不想让你难堪,我只是很高兴见到你!梅琳达怎么样了?"

埃米莉低下了头。"梅琳达?我猜她应该过得很好。她已经退休了,好像有两年了。我记得你带多萝茜来学校的时候,和帕特里西娅谈过。"

"哦,对,我怎么给忘了。你过得还好吗?雷怎么样了?"爱丽丝感到很兴奋——显然,在这个人生中,在这个时间线上,在这个现实里,她不可能知道关于埃米莉的任何私生活。她和埃米莉之间甚至如同陌生人!但爱丽丝迫切需要真正意义上的交流。

埃米莉的脸色越来越难看,甚至红得发紫,好像快要燃烧起来似的。"我很好。雷应该也很好吧?我们为什么要提到他呢?不管怎么说,我得把这些乳蛋饼发给你的客人们。"埃米莉背靠着墙壁往前移动,想绕过爱丽丝。爱丽丝不得不避开她手里的巨大银托盘。隐形音响里开始传出传声头乐队的歌声——"这不是我的豪宅,这不是我的妻子。"卫生间的门终于被打开了,萨姆走了出来。

爱丽丝长舒一口气,感到如释重负。她伸出双臂搂住萨姆的脖子,想紧紧地拥抱她,但是被两人之间沙滩排球大小的凸起物阻止了。爱丽丝低头看了看萨姆的肚子。

"哇哦,抱歉。"她说道。

萨姆翻了个白眼。"你有什么可道歉的。这又不是和你意外怀孕的。这是计划里的孩子。"

爱丽丝抓住萨姆的手,把她从大厅一直拉进她的卧室,在她们身后留下了几片散落的火烈鸟羽毛。

41

萨姆不等爱丽丝开口就坐到了床上,一脚踢掉她的鞋子。

"我的脚肿得厉害,就像踩着两个肉球走路一样。"萨姆说道。她把她的一只脚抬到另一边膝盖上,然后开始揉搓。

"你有多少个孩子了?"爱丽丝问道,"你的丈夫是乔希,对吧?就是你在大学里认识的那个人,在哈佛大学?"

"天哪,爱丽丝。你中风了吗?"萨姆把沉重的脚放回到地板上。

"不,我很好。"爱丽丝停顿了一下,"也许我现在不太好,我的意思是,我最后可能会好起来,但我现在好像有点……怪怪的。"她在床边来回踱步,羽毛跟着她的脚步来回摆动。爱丽丝在窗前停了下来,看向窗外的公园。公园里的树叶开始染上了秋天的颜色,或黄或橙。日子差不多又快过去了一整天,时间就像流水一样匆匆而过。爱丽丝必须做出决定。"你还记得我的十六岁生日吗?"她问道。

爱丽丝从窗户的映像上看到萨姆将身体转向了她。萨姆的肚子像篮球一样圆润紧实。就像时光变得立体一样,这一次,爱丽丝终于明白有人在你身体里动来动去是什么感觉。她感到有个小小的幽灵正从她的肚脐附近一闪而过，提醒着她。

"我记得，你呢？"萨姆说道。萨曼莎·罗思曼—伍德从不会忘记任何东西，爱丽丝心里的感激之情无以言表。没有什么朋友能比得上一个十几岁女孩，即使这个女孩已经长大了。爱丽丝转身走了过去，和她的羽毛一起坐在了萨姆身边。"我有两个孩子，这是我的第三个孩子了。你说得对，我嫁给了乔希，我们是在哈佛大学认识的。你呢，爱丽丝？你从哪里来？又要到哪里去？"萨姆的声音很温柔——她是个好母亲。她会做饭，会陪孩子们玩耍，让孩子们看电视，她爱着孩子们的父亲，她还会自我调节。如果爱丽丝可以选择一个人来做自己的母亲，她会选择萨姆。

"你知道吗，当你今天没有接我电话的时候，"爱丽丝说道，"我还以为我们之间发生了什么事。"

萨姆笑着说道："没错，的确发生了一些事情。我们俩加起来有四个半孩子了。你知道我想挤出一点空闲时间有多难吗？一天到晚有人喊我的名字，缠着我，吃喝拉撒都靠我。"

"我们以前聊过这些事情吗？我很抱歉，我觉得自己是一个非常差劲的朋友。这不只是因为我告诉了你那件离奇又疯狂的大事，还因为我现在根本不知道我们之间是不是在假装什么都没有发生过。这样做真的有什么意义吗？"爱丽丝用手捂住自己的脸。

萨姆把一只手放在自己的肚子上，爱丽丝可以看到她的手在微微跳动——不管肚子里的人是谁，他都想参与到这场对话中。"《女孩梦三十》里，女孩从十三岁穿越到了三十岁，但你现在是从四十岁穿越到了十六岁，然后又回到了四十岁？是差不多这样吧？"萨姆问。

"完全正确。"爱丽丝说道。她瘫坐在萨姆身边,把头靠在萨姆的肩膀上。

"这听起来真像幻觉,不过还好。"萨姆有些迟疑地说道,"我要再次相信你吗?我觉得你可能患上了长期的精神病。如果你仔细想一想,你就会发现这都是相同的症状。你相信这种事情正发生在你身上,我知道你相信了。很显然,伦纳德也相信了。"

"你为什么这么说?"爱丽丝问道。

这时,有人敲了敲门。汤米把头探了进来,爱丽丝和萨姆都扭头看向他。

"土著们不安分了①。"汤米说道,他露出了尴尬的表情。爱丽丝倒是觉得他这个人不会羞于去做任何事情。她记起了更多的事情。这就像看着有人在一幅巨大的画布上快速作画,所有的白底都逐渐被细节填满。

"不要再这么说了!"爱丽丝说,"我马上就过去。"

汤米点了点头,把头从房间里缩了回去。

"为什么我以为嫁给汤米就能解决所有问题?"爱丽丝问道,"我的意思是,这正是我想象中的成年生活,这一切——"她指了指房间的所有地方,"我的衣服看起来简直不可思议。你知道我有多少双鞋子吗?我的孩子们又漂亮又可爱,但是——"爱丽丝想起了她的父亲。无论她做过什么,说过什么,都还不够。她还没来得及告诉她父亲她需要告诉他的一切。

"我明白了。我想你可以再来一次,对吧?书里不就是这么写的

---

① 这句话指的是有人开始变得激动或者不高兴了,带有一定种族主义的色彩。

吗？"萨姆说。

"什么书？我不知道。"爱丽丝问道。

萨姆摇着头说："《破晓时刻》。你知道的，这本书是我想出来的最好的创意，但我没有得到任何报酬。"

"我听不懂你在说什么。"爱丽丝说道。

"你等我一下。"萨姆说道。她从床上爬了起来，以一个挺着大肚子的人所能做到的最优雅的步态，光着脚溜出房间，并关上了门。爱丽丝也站了起来，咬着她那漂亮的手指甲。一分钟后，萨姆打开房门，伴随着宴会的噪声进入房间。她一只手拿着用餐巾纸包裹的一堆虾，另一只手拿着一本书。"给你！"萨姆说着把书交给了爱丽丝，"去做你想做的事吧，我会帮你打掩护。"

爱丽丝看着她手中的书。那是一本橙色的书，"破晓时刻"四个字几乎占据了整个封面，作者是伦纳德·斯特恩。她把书翻开，开始读勒口上的文字。

"伦纳德·斯特恩将带你开启全新的时空冒险之旅，他是风靡全球的小说《时空兄弟》的作者。"

爱丽丝想起来这段内容简介是当初他们三个一起吃冰激凌的时候谈论的话题——"高中毕业生道恩·盖尔[①]没有想到她的毕业典礼会成为一个重大时刻。当她第二天早上醒来时，她发现自己已经三十岁了，这是她需要解开的一个谜团。这个聪明的女孩还能回到自己原来的生活中去吗？还是会被永远困住，在她人生的两个时间节点之间来回奔波？"这

[①] 道恩（Dawn）与破晓（dawn）的英文拼写相同，所以书名"破晓时刻"也可以理解为"道恩的一段人生"。

本书的出版日期是1998年，也就是爱丽丝高中毕业的那一年。

"这是真的吗？"爱丽丝问道。她的爸爸做到了——她知道他能做到，而且他真的做到了。她把书翻了过来，盯着伦纳德的照片，那张照片铺满了整个封底。他的脸是黑色、白色、灰色三种色调相间的。爱丽丝可以看得出这张照片出自玛丽昂·埃特林格之手——她拍摄了近十年来的每一位重要的作家，作品风格色调灰暗、轮廓突出，很好认出来。镜头聚焦在伦纳德的头发上。他扬起眉毛，用手托着下巴，那动作看起来好像他也没有想到会有人给他拍照，而玛丽昂碰巧在野外遇见了他。他穿着黑色衬衫和黑色皮夹克，眼睛凝视着镜头。

"好吧，我爱你。"爱丽丝攥紧了手里的书说道。

萨姆亲吻了吻爱丽丝的脸颊，然后微笑着打开了门。"我也爱你，直到未来。"

42

如果你能忍受充斥在这里的雅皮士①、预科生、银行家和那些看起来光鲜无比、吞噬了爱丽丝年轻时期所有独立商店的连锁商店，那么你会觉得白天的上西区很美。但其实夜幕下的上西区会更美，因为那时所有的店铺都已经打烊了，路灯照耀下的街道是如此静谧安宁。爱丽丝小时候经常喜欢从汤米家附近走回自己的家——在她十二岁的时候，她的父亲送给她一个防狼口哨，用来保护她自己。她把口哨和锋利的钥匙一起放在口袋里，时刻提防着。尽管她必须动用女性天生的警觉性来观察并注意附近的每一个男人，以及他们与自己之间的距离，但爱丽丝还是喜欢在夜晚独自前行，而且她觉得夜越深就越有意思。

爱丽丝走到街道中央，一只手拿着手机，另一只手拿着《破晓时刻》，像那群喜欢在商场里闲逛的人一样挥舞着双臂。她沿着中央公园西大道前进，经过自然历史博物馆。这时的博物馆已经关闭，但两端的圆形塔楼仍然亮着灯，里面满是小恐龙的元素。爱丽丝转向第81街，在匆

---

① 雅皮士（yuppies）指的是西方国家中年轻能干有上进心的一类人，他们一般受过高等教育，具有较高的知识水平和技能。

匆走过一排穿制服的门卫时，习惯性地警觉起来。她横穿哥伦布大道，走上斜坡来到阿姆斯特丹大道，那里的酒吧熙熙攘攘，成群的狂欢者在外面吸着烟，他们中的有些人忙着搭讪调情，连手机都不会看上一眼。她小时候的许多地方都消失了——比如浣熊旅馆酒吧，她最酷的保姆曾在那里和她的摩托车手男友约会；还有第89街上的一处由车库改建的小马场，她小时候求父亲让她去那里上马术课——但这就是纽约，这就是大城市，你只能眼睁睁地看着你吻过、哭过、爱过的每一个地方变成另一副模样。

两个年轻女人——比爱丽丝年轻，有可能是大学生——相互依靠在一个废弃的电话亭外，或许她们想要拉近关系，或许她们只是想呕吐，或许两种想法都有。"我喜欢你的裙子。"其中一个对爱丽丝说道。爱丽丝报以微笑。对她来说，一个女人对她这么说话，没有任何关系，但是如果一个男人这么说，她则会皱着眉头匆匆离开。

她的手机在她的手中振动起来，是汤米的短信：你到底在哪儿呢？她之前还错过了几条信息：爱丽丝？爱丽丝，你在哪里？爱丽丝，到互动环节了。爱丽丝可以想象他的脸色渐渐变得铁青。她曾经见过汤米发脾气吗？爱丽丝不记得在他们上高中的时候，汤米因为什么事情而生过气。是因为他错了两道题，搞砸了他的高考考试吗？是因为他在大学先修课程中成绩一塌糊涂吗？是因为他没能进入大学篮球队吗？他们好像一直生活在一个巨大的泡沫中，而真正的问题必须由专业的人生黑客才能破解。那些不必为生计苦恼的人当然也会面临各种各样的困扰——汤米的父母态度冷淡，永远从汤米的世界中缺席，而汤米的祖母是个有名的酒鬼，除此之外，还有其他问题隐藏在更深的地方——但爱丽丝从未见过汤米流露出真正愤怒时的样子。他会痛不欲生,还是郁郁寡欢?他究竟是喜欢把怒火憋在心里,还是一股脑儿地发泄出来?他的哪些习惯已成为他难以改变的性格?这些都是相处多年后才能了解到的东西。爱丽丝的一部分自己很喜欢这段婚姻——如山顶高原般稳固又寂寥的关系,当然,那一部分自己也喜欢拥有自己的孩子。爱丽丝加快了步伐,以她的低帮穆勒鞋所能允许的最快速度穿过阿姆斯特丹大道,向第85街跑去,她裙子上的羽毛贴在她渐渐冰凉的小腿上。

从街角往里走进两扇门,这里以前是一家卖藏传佛珠的小店,现在那里有一位通灵师。一个巨大的霓虹水晶球遮挡住半个窗户。爱丽丝看到房门关着,每一个想进去的人都只能在路人的注视下,坐在窗户另一边的两把软椅子上等待。一位年轻的通灵师正坐在其中一把椅子上,她的眉毛修得细长。对一位通灵师来说,一再重复的人生可能是一种奇怪的状况。但爱丽丝还是停住了脚步。

那女人懒洋洋地站了起来,仿佛未来在等待着她。她把手机塞进裤子后面的口袋里,推开了门。走近一看,房间内又脏又暗,电视剧《法律与秩序》的声音从薄墙后面的那台看不见的电视机里传来。

"你需要预言未来?"

"多少钱?"爱丽丝问道。

"看手相二十美元,占星图二十五美元,塔罗牌五十美元。三个一起做的话九十美元。"那女人上下打量着爱丽丝,说,"裙子真漂亮。"

"好的,谢谢你。我要做最快出结果的那一项。"爱丽丝说。她从那女人身边挤了过去,坐在窗户那一头的椅子上,把书放在自己的腿上。

那女人伸出手来,爱丽丝也照做。通灵者把她的马尾辫甩过肩膀,把爱丽丝的手掌拉近。"你的生日是什么时候？"她问道。

"昨天。"爱丽丝认真回答道，没有注意到自己无意间开了一个关于生日的玩笑。

"一直是昨天吗？"通灵者抬起头来说道，"生日快乐。"

"谢谢，这是个古怪的日子。我的生日很奇怪，超级奇怪。"

女人仔细察看了爱丽丝的手心和手背，用双手夹住她的手，就像在捧着世界上最容易碎掉的薄饼。"太阳在天秤座，而月亮在……天蝎座？"

"我不太懂。"爱丽丝说道。这就像做了一次指甲护理，当所有的修剪工作都完成后，美甲师握着你的手，愉快地和你聊上几分钟。

"你知道你是什么时间出生的吗？哪一年？在哪里？"

"嗯，下午三点左右吧？1980年出生。就在这里，曼哈顿。"

那个女人笑了，自豪地说道："那就对了，月亮就在天蝎座。我也是1980年出生的，三月份的。你在哪一家医院出生的？"

"罗斯福医院。"爱丽丝可以想象她的父母在产房里的情景。她的父亲一直重复着那一天，他握着母亲的手，把冷毛巾敷在她的额头上，看着爱丽丝光溜溜的红润身体落入产科医生等候多时的怀抱里。伦纳德总是回到那一天，而她也回到自己愚蠢的生日聚会上——那天她喝醉了，喝吐了，成为一个悲伤女孩，就像她少女时代的每一天那样。这意味着什么呢？这对他们俩来说，这似乎都是一种毫无意义的浪费。伦纳德的经历比爱丽丝的经历更加令人紧张。

"这无关紧要，我只是好奇。"那女人说道。在玫瑰色水晶球的映衬下，她的脸色变得通红。爱丽丝心想，良好的灯光氛围会有助于这些通灵师的生意,尤其是在如今的上西区,人人都希望自己的牙科诊室或者共用的工作空间看起来像是室内设计展厅。"占卜就是这样,你问我问题,我来回答,通过看你的手相和星座。既然你刚过生日,我会给你抽一张塔罗牌。现在闭上眼睛,深呼吸三次,心里思考一个问题。我不能回答关于别人的问题,比如我的男人出轨了吗之类的。你可以用为什么或者如何来提问。明白我的意思了吧?"

爱丽丝按照她的要求做了。她满脑子都是问题:我想嫁给汤米吗?我想要孩子吗?怎样才能让我爸爸活着?我的人生到底该怎么去做?我到底要过哪一种生活?我有工作吗?如果还能再选择一次,我的人生还会有更好的选择吗?我怎么知道自己该选择什么样子的人生?这些问题一个比一个令人尴尬——即使是面对一个完全没有关联的人,她也不想大声说出来。她的胸口随着通灵师的占卜起起伏伏。爱丽丝再次深吸了一口气,最终决定自己要问哪一个问题。她又睁开了眼睛。"我怎么判断我现在的人生是否走在正确的道路上?"

那女人松开了爱丽丝的手,伸手拿来一副塔罗牌。她把纸牌放在爱丽丝面前的桌子上。"切牌!"她说,"再来一次,选最上面的牌!"爱丽丝翻开了那张牌。一个衣着鲜丽的男孩站在悬崖边上,一只手拿着一根棍子,棍子上绑着一个包袱,显然是要打算跳到下面的岩石上。纸牌的底部用大字写着"愚者",爱丽丝觉得这很贴切。有一只小白狗缠着男孩的脚后跟,也许是在警告他前面的危险。而男孩的另一手拿着一朵玫瑰。

"这看来并不乐观。"爱丽丝说。

通灵者靠在椅子上,呵呵笑着说道:"塔罗牌听到了你的声音。看到了吧?我知道当人们看到这张牌,看到'愚者'这个词后会很不高兴,但它不是这个意思。即便你抽到'死神',也并不意味着你就要死了,所以你抽到了'愚者',也不是说你真的就是个傻瓜。

"让我来给你解释一下'愚者'吧。他是整副牌中的零号,也就是说他从零开始,从纯真开始,从一张白纸开始。这就是我们,我们所有人——愚者总是重新开始。他不知道接下来会发生什么——我们谁都不知道,对吧?狗可以警告他,他可以停下来摘另一朵花,他可以改变方向。他所知道的一切都是他所看到的。"女人指着纸牌上的其他部分继续说道,"这里有蓝天白云。他的旅程才刚刚开始。这可能是一个全新的起点,也可能是一个改变的节点。他需要记住的就是要注意他周围的事物。这段旅程会改变他。这取决于你想要追求怎样的人生。有些人更在乎爱情,这时'愚者'就意味着一段全新的感情、前所未有的爱情。有些人想要询问工作、事业和财富,这时'愚者'可能就意味着他们在这些领域面临的新机遇。"

"那只狗呢?"爱丽丝困惑不解,"它是某种灵魂动物吗?"

"听着,灵魂动物完全是另一回事儿。这只狗很忠诚。"那个女人说着吹了一声尖锐的口哨。一团棕色的绒毛球在地板上向她滚来。她弯腰把它抱起,接着说道:"这是一只狗,但它不仅仅是一只狗,更是我的守护神,我的后盾。"这只酷似托托[①]的小狗坐在她的怀里,然后把嘴伸了过来,渴望和那个女人亲近一下。通灵者让它舔了舔她的脸蛋,然后轻轻地把它放回地板上。"狗就是这样。当你拥有了自己的狗,你就拥有了你的朋友,你的家庭成员。你可能会拥有好几只这样的狗。它们代表

---

① 托托(Toto)是童话作品及其改编电影《绿野仙踪》中主角多萝茜的小狗。

着那些想要保护你的人，那些对你永远忠诚的人。所以你最好听从它们的话。"

"好吧。"爱丽丝说。

"'愚者'是一张重要的牌，它与是否升职、是否说错了话等鸡毛蒜皮的小事无关。它意味着更重要的东西。"

"确实，这件事大到不能再大了。"爱丽丝说道。

"基本上，这张牌告诉你的是，你永远不知道人生会发生什么，所以当未知的生活到来时，你要永远保持乐观，积极面对发生的一切，无论那会是什么。我一直在听一个播客，叫作《宇宙是你的老板！》。你听过没有？"

爱丽丝摇了摇头。小狗啪嗒啪嗒地走过油毡地板，然后嗅了嗅她的手。

"这个播客很好，你应该去听听。总之，主持人在每一集的结尾都会说'好运即将来临'。我不清楚这是不是从某一本书里摘取的一句话，还是出自哪里，反正她每个星期都会说'好运即将来临'。这就是'愚者'。你只需要睁开你的眼睛去寻找你的好运。千万别掉下悬崖。"

"听你这么说，好像人生是如此容易。"爱丽丝说道。她的手机响个不停，于是她从口袋里把它掏了出来。"查找手机"功能的警报声正在发出，爱丽丝明白这是汤米在用手机追踪她的位置。她年轻时就嫁给了他，两人高中时期就是恋人。他们从来没有分开过。爱丽丝曾经只想和同一个人共度此生——这听起来像是人类平均寿命只有三十五岁的上古时代流传下来的话。"我得走了。"爱丽丝说道。她站起来拥抱了那个女人，对方似乎并不感到惊讶。

"我用扫码支付的。"那个女人说着,把手指向门口那张印有二维码的卡片。爱丽丝对着二维码扫了一下,然后匆匆出门离开。那只像托托一样的小狗顽皮地咬着她掉落的羽毛。

43

汤米要么取消了聚会，跳上一辆出租车正在到处找她；要么他已经报警了。爱丽丝不知道他会选择怎么做，也许他两样都会去做。她关掉了手机上的"查找手机"功能，干脆把手机也给关机了。汤米可能会猜到她会去波曼德街，所以一旦爱丽丝走到第94街，她就得想想还能去什么别的地方，但她无处可去。悄无声息地离开自己的生日聚会并没有触犯哪一条法律，尽管这当然是种浑蛋行为，但这不是犯罪。她也没有从这个世上消失，她只是个愚者。

时间还早，现在才十点钟。爱丽丝打开波曼德街的铁门，听到了熟悉的吱呀声，这让她松了一口气。罗曼家的灯亮着，伦纳德家正对面的房子里也亮着灯，那房子现在属于一位演员，爱丽丝认得他的脸，但永远记不住他的名字。猫咪代养人凯莉住在隔壁，爱丽丝可以看到她的父母正在客厅里看电视。凯莉可能已经上床睡觉了。这是一个很适合成长的好地方，但爱丽丝有时也会感觉很局促，当你从房子里向外望去，窗外的风景如此之近，遮住了其他一切。也许这就是伦纳德在写作上遇到瓶颈的原因——他看不到任何外面的世界，只能看到一栋和他家一模一样的房子，还有由防火梯和窗户组成的城市背影。但也许这次他没有遇到麻烦。

伦纳德房子里的灯是关着的，爱丽丝想知道黛比会不会在房子里——早上的时候她并不在这儿。也许她和伦纳德拥有爱丽丝梦寐以求的，或者曾经以为自己梦寐以求的那种婚姻——住在相隔几个街区的地方，可以随时退回到各自的空间。按照纽约城的标准来看，波曼德街并不算狭小，但对于一个工作在这里、生活在这里的人来说，对于一个四周墙壁上都是书架、从未学会如何购买或者烹饪真正的正餐的人来说，这里的空间确实太紧凑了。黛比，爱丽丝一想到她，就会感到心情愉快。显然，她是那种会辅导孩子做作业的善良女人。爱丽丝可以清晰地在脑海里把黛比想象成一个充满爱心、乐于助人的老师，胸围和腰围同一个尺码，一想起她就会想到温暖的怀抱。

爱丽丝打开门锁，厄休拉立刻靠在她的腿上。厄休拉夺走了爱丽丝对其他猫的爱——那些冷漠的家伙只会在喂食的时间出现，假装不知道人类在哪里。"哦，厄休拉。"爱丽丝说着把它抱了起来。这只猫灵巧地爬上了爱丽丝的肩膀，就像一条有生命的围巾一样。有几封信件噼里啪啦地从门缝掉到了屋内地板上。她走到厨房的餐桌旁，在黑暗中坐了下来。厄休拉跳到爱丽丝的腿上，围着裙子上的羽毛打转，然后缩成一个密不透风的黑球，闭上了它的眼睛。这时爱丽丝打开了灯。

冰箱顶上有一个架子，上面放着伦纳德的各项荣誉——有一个形状像宇宙飞船的奖杯，还有一个则形似彗星。爱丽丝一直不明白推想小说中的人类未来为什么要与外太空如此紧密地关联在一起——当然，发生在地球上的科幻故事的数量肯定远远超过发生在布洛克星球或者某个遥远星系上的科幻故事的数量。这也许是因为人们更容易想象发生在自家围墙之外、与熟悉的生活截然相反的故事,甚至故事里只是去地球上的另一个陌生地方度过几个小时,也会令人感到舒适。爱丽丝不记得家里有两艘银色的小飞船奖杯,她踮起脚尖,拿走了其中一艘。小飞船布满灰尘,手感很重——它是实心金属制作而成的,而不是通常纪念品商店里售卖的那种脆弱奖杯。它的底部有一块小牌子,爱丽丝一边擦掉灰尘一边读着上面的文字:

1998年年度最佳小说

《破晓时刻》

伦纳德·斯特恩

爱丽丝把小飞船奖杯放在厨房的岛台上,挨着那本《破晓时刻》。厄休拉跳到她的手边,大声地发出呼噜声,让爱丽丝抓挠它的下巴。爱丽丝打开了水龙头。厄休拉开始用它的舌头一遍又一遍地舔着水流,这种喝水方式似乎效率低下。爱丽丝也往它嘴里倒了一些水,然后把手放在厄休拉光滑的背上。

· · ·

到处都是书架,但伦纳德从来没有把自己的书放到上面,即使他做过,书架上的书也没有按照字母顺序排列,除了他自己,没有人能从上面找到。在爱丽丝小时候,她知道怎么找到某些作家的书——比如阿加莎·克里斯蒂、佩勒姆·格伦维尔·沃德豪斯、厄休拉·勒古恩。她用眼睛扫视书架,寻找着她父亲的名字,其实她知道自己不会找到他的书。

不过，伦纳德确实收藏了一些自己的作品，爱丽丝记得他曾经在贝尔维德学校的筹款活动上，还有在一些出于某种原因而举办的拍卖会上拿出过自己收藏的《时空兄弟》并在上面签名。她走进了过道里唯一的那个壁橱室，里面空间狭窄，她打开了这里的灯。伦纳德在里面搭建了一个简陋的木架子，木架子还没有搭完，地上满是建筑碎屑。架子上有几个破旧的银行纸质收纳箱。爱丽丝最容易够到的那个收纳箱外贴着"时空兄弟，海外版本"的标签。爱丽丝把它推到一边，看到里面的收纳箱被标记为"破晓时刻"。爱丽丝从壁橱室的角落搬来用来换灯泡的小梯子，爬了上去，然后砰的一声把架子里面的那个收纳箱扔到地上。尘埃如初雪般飘落到她裙子粉红色的羽毛上。

箱子里除了有萨姆塞给她的那种橙色平装本，还有精装本，精装本的外封是低调的黑白两色，大部分版面被文案占据，但封面中间有一扇黄色的小门，就像是透过动漫图案形式的老鼠洞看到夕阳。除了平装书和精装书，还有海外版本，封面上分别用加泰罗尼亚语、波兰语、德语等各种文字写的"破晓时刻"书名。它们统统被塞进了收纳箱里，好像伦纳德曾经匆忙清理过自己的书桌一样。收纳箱偷偷混进了爱丽丝多年没见过的一套《时空兄弟》影碟——影碟盒子里有六张碟片以及一些赠品。在《时空兄弟》的影碟下面的是《破晓时刻》的影碟，这本书似乎被改编成了电影，由莎拉·米歇尔·盖拉主演。

她把影碟放回收纳盒里，除了《破晓时刻》的精装本，其他所有东西都被爱丽丝推到了壁橱室后面。她把那本书夹在腋下，然后坐到了沙发上。伦纳德一直以来都坚持午睡，所以沙发上有一条破旧但仍然舒适的毯子，还有一个属于厄休拉的枕头，但它愿意让别人也枕着它。爱丽丝躺在沙发上，闭上了眼睛。天色已晚，她已经筋疲力尽了。厄休拉跳上沙发，踩过爱丽丝的身体，在她连衣裙上留下几个小洞。爱丽丝又翻开了书，打算一口气全部读完。

如果说《时空兄弟》是伦纳德在追寻冒险与家庭——毕竟他没有兄弟姐妹，虽然拥有心地善良的父母，但他们对他的内心生活漠不关心，那么《破晓时刻》就是伦纳德在书写他眼中的爱丽丝。爱丽丝知道自己不是书里的主角道恩，道恩是一个虚构人物，是各种现实原型的融合体，这个融合体包括伦纳德本人、伦纳德眼中的爱丽丝以及其他人。写作的魔力正在于此，书中人物的言行举止甚至会出乎作者本人的预料。爱丽丝喜欢读她父亲的书，喜欢读她父亲创作的各种书！她希望有更多的作品被藏在某个收纳箱里，供她去探索、发现并阅读它们。这些作品是否已经出版，是否有人读过，其实都并不重要。读父亲写的书可比读他写的日记要好多了，因为爱丽丝不用担心自己会被发现，也不用担心会看到什么她不适合看到的内容。人们被允许拥有自己的隐私，即使是父母也可以对孩子保留自己的隐私。但爱丽丝可以从伦纳德的书中，从伦纳德的所有书中，窥探到一些关于她父亲的小秘密。有时，发现这些小秘密对于爱丽丝来说并不难，比如伦纳德会在书中描述自己爱吃的饭菜——把煎蛋放在锅里煎足够久，直到其边缘变得焦黄，或者他会在书中提到他喜欢的奇想乐队。这些都是他的点点滴滴，被封印在书页的文字间，永久地保存下来。爱丽丝能看清这些文字背后的一切，那就是她的父亲。

书中的地点不是在警卫室里。道恩住在西村的帕钦街，那里巷子的尽头有一盏煤气灯,就像是图姆纳斯先生[①]靠着的那个东西。小说里,道恩爬进了她卧室壁橱后面的一扇小门。这种小门后面通常会是一个出于需求而设置的简陋空间,你会在里面看到保险丝盒或自来水止水阀。道恩只是想找到一个属于自己的小地方,但当她走到壁橱的最里面时,她发现自己突然身处在中央公园里。这个故事很复杂,有传送门、待解的谜团,跨越不同的年代和现实。但爱丽丝可以读懂它,这是一个关于爱的故事,这种爱并不是浪漫的爱情,整本书没有提到男女之间的爱慕,只描写了几个吻而已,而是一个单身父亲和他唯一的孩子之间的爱。这并不是个有趣的故事,但是情真意切,字里行间充满了伦纳德永远都不会大声告诉爱丽丝的真心话,哪怕海枯石烂也不会亲口说出来。这些话无比真诚。爱丽丝擦了擦眼泪,抬头看向时钟。快到凌晨三点了。她坐了起来,望着窗外的警卫室。她上次回到过去的时候,到底失去了什么呢?爱丽丝失去了一天的时间,失去了与在世的父亲相处的一天时间。她不能永远这样拖延下去,但伦纳德说过她可以选择回去,毕竟他说过的。爱丽丝躲进警卫室里,悄悄地关上了门。这一次,她是主动回到过去的。

[①] 图姆纳斯先生(Mr. Tumnus)是英国作家C. S. 刘易斯创作的儿童魔幻小说《纳尼亚传奇》中的羊怪。

44

当爱丽丝在波曼德街的床上醒来时,她清楚地知道自己所处的时间和地点,也知道她的父亲在哪里。她在床上躺了一会儿,伸了个懒腰。伊桑·霍克和薇诺娜·瑞德从对面的墙上注视着她,爱丽丝不由自主地唱起了《四个毕业生》里的插曲《我的莎罗娜》。厄休拉蜷缩在她的肚子上。

"你绝对是最棒的猫。"爱丽丝说道。厄休拉缩起爪子,在她身上翻了个身,它的眼睛仍然闭着。爱丽丝尽职尽责地抚摸着它毛茸茸的肚子。

这种感觉不像《佩吉·休要出嫁》中的那样,一次意外的晕倒导致了一场梦幻般的妄想,甚至整个经历都不是真实发生的;也不像《回到未来》中的那样,主角可以毁掉并修复自己的人生,从另一个自己的背后看着自己;甚至不像《时空兄弟》或是《破晓时刻》,这两本书里的主角们总是在不同的故事情节间忙个不停。爱丽丝不愿意告诉伦纳德,他笔下的角色总是想做太多的事情。这就像是这世上有无数的青少年角色都忙着在各类小说故事里破解犯罪案件。这就像是互联网上那些喜欢韩国流行音乐的粉丝忙着为毫不相干的抗议活动捐款,以提升自己偶像的公众形象。他们总是在忙于一些与自己无关的事情,这并不能解决任何他们正在努力解决的问题。爱丽丝想和她父亲谈谈道恩这个角色,但是现在显然不行——他还没有开始创作《破晓时刻》。

不过问题不大,这一次爱丽丝要做得更好。生日聚会可以不办,高考辅导班也可以不去,这些都无关紧要。伦纳德已经能做到把烟戒了,这很好,爱丽丝可以再用相同的方式改变一次,而且眼下,她还想让父亲开始锻炼身体,生病时及时去看医生,真正地照顾好他自己。还有一件同样必须做的事情,爱丽丝要确保她和萨姆再次说出上次在冰激凌店里说过的话。如果萨姆不说那些话,伦纳德就不会创作新的小说。而且这一次,爱丽丝知道她没有多少时间来改变未来的人生。时间,又是这个词!难怪有那么多关于时间的歌曲、关于时间的书籍和关于时间的电影。当然,每个人的一生不仅仅只拥有几个小时或者几分钟,但爱丽丝知道这些时间的每一分每一秒都很重要,正是这些微小的每一个瞬间构成了她的人生。

她觉得自己曾经像是个行走的绣花枕头,就像安妮·迪拉德所说的——"我们怎样度过这一天,便是怎样度过这一生。"爱丽丝不是书里的少年侦探,她现在是一位科学家、一位烘焙师,她需要决定她的人生需要加多少这个,需要加多少那个。无论发生什么,她都会在第二天的早晨看到结果。虽然在圣雷莫公寓醒来的感觉很奇怪,但也很有趣。如果把这比作偷窥,就像是穿过镜子迷宫里的魔镜,看看另一种人生会是什么样子。没有什么是绝对的,多多少少都有改变的余地。但这并不意味着爱丽丝能过上任何人的生活——她无法决定让自己成为维密天使或者核物理学家,但她可以让自己和父亲走上另一条路,如果她走错了方向，也可以选择回头。

"小公主？过生日的小公主？你醒了吗？"伦纳德在过道里喊道。爱丽丝听到他在房子里来回走动，先是从壁橱里拿东西，然后趿拉着拖鞋走进卫生间。关门声响起，爱丽丝还能听到排风扇的呼呼声。她从来没有真正喜欢过自己的生日，每次生日她都会心理负担很重，玩得一点都不开心，但她知道今天自己会迎来一个美好的生日。厄休拉跳到地板上，玩弄着一根头绳。爱丽丝踢开被子，让自己的脚踩在那一堆成山的熟悉衣服上——也许今天衣服堆成了多洛米蒂山，而不是安第斯山脉，不过无论怎样衣服还是堆在了一起。她身上仍然穿着那件疯狂艾迪的衬衫。爱丽丝给了自己一个拥抱，然后笑了起来。

伦纳德敲了敲她房间的门，推开一条缝儿。"你穿好衣服了吗？"他问道。

"永远不可能好好穿衣服，进来吧。"爱丽丝说。

房门摇晃着撞到了两间卧室之间的墙壁。

"那么，今天你有什么安排呢？"伦纳德问道。他手里拿着一罐可口可乐。

"你刚才是一边喝可乐一边刷牙了吗？"爱丽丝问道。她站了起来，拿走伦纳德手中的可乐。"我们得去慢跑，或者至少出去走几圈，中间可以小跑一会儿，然后我们去'格雷木瓜'热狗店吃午饭。今天我不想上高考辅导班了，因为说真的，没有人在乎它。这样的安排你觉得如何？"爱丽丝没有等父亲回答，就把可乐罐拿到厨房，把里面的可乐通通倒进了水槽中。

45

在契弗街公寓，爱丽丝独身一人。塞雷娜寄来了生日礼物：一小袋抛光水晶和一长串水晶的使用说明。

. . .

梅琳达在收拾她的办公室，准备退休。爱丽丝以辞职作为要挟寻求升职。你必须大胆去表达自己的要求，你必须大胆去努力争取。尽管她无法看到更以后的结果，但这对于她来说是一次很好的尝试。

. . .

爱丽丝还住在波曼德街，她的卧室里多添了一台跑步机，冰箱里放着蔬菜和无糖的零度可乐，到处都看不见烟灰缸的影子。

. . .

黛比待在伦纳德的床边，还是老样子。

46

爱丽丝每次都确保萨姆能把她的想法告诉给伦纳德,即使谈话并没有自然而然地涉及这个话题。爱丽丝希望父亲的未来更加充实,不再那么孤独,所以她想尽办法在必要的时候改变话题。当萨姆说出那些话时,伦纳德的眼睛总是睁得大大的,就像点亮的灯泡一样,这样的场面一遍又一遍地重复着。

. . .

爱丽丝和萨姆穿着从爱丽丝的衣橱里搜罗出来的动漫服装,在科幻与奇幻大会上与巴里·福特搭讪调情。她们实际上并没有让他碰她们自己,但还是主动告诉了巴里她们的年龄,并吓唬他要叫警察来。

. . .

在圣雷莫公寓,在汤米的卧室里,爱丽丝又和他滚到床上去了,这只是因为她想这么做。当时是下午,他的父母刚好出了远门。他在卧室里的一面墙上用图钉整齐地钉着一张涅槃乐队的海报,旁边则是一张法拉利跑车的海报,这两者间价值观的冲突和矛盾才是真正的问题所在。

47

她还是出现在契弗街公寓里。

· · ·

安德鲁·麦卡锡代替巴里出现在善存多维元素片的广告中。

· · ·

那是一个工作日。爱丽丝回到贝尔维德学校,却发现在梅琳达的办公室里只有自己一个人的物品,看不见任何梅琳达留下的东西。她坐在椅子上转了一圈,然后望向窗外。汤米·乔菲和他妻子的名字再次出现在了名单上。爱丽丝为他感到惋惜,他将永远被困在圣雷莫公寓,就像他人生中的每一天那样荒谬又幸运,但随后她又想起了那张法拉利的海报。

· · ·

伦敦待在医院前台。黛比待在病床边。伦纳德面色苍白,不省人事。

· · ·

她能做得更好,她能做得更多。

48

　　这里面存在一些规律：如果爱丽丝向汤米表白，并明确坚定地告诉他——和我结婚或者现在你就是我的男朋友了——那么第二天的时候，她就会发现自己出现在圣雷莫公寓里。爱丽丝不喜欢待在那里，就像她不喜欢待在自己的单身公寓里一样。孩子们总是很可爱，但他们从来都不属于她自己。汤米总是很英俊，但他从来也都不属于她自己，或者说这种感觉完全不同。一旦爱丽丝总是在套用相同的行为模式，那么她的人生就很难再出现更多不一样的风景，就像她的身体总是想去做以前做过的事情一样，所以爱丽丝不得不强迫自己远离熟悉的轨道。这个世界并不在乎爱丽丝做了什么，她也没有对此报以任何宏大的愿景，但显然这个世界存在一些需要克服的惯性。她想起了梅琳达跟她说过的话——一切都很重要，但没有什么是确定的，你可以改变自己的决定。梅琳达没有提到时空旅行，她从不谈论这一话题，因为她是一个理智冷静、脚踏实地的人，但爱丽丝觉得她的话是一个好建议。所有细微的碎片加在一起，组合成一种全新的生活方式，而在通常情况下，这些碎片可以被重新排列。

· · ·

有时未来的生活变化很大，有时生活没有什么变化。有那么几回，爱丽丝租住了一套和之前不一样的公寓，那是一个她几乎不会忘记的地方——到处都是她的雷区：低矮的天花板、奇怪的升降马桶以及需要爬四层楼梯的公寓位置。

· · ·

爱丽丝曾经想过和萨姆一起时空穿越，但最后她还是放弃了。她担心会出现电影《怪诞星期五》里的设定，如果是那样的话，她们会互换对方的身体或者以自我爆炸告终。

· · ·

有时她只想吃上一口"H&H"家刚出炉的贝果面包圈。刚出炉的贝果面包圈热气腾腾，烫到根本没办法用手拿起来。有时她只想在路过这家面包坊的时候，闻一闻里面传来的香气就心满意足了。那熟悉的人和地方，那忘不了的气味和公交站台的广告，那永远回响在脑海中的时代金曲，那就是她的童年。爱丽丝回到过去，久违的不仅仅是她的父亲，还有她自己，还有那波曼德街的嘈杂，还有罗曼一家清扫落叶时在石砖路上留下的声音。

· · ·

有时她不告诉任何人真相——不告诉萨姆，不告诉汤米，也不告诉她的父亲。那是爱丽丝最喜欢的往日旅行方式。她只需钻进自己的皮囊里，观察着周围的那些人。这就像去动物园参观，只不过你可以爬到每一道栅栏的后面，去接近每一头狮子、每一头大象或是每一头长颈鹿。没有什么能伤害到她，因为所有的一切都只是暂时的，她只要坚持到明天就好了。

49

　　爱丽丝用伦纳德的剃须刀给自己剃了光头。她曾经很多次都想这么做，但每次都是空头支票，难以实现。剃完光头后，她和萨姆一起乘坐地铁1号线来到了克里斯托弗街，又走过几个街区，直到她们到达西4街车站旁边的那家装潢俗气的文身店。爱丽丝文了一头鲸鱼，就像自然历史博物馆里的那头一样。当针头在爱丽丝的肩膀上刺进刺出时，萨姆把胳膊肘撑在文身师的那张黑色塑料桌子上，目瞪口呆地看着。除了和她父亲一起吃午餐和晚餐以外，爱丽丝什么也没做。她不顾透明绷带下文身伤口正在渗出的血，心满意足地早早睡觉去了。

50

爱丽丝住在新西兰的一处面朝大海的温暖房子里。她租下了这个地方。爱丽丝手里正拿着一台相机。她皮肤黝黑,手臂结实,头发仍然很短,在阳光下几乎褪色。

. . .

黛比给爱丽丝的语音信箱留言——"回家吧,时间不多了。"此情此景,爱丽丝想要大笑。时间总会有的,看看我有多少时间。但她还是登上了飞机,在天上飞了整整一天,在回家的路上飞了整整一天。爱丽丝会在她回到过去前到达目的地。

51

爱丽丝轮流在她喜欢的各种餐厅里和伦纳德一起吃生日大餐：他们跑去大老远的唐人街，只为去金丰大酒楼吃饺子和茶点；去广场酒店喝下午茶；在缘分餐厅吃巨型冰激凌圣代；到乌诺比萨店去吃爱丽丝最爱的松软的芝加哥郊区风味比萨；一遍又一遍地光顾"格雷木瓜"热狗店；到"V&T"比萨店去吃黏糊糊的特色比萨；坐在巴尼·格林格拉斯餐厅里吃熏鲑鱼；到匈牙利西饼屋购买各种曲奇；他们当然还会去"城市餐厅"，伦纳德总是很搞笑，他打算要点水煮鳕鱼片，每次他们吃的却是汉堡、薯条和奶昔；在露西酒吧，伦纳德允许爱丽丝喝了几口他的玛格丽特鸡尾酒，两人还一起吃了一大盘奶酪玉米卷饼；还有伊索拉意式餐厅的伏特加通心粉。有时，这种感觉就像是在作弊，因为每一天都是爱丽丝的生日，总是有理由吃蛋糕和一起唱跑调的歌。当然，这就是在作弊，她对那一年的剩余时光作弊，她对她的未来作弊，但爱丽丝并不在乎。她每次都会听她的父亲唱完整首歌。这样如此往复，爱丽丝意识到她回到过去只是为了吃一顿饭，只是为了还能和她的父亲、她的朋友一起围坐在桌子前，什么都不做，什么都不谈，只是一起欢笑，一起消磨时光，只是为了还能在一起。

・・・

　　每当她告诉伦纳德真相的时候，他总是看起来很开心。除了一起吃晚餐以外，这成了爱丽丝最喜欢的时光。每次他都显得很惊讶，有时他会兴奋得身体前倾，拍起手来。爱丽丝曾经设想过，在她的人生里，只告诉伦纳德那些让他快乐的事情，让他在发自真心的笑声中度过，但那样的话，人生便不再前进，只剩后退。所以她一遍又一遍地仅仅告诉他这一件事。他那熟悉的反应，就是送给父女二人的礼物。

52

　　总有那么一小段时光让爱丽丝感觉很好。她把过去与未来的来回奔波当作生活的前进,把每一天视为新的一天,不管她来到了哪一年,每一天都会是前面之后的那一天,她不必想得太远。爱丽丝从来没有遇到过无法翻开新一天的情况。她知道一直这样下去是不可能的,但是当她坐在警卫室里等待过去或未来的时候,她觉得自己可以永远继续这样的生活。在这里,不会有人死去,无论她做出什么决定,都没有那么重要,因为在第二天早上的时候,她可以选择一切重来。

53

无论伦纳德的脸色有多么苍白，无论伦纳德的双眼是否紧闭，无论伦纳德的呼吸有多么微弱，爱丽丝都能让他好起来。她一遍又一遍地变着魔术：让伦纳德看起来年轻，让伦纳德风趣幽默，让伦纳德喝着可乐、吸着烟，让伦纳德获得永生，哪怕只有一天。

54

爱丽丝的四十岁生日已经过去两个星期了,每一次旅行都会向前推进一天的时间。她已经习惯了四十岁的感觉,实话说,这无关紧要,但她的身体确实比她记忆中的更加衰老,当她站起来的时候,她的膝盖发出嘎吱嘎吱的声响,像是一碗刚倒入牛奶的米花糖。如果爱丽丝在回家的那天晚上,也就是在她四十岁生日的那天晚上,在呼叫那辆豪华网约车的时候,告诉司机的是自己的地址,而不是她父亲的地址,她依然会呕吐,她依然会迷迷糊糊,但是当第二天醒来的时候,时间不过是从四十岁向后翻过一天,一切不过是一场宿醉。她的生活仍然有一件悬而未决的事情。她不是道恩,她也不是时空兄弟。如果给她现在的生活写下一句总结的话,那就是:按时回到过去,什么都不去改变。那些书里的故事都是以圆满的结局落下帷幕的,或者说结局至少令人满意,每一个问题都找到了解决的办法,每一段剧情都有了一个结尾。而爱丽丝正面临的困境是,她的故事总能翻到新的一页。

契弗街的公寓比她记忆中的要小,这就是离开一天后回来的感觉。大多数的花园式公寓都是一层一户的,都有一扇通向户外的屋门,无论外面面对的是草地还是像爱丽丝居住环境一样的混凝土广场。但爱丽丝的女房东把她的房子分隔出了一个大单间，大单间的墙上有一个嵌入式厨房，除此之外房间里还有两扇门，一扇是壁橱室的门，另一扇是卫生间的门。她的书桌，其实只是她的小餐桌的一侧，上面堆满了纸张，随时都有散落在地上的危险。她的一堆鞋子本来应该放在门边的小鞋架上，现在却滚到了地板中间，好像有一群精灵穿着它们出去兜风了一样。

爱丽丝在床上翻了个身。住在隔壁的那个老妇人喜欢坐在门前的台阶上和路过的其他人聊天，当她和她的狗一起发出动静时，这意味着邮递员就在附近。老妇人的狗是一只老年腊肠犬，不能自己上下台阶，所以每当它想去一个它去不了的地方时，都会朝四周哀号。爱丽丝的床垫是从网上买的，她在地铁上看到了这家公司的广告。床垫下面放着一张吱吱作响的宜家床架。她不应该对她的生活感到难过——她的人生从来没有不幸福过，一切都还好。她拥有健康的身体、还算过得去的工作、能聊得上话的朋友，还有像样的性生活。她在丝芙兰化妆品店有积分。她喜欢自己拎着袋子去超市，而不是从亚马逊上网购。爱丽丝不会开车，但如果要学的话，她会开一辆电动汽车。她一直坚持参加选举投票，甚至亲手选出了市议员和州参议员。她还拥有养老保险金，每隔几个月还一次信用卡贷款。爱丽丝拥有了这么多，但当她环顾自己的公寓时，依然找不到任何真正能让她感到高兴的东西。纵使成年人的生活再糟糕，它也有好的一面，不是吗？那是生命中只属于你自己的一段时期，没有人能对你的生活指手画脚，不是吗？

爱丽丝在床上摸索着，发现她的手机被埋在枕头底下，电池快没电了。现在才早上八点钟，但萨姆应该已经醒了。

"嘿!"爱丽丝说。

"嘿,小甜甜!迟来的生日祝福!我很抱歉我一直接不了电话,我这里忙得快疯掉了。"萨姆说道。她的声音背后传来尖叫声和呼喊声,的确很疯狂。爱丽丝觉得萨姆的房子像是战场,住在里面的人们随时都有可能遭受伏击。

"我能过去吗?我知道你很忙,但是我想找你待一会儿。"爱丽丝看着自己的手指因为举着手机而攥成粉红色,这让她想起了她在波曼德街房子的卧室里拥有的那部带有螺旋状电话线的电话。

"你要来新泽西和我的家人一起玩吗?"萨姆表示怀疑地问道,"我不会不让你来的,我当然欢迎你来。我赞成大人们聚在一起喝点小酒,你喝不喝都行,宝贝。"

"只要我还记得怎么走,我就立马过去。"爱丽丝说完挂掉了电话,开始查看地图。

去萨姆家并不难:爱丽丝乘地铁F号线到杰伊街,再换乘地铁A号线到第34街,然后坐上了新泽西捷运,它坐起来很像是在坐地铁,但实际不是。爱丽丝喜欢坐长途火车,可她现在根本没有心情去看书——她在出发前盯着书架看了将近二十分钟,弄不清楚自己究竟是想看点轻松故事、科幻小说,还是想看那种第一页就会死人的惊悚情节。所以她现在点开了她最喜欢的播客节目《嗑学家》的最新一集。这个节目的口号是:因为"嗑CP"[①],所以才有了互联网。这种说法当然十分无厘头,但爱丽丝很吃这一套。两位主持人每个星期都会谈论那些没有正式恋爱关

[①] "嗑CP"是指对自己喜欢的荧幕或各类作品中的情侣表示支持,其中"CP"指的是情侣配对。

系的虚构人物，花费四十多分钟的时间去谈论他们为什么应该恋爱，他们会如何谈恋爱，等等，比如阿尔奇和"猪头"，巴菲和科迪莉娅，史蒂薇·妮克丝和克里斯汀·麦克维，克里斯·钱伯斯和戈迪·拉钱斯，塔米·泰勒和蒂姆·里金斯①。爱丽丝并不是因为相信这些人会成为情侣或支持他们成为情侣而去收听这个节目，她只是觉得主持人的杂谈方式很有趣。

"好了，好了，"主题音乐响起后，主持人之一的杰米开始了节目，"这次的话题让我感到兴奋。虽然这个话题可能有些老套，但它不是我们讲过的最老套的内容。"

"今天我们来谈谈拥有无数狂热粉丝的科幻作家斯特恩的两本书，《时空兄弟》和《破晓时刻》。杰米，你现在能说说为什么这两本书能大火吗？它们究竟拥有怎样的魔力？"主持人搭档丽贝卡说道。

伦纳德一直都是这样，他的名字总是突然出现在各种地方，比如《抢答》节目的问题中，填字游戏的答案里。他的形象甚至在《辛普森一家》动画中出场过。在那一集里，他和漫画店的老板因为一些《时空兄弟》的纪念品而发生了争执。大多数人都知道伦纳德的名字，即便没听说过，他们也都知道《时空兄弟》。在学校，爱丽丝也因此变得惹人注目，结交新朋友就像作弊一样容易。她甚至都不需要说什么，人人便都知道她的父亲是位名人。直到大学毕业后，爱丽丝才发现这是一件坏事，它让自己很难拥有一份真诚的关系。

---

① 以上人物或角色依次出自美国犯罪悬疑电视剧《河谷镇》、美国奇幻电视剧《吸血鬼猎人巴菲》、摇滚乐队弗利特伍德·麦克、美国电影《伴我同行》以及美国电视剧《胜利之光》。

"好吧，我想如果我们正在直播的话，此时的热线电话可能会被打爆，有很多听众会提前吐槽我们将会提到什么离谱的关系组合。首先我想说，不会的，然后我还想说，不会的。"丽贝卡说道，"在今天的这一集里，我们会'嗑'一对还算有些靠谱的'CP'：《时空兄弟》里的男主角斯科特，电视剧里由托尼·杰克斯饰演，以及《破晓时刻》里的女主角道恩，道恩·盖尔，由莎拉·米歇尔饰演！"

背景中响起了小号演奏的电子音效声。"斯科特和道恩！托尼·杰克斯和莎拉·米歇尔！我喜欢这一对。"杰米被自己的话逗乐了，"好吧，首先我承认我的想法确实有些奇怪，但我忍不住认为道恩就是莎拉·米歇尔·盖拉，一个在世上真实存在的人物，出演过《我的孩子们》和《吸血鬼猎人巴菲》。但托尼·杰克斯无论荧幕内外，都像是个虚构的人物，我无法告诉你任何关于他的事情。"

"根据百科上显示，他有一个马场。"丽贝卡补充道，显然她正在实时搜集资料。

"是的，一个马场。托尼·杰克斯有个马场，他退出荧幕差不多有二十年了。我在《人物》杂志上读到过一篇关于他的过时资料，上面说他还亲手翻修过自己的房子。所以他很厉害，而且我喜欢他。"

"不管怎样，这就是我喜欢伦纳德·斯特恩的原因。"丽贝卡说，"你知道他出版他的第一部小说时有多大吗？"

"二十五岁吗？"杰米猜测。

"不对！伦纳德·斯特恩当时三十八岁了！而且直到五十二岁他才出版了《破晓时刻》！"丽贝卡的语气听起来很得意。

"我喜欢这一点，"杰米说，"为大器晚成者喝彩！"

"说真的，"丽贝卡说，"我们应该再开设一个全新的播客节目，讨论那些在四十岁以后才真正挖掘出自己潜力的人。这是一个很不错的节目主题！如果你们支持我的看法，请给我们回复留言！"

丽贝卡和杰米还在那里讨论着，但爱丽丝已经不怎么认真地在听了。她从未想过伦纳德是个大器晚成的人。在爱丽丝的生命岁月里，伦纳德一直是功成名就的存在，怎么会有人觉得他大器晚成呢？但当她从陌生人的口中听到那些数字时，她又觉得父亲的年龄说明了一切。节目里的两个女人像是在谈论真人一样谈论着她父亲创作的角色，因为他们被塑造得很真实。有时人们可能不明白这一点——爱丽丝不是作家，但她经常和小说家们同坐在一张餐桌旁，清楚小说都是虚构的故事，都是创作出来的。也许这世上存在很多糟糕的作品，但也有不少佳作，那些佳作往往都是真实的。这里的真实并不是说它们描写的情节都是合理的，都是符合现实的，而是说它们带给你的都是真情实感。故事可以虚构，可以发生在外太空、地狱或介于这两者之间的任何地方，但情感是假不了的。

"好吧，"丽贝卡继续说道，"这里有一条关于伦纳德·斯特恩的劲爆消息，是我最喜欢的消息，今天早上刚刚从百科上看到的。他娶了电影中扮演道恩母亲的那个女演员！"丽贝卡说完清了清嗓子。爱丽丝一下子坐直，全神贯注起来。

"不可能吧！"杰米说，"是不是那个女人参与过什么儿童剧？"

"是的，就是她。"丽贝卡说，"道恩的母亲是由女演员黛博拉·福克斯饰演的，她曾经参演过八十年代经典电视剧《上学前后》。"

这就是黛比在爱丽丝心中留下的印象——一个胖乎乎的老师。爱丽丝闭上眼睛，回忆起那部电视剧的所有演员，那是一部情景喜剧，讲述了一个女校长收养了一大屋子的孩子。它在二十世纪八十年代风靡一时，每星期六上午播出。当然这部电视剧在某些方面确实带有浓重的时代烙印，因为它讲了一个丰满可爱的白人女士拯救不同种族孩子的故事。原来黛博拉·芬克就是女演员黛博拉·福克斯。她在出演根据伦纳德著作改编的电影《破晓时刻》后嫁给了他。

"哇哦！"爱丽丝叫出声来。生活中总是有更多的未知等待我们去挖掘。到底伦纳德还有多少秘密尚未被她发现？爱丽丝暗自笑了起来，她想象着伦纳德、黛比，还有莎拉·米歇尔·盖拉坐在"格雷木瓜"热狗店里一起用餐的场景，那仿佛就是哈哈镜里映射出的她的家庭。

55

罗思曼—伍德一家住在上蒙特克莱尔站附近的一栋带门廊秋千的蓝色大房子里。那里离火车站只有三个街区的距离,但爱丽丝很少到这边来。她一路上不停地把手机翻来覆去,一边查看手机上为她指出的方向,一边确认自己走的路是否正确。还好爱丽丝只走错了两个弯,那栋蓝色建筑就浮现在她眼前。蒙特克莱尔的人行道上铺着一地枯黄的树叶,林中的鸟儿似乎比布鲁克林的还要多。有些房子已经开始扮上万圣节的装饰了,就像萨姆家所在街道的草坪上遍布着墓碑道具。萨姆隔壁邻居家的门前有一排南瓜,一直延伸到门廊,当爱丽丝走近后,她发现萨姆家门前也有。

"嘿!"萨姆坐在门廊的秋千上,用脚趾抵着地面,前后摇晃着身体。

爱丽丝把手机塞进口袋,也打招呼道:"嘿!我只花了二十五年的时间就到这里了。"

"哦,得了吧,纽约人总是以为他们是全世界的中心。现在那些二十五岁独立自主的年轻人可住不起这样的地方,他们住的地方比这儿偏远多了。你还住在皇后区吗？"萨姆把她的手平放在她那完美隆起呈半圆形的大肚子上。

"我想那里应该属于布鲁克林的布什维克。"

"你说的没错。而这里只是新泽西，唉。"萨姆用运动鞋顶住木门廊，使秋千缓缓停下。然后她费力地站了起来，意气扬扬地挺着孕肚。

"哇！你真了不起。"爱丽丝叫道。她以前没怎么见过萨姆怀孕时的样子。她们曾经一起在某家光线昏暗的餐厅吃饭时，萨姆拿出过一张超声照片，那上面的小小宇航员后来成了她的大儿子。从那之后，她们都在忙碌各自的事情，恨不得把三月份的晚餐聚会推迟到四月份。爱丽丝看过萨姆和乔希在波多黎各度假时的照片，那时萨姆的肚子就已经从波点比基尼下显露出来。但即使在萨姆和乔希搬到泽西城之前，在他们的孩子们出生之前，这对好闺蜜也不再像高中时那样亲密——从进入家门的那一刻起，一直到睡觉前，都在打电话聊天，而且她们每个周末都会去对方的家里过夜。这感觉就像看着一株植物停止了生长。

萨姆白了她一眼。"我敢保证这没什么了不起的，但还是谢谢你的夸奖。让我们去喝一杯吧，然后坐下来好好聊一聊。"

爱丽丝点了点头，跟着萨姆进了前门。"孩子们呢？"

"他们？嗯，梅维丝在后院，还有一个在这儿。"萨姆说着指了指自己的肚子。

"好吧，我知道了。"爱丽丝说道。她想起了萨姆心中给女孩起名的名单：埃薇、梅维丝、埃拉。怀孕是一件不容易的事情——但它并不能左右世界的平衡。萨姆以前流过产，也许她又流产过。这一直是爱丽丝最大的疑惑，她不知道该如何开口去问，所以伦纳德也没有回答过——

那些不在这个世界的孩子，那些不在这个世界的生命，他们是否仍然存在于某个地方？她是这样想的，但永远都不可能得到确切的答案。

萨姆打开冰箱，拿出两罐汽水，问道："葡萄柚味的可以吗？"

爱丽丝点了点头。这栋房子很大，就像她们放学后经常一起看的情景喜剧中的房子一样，比如黛比出演的那一部——房子大到足以容纳夫妻俩和好几个孩子，以及那些高举着吊杆式麦克风的摄制组人员。萨姆领着爱丽丝走过后门。梅维丝正用膝盖倒挂在家里的木制游乐设施上，乔希就站在她的旁边，随时准备用手接住她。爱丽丝挥手打招呼，乔希也挥了挥手，他现在还不能离开自己的岗位。不过没关系，他们都知道爱丽丝来这里只是为了看萨姆。

"四十岁还不算那么糟糕。"萨姆说，"你很难接受自己的年龄吗？你有这种想法吗？"随着"扑哧"一声，她打开了手里的汽水，喝了一大口。"天哪，怀孕就像是一直宿醉未醒，我老是口渴，我老想上厕所，但我就是不想起身。"

"没有，挺好的，"爱丽丝说，"这个年龄段挺好。"

萨姆看着她问道："那你是不是有什么烦心事？是不是发生了什么？你知道我一直想让你来我家坐坐，但你从来没来过。"

"我只是想你了，"爱丽丝说，"我还想念我的爸爸。"她发出了一声响亮的打嗝声，还夹杂着些许抽泣，"对不起。"

"不，亲爱的，别这样！没关系！你知道我有多爱伦尼。我给他提供了一些创作的灵感，他因此大赚了一笔，尽管他没有和我分享版税，但他在那本书的'致谢'中感谢了我，还要资助我的孩子上大学。也许我现在不需要他这么做，但是谁说得准呢，万一有一天乔希出了车祸，我又失业在家呢?你爸爸就像是我的奥普拉①。"萨姆捏了捏爱丽丝的胳膊,"我在开玩笑呢。不是要他真的资助我的孩子上大学,虽然他确实提过。"

"我不知道这件事。"爱丽丝说道。不过她可以想象到那幅场景,她的父亲对还在怀着第一个孩子的萨姆说了这句话。伦纳德可能曾经想要拥有更多的孩子——爱丽丝从未考虑过这一点,他们的这个小家庭一直是两人组,也许她的父亲希望有更多的成员加入,也许他希望爱丽丝会给他生下一两个孙子!他从未给她过压力,永远都不会。但爱丽丝不知道当伦纳德回到过去的时候,他是否试图寻找过其他真爱,或者在他遇到黛博拉之后,有没有尝试过早一点与她相识,甚至和她拥有孩子。也许他真的尝试过了。他还做过哪些不想告诉爱丽丝的事情?可能成千上万。

"你今天要去看望他吗?"萨姆问道。

乔希帮助梅维丝回到地面上,然后那个女孩随即消失在游乐海盗船的上面。

"我今天下午去。"爱丽丝把冰凉的饮料罐贴在她的额头上,"生活里有太多糟心事了,你能感受到吗?"

"我理解你。"萨姆搂住爱丽丝的肩膀,"哎呀,这孩子一直在不停地踢我。"

"我能摸一摸吗?"爱丽丝曾经不情不愿地摸过几个孕妇的肚子——学校里的老师、大学的朋友,还有萨姆。她总觉得这是一种冒犯

---

① 美国脱口秀女王奥普拉·温弗瑞(Oprah Winfrey)是美国大众的励志偶像和人生楷模。

的行为，有点过分。爱丽丝从来都不是那种对孩子着迷的人，那些人会在餐馆里或飞机上隔着桌子和座位对旁边的孩子挤眉弄眼。生育似乎是一件被强迫公开的事情，即使你从未征求过半句意见，也会有一群陌生人对你的人生选择评头论足。但爱丽丝觉得自己需要证据来证明这个世界是真实存在的，证明无论今天是什么日子，都会是她真实生活中的真实一天，也是萨姆的真实一天。

"当然可以。"萨姆伸手握住爱丽丝的手，把它放在她的肚子上，"对了，你知道谁刚刚搬到蒙特克莱尔了吗？就是我们见过的那个男孩，我想他现在早已经长大了吧，就是在贝尔维德比我们小一届的那个男孩。他叫贤治对吧？"

"贤治·莫里斯。"爱丽丝说。她最近经常见到他——来波曼德街参加她的十六岁生日聚会的那帮男孩中，他总是最后进门的那个。贤治比其他男孩小一届，又高又瘦，走起路来像柳条一样摇摇晃晃的。他的母亲是日本人，而他的父亲早就去世了。除此之外，爱丽丝对他一无所知。他吸过百乐门香烟吗？没有，他从来没碰过烟。他们一起学过西班牙语——他的语言天赋很好，是班上唯一的高二学生。

"没错，就是贤治·莫里斯。"萨姆说，"他和他的孩子就住在附近。他刚离婚。他的女儿和梅维丝同岁。那天，我们在公园里遇见了他们。他看起来很好！我以前从来没有真正了解过他。"

"让我猜猜看，他成了一位律师？"

"错，你这个势利眼的家伙。不是每个和我们一起上过学的人都是律师，好吗？他是建筑师。"萨姆鄙夷地说道。

"那通常是在浪漫喜剧里为男性角色编造出来的工作。"

"那也不一定。"萨姆把头靠在爱丽丝的肩膀上,"你中午想吃什么?这里的菜单上有芝士三明治、花生酱和果冻,或者还有黄油炒蛋。"

这一次,也就是在昨天十六岁生日的时候,爱丽丝没有告诉萨姆或她的父亲时空旅行的真相。现在告诉萨姆似乎没有什么意义,因为爱丽丝知道这回也不会持续多久,反而只会给萨姆增加精神压力。即使她没有说出来,时空旅行的概念仍然存在于她们的大脑深处——没有一个喜欢基努·里维斯的人能够长期不对时空旅行产生什么幻想。

"他谢顶了吗?"爱丽丝能够很清楚地想象出贤治的模样,垂下的黑色刘海遮住一只眼睛。九十年代流行的发型都很糊弄——法式寸头、娃娃头,甚至有几个白人男孩还留了脏辫,但贤治每天都会仔细打理自己的头发,就像参加拍摄毕业照的孩子一样。

"你在开玩笑吗?他的头发和以前一样漂亮。不过说实话,他的头发比以前更好看了,因为夹杂着一些灰色。我不知道是不是因为我已经年龄大了才这么想的,他看上去真的充满男性魅力。但是在高中的时候,如果一个同学年龄比你小上六个月又比你低一个年级,你会觉得他像是个婴儿,这是不是很奇怪?说真的,我们那一届的男生都很差劲,但是低年级的男生中还是有一些小可爱的。为什么当初我们没有和他们认识认识呢?"

梅维丝从塑料滑梯上滑了下来,用她的小运动鞋踩碎地上的落叶。而乔希已经绕到了秋千后面。

"这是个好问题。"爱丽丝说。她一直对年龄比她大一点的男孩情有独钟。他们看起来成熟又帅气,但对她却丝毫不感兴趣,除了有时在聚会上偶尔和她亲昵一下,然后觉得无聊时走开。"你是怎么知道自己想嫁给乔希的?"

萨姆笑了。"我吗?我不知道,我们当时太年轻了。是的,当然是我自己想嫁的,现在我们在一起,这并没有违背我的任何意愿。我一直深爱着他,但我还是觉得当时我太年轻了,不知道我的选择将意味着什么。你知道吗,其实无论你用什么方法都无法看清另一个人。比如,有些人会成为好的父母,也有些人会成为那种想要控制一切的大家长,或者花起钱来大手大脚,拒绝相信任何医生。这些问题在刚开始的时候伪装得都很好,直到他们四十岁时才开始慢慢暴露出来。要是有人能开发出一种软件把有问题的人统统筛选出去就好了。"

"嗯,你用过约会社交软件吗?说实话,那里的人除了满脑子想着怎么上床以外没有别的,没有人会谈论男权女权,如果有人想要谈论什么别的,那也只是为了把你骗上床而装装样子而已。"爱丽丝在这里停顿了一下,"不过,你能和乔希在一起真好。"

"是的,大多数时间我和乔希相处得都很好。但我们也是普通人,对不同的事物有着不同的想法。有些事情在我眼里根本无法接受,对于他来说可能就只是小事一桩,但他还是那个最适合我的人。我们已经结婚十五年了,但我还是会选择继续和他生活下去。"

梅维丝又一次从滑梯上滑了下来。当滑进落叶里的时候,她抬头看向自己的母亲。然后那个小小的身躯飞快地穿过草坪,扑到萨姆的怀里。爱丽丝看着她们傻笑着拥抱在一起。乔希也在看着她们。爱丽丝没有想到,婚姻是一个持续选择的过程,是一个反复做出的决定,而这个想法让她既感到疲惫又感到欣慰。欣慰的是,她不是唯一一个总是在规划自己未来的人;但她也感到疲惫,因为她没有办法从中脱身。这让她想起了塞雷娜的父母——她的外祖父母。爱丽丝很少见到他们，以至于他们似乎不像是她的外祖父母。当初他们突然决定中止在墨西哥的度假，转而跑到亚利桑那州买了一套分时度假别墅。在那里，他们不用走出封闭的社区，就可以一边打高尔夫球，一边享受科布沙拉和冰镇柠檬水。这样的变故与一些政治活动有关，但塞雷娜不想谈论这一话题，所以她只用一句话来搪塞：这就是政治游戏。斯科茨代尔市的整个冬天都很美。后来，当塞雷娜的父亲生病时，她的母亲把他送到了一家全托护理机构，然后她只身一人又回到了加利福尼亚州。她每天都会给他打电话吗？她会寄明信片给他让护士读给他听吗？谁知道在结婚五十年后，人们还会做出怎样的决定？塞雷娜父母之间的关系又对塞雷娜的未来人生信条产生了什么样的影响呢？也许爱丽丝总是孤独，是因为伦纳德一直是孤独的。

"来吧，该吃饭了。"萨姆说道。她站了起来，拍了拍梅维丝的头顶。爱丽丝朝梅维丝眨了眨眼，而梅维丝连忙扭过脸去，躲开了她的眼神。

56

　　医院的探视时间持续到下午五点。当爱丽丝在四点四十五分向伦敦出示她的身份证件时，对方默默地塞给了她一张通行证。爱丽丝感觉糟透了。她没有生病，真的没有生病，但她动作迟缓，脚步沉重，就像是在黏稠的糖浆中跋涉。爱丽丝现在感到自己头昏脑涨，分不清方向——至少在波曼德街警卫室的时候，她还能清楚地知道接下来会发生什么。回到过去就和她在高中制作一盘混音带的过程一样，先倒带到合适的位置，然后再加入一些新的内容。这一首歌之后接着的是那一首歌，把一切都放在正确的顺序上是非常关键的。但你无法控制更多的事情，比如别人会怎么去品味它，是否对它感兴趣，是否会反复地去播放它，或者磁带在播放的时候会不会卡住，会不会像一团圣诞彩带一样从里面抽出来。爱丽丝更容易回到过去，而不是向前看。未来的路总让人提心吊胆，因为什么事都有可能发生。无论未来会有好事发生还是坏事发生，都被证明它们的源头只出现在一个相当狭窄的范围内，但未来依然无法受到爱丽丝的控制。

　　医院比往常更安静——下午的天空变得阴沉沉的，也许大多数来访者都为了躲避即将到来的大雨而选择提前回去了。走廊一条接着一条，似乎望不到尽头。爱丽丝礼貌地向那些与自己擦身而过的人点头致意，直到她来到父亲的病房。她以为自己还会看到和以前同样的情景：她的父亲躺在病床上昏睡不醒，双眼紧闭，黛比坐在旁边的椅子上忙碌着，相邻的几间病房里都在播放电视新闻。但她拉开窗帘后，爱丽丝看到伦纳德是清醒的，他正独自一人靠在枕头上，朝她微笑。

"你终于来了。"伦纳德像魔术师一样摊开双手，仿佛他刚刚让自己手掌心里的一些东西消失不见了，比如一枚硬币或一只小兔子。

爱丽丝站在那里愣了一下，她的手仍然抓着医院廉价的尼龙窗帘不放。

"爸爸！"

伦纳德笑着问道："你还在等什么人吗？"他面庞消瘦，胡子花白。"快到我的小王国里来吧。"他挥手示意着椅子的方向。

"我没想到你会醒着。"爱丽丝迅速坐进椅子里，双臂紧紧地压着自己的大腿，就像过山车上的安全压杠一样。

"黛比刚走，她本来想跟你见面的。但你可以过一会儿再给她打电话，对吧？"他身后挂着几袋药剂，其中一袋正慢慢滴入他的手臂。和往常一样，白板上有医生和护士的名字，还有一份伦纳德所有药物的清单。不同的是他现在看起来状态不错，还能有说有笑。"很高兴再见到你，小爱儿。"

"我也很高兴再见到你。"爱丽丝故作轻松地说道。

"今天过得怎么样？"伦纳德问道，"你看起来有些累。"

"我确实累了。"爱丽丝说道，尽管她经历的一切不止于此。此时的她情绪复杂，既感到尴尬、焦虑，又十分兴奋。爱丽丝度过了太多悲伤的时光，以至于看到她父亲清醒的模样时，一时间竟然有些不知所措。她总是心情沉重，每天想着伦纳德将要从这个世界离开，每天想着父亲的离开对自己的余生意味着什么，她慢慢习惯了这种心理负担。爱丽丝不认为是她自己起了什么作用，如果说真有什么的话，那就是她明白了一个道理：人生不像玩拼图或玩魔方，不是一个人可以全程决定的事情；而悲伤一旦在心中扎根，就难以再摆脱它，也许它会从房间的一侧跑到了远离窗户的另一侧，但它依然还在那里，依然是你的一部分。有悲伤在，你便不会再对任何事情抱有任何希望，不再想享受任何食物，也不再关注自己的身体。

爱丽丝已经习惯于父亲如此接近死亡，甚至他的死亡变得令人向往——没有人愿意看着他们所爱的人在垂死挣扎时忍痛受苦。但她也厌倦了，厌倦了每当手机铃声响起时她的神经是多么紧绷，厌倦了每当走出父亲的病房时她的生活满是忧虑，厌倦了哪怕人生总在前进，但她将会永远无助地承受着这个巨大的遗憾。爱丽丝意识到这可能和怀孕的感觉正好相反，两者是镜像，都将永远改变一个人的一生，但一个是减法，而另一个是加法。对于生与死，许多习俗都是相同的——人们都会送来鲜花、卡片或食物。有人会把对方的名字写在他们的待办事项清单上，比如"给爱丽丝·斯特恩写一张便条"，然后这一切就完事了。只有她的困扰日复一日地存在着，一直到永远。爱丽丝花了很长时间才走到了这一步，她不知道自己能否再次做到。

她记不清上一次回到过去时到底发生了什么——所有的日子都交织在了一起。她想她应该没有在深夜告诉父亲自己时空旅行的真相，有时候她会这样做。

"还好吧,还好吧,我是说,你看起来还好。"伦纳德用调侃的语气说道。

"我倒觉得你好多了,"爱丽丝说,"比我上次来看你时好多了。"

伦纳德点了点头,说道:"他们不知道我出了什么问题。当然,他们知道我快死了。"说到这里,他为这个显而易见的事实咧嘴一笑,"但他们不知道是什么原因。我觉得当他们在看我的验血结果时,就像在看一个九十六岁的老头。"父亲挑了挑眉毛。他知道原因,他当然知道。

"爸爸,我一直没有机会和你说话。"爱丽丝说道。她掐指计算——从她十六岁生日算起,已经过了二十四年,但也许还要多加上一天、一个星期或者两个星期。"你能告诉我你知道的事情吗?我是说,我一直在回到过去想办法解决这个问题,解决——"她用手示意了一下病房四周,"这一整件事情,但这是你第一次醒过来!我只是不知道自己该怎么办。所以我一直在来回穿梭,因为……再说,我为什么不去试试呢?"她想笑,但笑出来的声音更像是在呻吟。爱丽丝希望他们两人出现在家里,希望厄休拉坐在她的腿上。医院里有猫吗?她在新闻上看到有些医疗机构养狗,让温顺、毛茸茸的金色拉布拉多犬把它们可爱的鼻子塞进病人的手里。伦纳德不会随便让一只狗来舔他的手,他想要的是厄休拉那种不老的、没有任何限制的尊严。

"嗯,它只有在凌晨三点到四点之间有效,而且警卫室里必须是空的,但通常那里不会空着。我确信我的理论。一切就是这样,真的,很久以前我就知道它了。规则就是规则,即使规则讲不通也无妨,这就是它的运行方式。你想说的是这个吗?"伦纳德笑道,"科幻小说只需要在它的世界里讲得通就行了,哪怕那就是你的世界。"

"你以前有一次解释过这一点。还有谁知道吗?"爱丽丝问道,"还是只有我们知道这个秘密?"

伦纳德点了点头,表示还有其他人知道。他的脸色变得紧张起来。"还有罗曼一家知道。辛迪以前经常回到七十年代整夜跳舞,那是在我们搬进来之前。后来穿越会变得越来越难,真的很难再回来了。你的身体能感觉到这一点。在很长一段时间内,我以为时空旅行并没有什么害处,但是,嗯⋯⋯"他打着手势,"辛迪过去经常去54俱乐部跳舞,尽情欢乐。但是当她回来后,她开始遇到一些麻烦。"

"什么样的麻烦?"爱丽丝想到了自己的身体状况。无论何时何地,她变得越来越迟钝,在早晨的时候还会头疼。

"这感觉就像是患了复视,有点恍恍惚惚的,而且这种症状会随着年龄的增长而加重。在某种程度上,这和你期盼的方向背道而驰——我们总是以为当一件过去已久的事情在我们面前变得越来越清晰时,我们就能轻易地记住它,但实际情况往往不是这样的。"伦纳德把自己的手指交叉在一起,他的皮肤看起来又薄又苍白。

"那你如何确保你回到了你想去的地方?我的意思是,你怎么知道什么时候该停下来?"爱丽丝问道,这是她没有想通的问题。

"你知道你的目标是什么吗?"伦纳德扬起了眉毛。

"我真的什么都不知道。我只知道在事情发生改变之前,这一切并不完美,但现在无论我回去多少次,哪怕我的人生以前完全不一样了,这一切还是不完美。"她想到了汤米和两个可爱的孩子,还有那套宽敞的公寓,她很高兴自己不在那里。

伦纳德点了点头。"哦，当然会这样。有一次，只有一次，当我回来的时候，你已经搬到了加利福尼亚州和塞雷娜住在一起。那像是一场灾难，所以我确保它永远不会再发生。你会看到它是怎么运作的——你会看到什么变了，什么没变。对于这件事，我不能说得太绝对了，因为我不是佛教徒，我肯定会犯错。但是你知道吗，除了你，其他一切都是浮云，都无所谓。"

爱丽丝摇了摇头，说道："好吧，我敢肯定没有哪位高僧解释过到底什么是浮云。"

"这位小姐说得很对，但我想你应该明白了我的意思。有些东西注定会改变，有些东西注定不会改变。我们终此一生都在努力寻求内心的平静，但没有人能做得更好，即使是佛教徒也不能。也许他们更善于忍耐，或者更善于抛开一切，但那并不是直面人生的方式。这与时间无关，与过去或未来无关。关键在于你如何度过此时此刻，你把你的精力都放在了哪里——"伦纳德说到一半就闭上了嘴，然后又闭上了眼睛。爱丽丝现在才明白，当他清醒着并可以说话的时候，这并不意味着他的生活会比以前好很多。无论她做过怎样的努力，这都是不够的。他找到了爱情，他戒了烟，他又写了一本书，他开始慢跑，爱丽丝确信他还做过很多她不知道的事情，但这些都不重要了。得到也意味着失去，他们仍然还在原地徘徊。

"你到底怎么了？"爱丽丝问道。话刚刚说出口，她就意识到自己知道了答案。她一直在做这件事，而伦纳德不知道已经做过了多少次。这不是可口可乐的问题，甚至不是吸烟的问题。他们都在沉溺于过去，沉溺于未来，注定如此，她自然救不了他。

伦纳德把手伸向天空。"我想任何父母都会像我这样做。说实话，我希望我可以在不同的人生站点下车，在爱丽丝三岁时、在爱丽丝六岁时、在爱丽丝十二岁时、在我三十岁时、在我四十岁时……"伦纳德在举起的手臂上做着时间记号，就像大卫·拜恩在《人生不再来》音乐短片中跳的舞一样，"几乎没有人会谈论这个话题，至少爸爸们不会。也许妈妈们谈论得更多一些——我打赌她们会的。但是没有人跟我谈过这个，这一点是肯定的。如果你深爱着一个人，然后你把他变成了另一副样子，那会是一种什么感觉？你依然爱着改变后的那个人，但他已经和以前完全不同。这一切都会发生得如此之快，即使是那些在一开始的时候感觉永远不会改变的事情。"

父亲的话完全正确。爱丽丝觉得如果告诉他，他也改变了很多，那样会很伤人，尽管他肯定已经知道了。她现在依然很爱他，但不再是小时候爱他的方式，因为他们都变了。在这段时间里，她一直在时空中来回奔波，即使在她没有陪伴父亲的日子里，她仍会回到过去和萨姆一起去做些愚蠢的事，或者和青春共度美好的岁月。这并不是说她认为伦纳德已经成了一个完美的父亲。每到父亲节，爱丽丝都会被互联网上各种父亲的照片狂轰滥炸：徒步旅行的父亲、烹饪美食的父亲、低手投掷垒球的父亲、用工具制造东西的父亲、玩扮演游戏的父亲……伦纳德从未做过那些事，有时爱丽丝希望他也做过，但她不能因为他是这样的人而责怪他。他就是他，她因此而爱他，尤其是爱那样的他——那个活得轻松自在、无忧无虑的年轻人。她一直在拖延向那个父亲说再见。不管过去发生了什么，不管他是有意识的还是无意识的，他都已经走到了人生的下一站——变得更加迟钝、更加笨拙。没有人能永葆青春，她的父亲也不例外，尽管他曾经时空旅行，尽管他创造过新的世界，尽管他留下了比他自己存在更久的东西，尽管他为这个世界带来了爱丽丝。"

爱丽丝的思绪充斥着整个房间。沉默了一会儿，伦纳德说道："失去亲人是可以接受的，爱儿。失去才是最重要的。我们有的时候，不能带走悲伤和痛苦，因为除此之外，你一无所有。当我们在看《飞跃比弗利》的时候，每到片尾叮叮当当的主题曲响起时，你就知道一切都会好起来。"

"好吧，现在我终于知道你一直没怎么认真关注剧情，其实那些孩子比急诊室里的任何一个人都更加伤痕累累。"爱丽丝笑了。

"你懂我的意思就好了。人生不存在完美的解决方案，"伦纳德摇了摇头，"而且你不可能永远尝试下去。你可以选择继续，但那样的话，你的结局就会和我一样。这就是事实和真相。这种事情从未发生在斯科特和杰夫身上，所以他们不知道，所以他们穿着愚蠢的马甲，随时准备嗖的一下飞回到八十年代。道恩也是。"伦纳德又看着爱丽丝，"我试着让道恩尽可能像你，可她最终还是变成了她自己，很多角色都会这样。但在我开始写这本书的时候，我心里想的只有你。她在书中来回穿越，因为我知道你也会这样做。当有些孩子拿到驾照后，我猜他们的父母就会有这种感觉。就像'你想出去干什么就干什么吧，我想管也管不了了'。我只能相信你靠得住。你的确是一个可靠的人，道恩也是。"

"那我该怎么办呢？为什么你不早点告诉我？"爱丽丝问道。此时气氛陷入尴尬之中。她不再是十六岁的小女孩，她已经四十岁了，而且她明白父亲不会告诉自己，即使父亲想这么做，也没办法告诉她。

"在很长一段时间内，我都不知道它会对我的身体有什么影响。当我知道的时候,我在问自己:你想要做什么呢?想当一个时空警察阻止任何想要时空旅行的人?我没打算当时空警察。我们每个人都在做我们必然会做的事情,决定自己想要成为什么样的人,决定自己想做什么和需要做什么事。"伦纳德说道,"你想看《抢答》吗?"

她想看。爱丽丝把自己的椅子尽量靠近床边,等着她父亲从床上找到那个大号的医院遥控器。那个遥控器上的按钮有二十五美分的硬币那么大,他不得不用双手来用力按压。爱丽丝把头靠在床边的塑料扶手上,把脸转向电视机。主持人亚历克斯·崔贝克永远会有答案。

"我还有一个问题。"爱丽丝说。

"就一个?"伦纳德笑了笑,接着咳嗽了一声。他指着电视机说道:"这里全是问题。"

"我为什么总是回到我生日的那一天?那一天什么都没发生,我的意思是,那一天对我来说,算不上什么重要的日子。"爱丽丝边说边检查着她的指甲。

"这我没法知道,"伦纳德看起来很疲惫,"但我可以告诉你,在你出生的那一天,我成了最好的自己。我知道这么说听起来太肉麻了,但这是真的。在你蹦蹦跳跳地来到这个世界之前,我整天只想着自己,什么都不管。我一直在等待一个机会和你聊这个。"伦纳德笑了。

"那么讲讲成为一个自私的家伙是种什么感觉?"爱丽丝问道。即使到了这个时候,她也忍不住和父亲开起玩笑。

"那就是回到过去的感觉。"伦纳德的声音颤抖起来。他清了几下嗓子,摇了摇头,继续说道:"在我的一生中,那是我爱意最泛滥的时候。你还记得我们去参加那个婚礼时,新娘告诉她的丈夫,她爱他会胜过爱他们的任何一个孩子吗?"

爱丽丝眼珠子一转。"当然记得。"那时她才十一岁,穿着天鹅绒礼服,畅饮了好多秀兰·邓波儿鸡尾酒①。

"嗯,我的意思是,显然他们仍然还是夫妻,而我已经离婚了。我爱你胜过塞雷娜或黛比。"说到这里,伦纳德把一根手指放在嘴唇上,"你出生的那一天,我的爱顷刻之间爆发了,就像被击中的钻井一样,里面的石油朝天空喷涌而出。这可能就是我回到那一天的原因。我知道我并不是最好的父亲,但我努力过了。我们相处得很好,对吧?"

"我们相处得很好,爸爸。我们相处得很棒。"爱丽丝说道。医院深处传来一阵声响——手推车的轮子滚过光滑的地板,有人在咳嗽,有人在喊叫,护士在打招呼,桌子后面传来笑声——但爱丽丝没有听到这些。她闭上眼睛,回想着自己在十六岁生日那天所拥有的一切——一个她深爱着的、信任她一个人在家的、渴望和她共度生日的父亲,一个一辈子最好的朋友,以及一个念念不忘的暗恋对象。爱丽丝不知道自己对生日的感觉是否会随着她的人生进程而发生变化。也许在她四十多岁、五十多岁或六十多岁的时候,也会有那么爱意满满的一天,那也会是九十岁的爱丽丝最想回到的那一天。但伦纳德不会在那里,因为无论她做什么,他终有一天都会离开。生日在别人眼中可能没那么举足轻重,但就现在而言,生日是爱丽丝最重要的日子。

"答案是《时空兄弟》。"电视屏幕中的一名参赛者回答道,他的手仍然放在抢答器上。所有人都因为找到了答案而高兴得满面红光。

---

① 秀兰·邓波儿鸡尾酒是一款以美国著名童星秀兰·邓波儿(Shirley Temple)的名字命名的无酒精鸡尾酒。

57

波曼德街上总能看到鸟儿——主要是鸽子,当然还有些叽叽喳喳的燕子,甚至有时还能望见一群从哈德逊河起飞的海鸥,它们在狭窄的街区和山丘的半山腰间盘桓。这群海鸥每天都会聚集在防火梯上,吵闹个不停,仿佛在召开讨论关于虫子、海风和面包屑的会议。爱丽丝凝视着天花板,聆听着外面此起彼伏的鸟鸣声。从她的床上望去,可以看到海鸥身后的建筑物间有一片银灰色的天空。她麻利地坐了起来,当她双手举过头顶时,那件肥大的黄色衬衫贴在她的胸膛上。

伦纳德和往常一样出现在同一个地方,正坐在桌子旁吃早餐,在他身边放着一份折叠的报纸。厄休拉坐在窗前放哨,似乎在等待爱丽丝的出现。

"有人在家吗?"爱丽丝说道,然后用舌头发出动静,想引起她父亲的注意。伦纳德看到她起得这么早,显得很惊讶。他不知道她已经如此一次又一次地早起过。

"生日快乐,小邋遢鬼。"伦纳德说道。他像爱丽丝更小的时候那样揉着她的头发,那时她只有父亲腰部那么高。爱丽丝没有立刻哭出声来,但她一直在强忍着自己的泪水。

她有一个计划。

58

　　那一堂高考辅导课毫无意义,所以爱丽丝又逃课了。伦纳德对此一点都不介意。爱丽丝从抽屉里翻出她的收音机,并把它带到了"城市餐厅"。他们在那里吃了芝士三明治和两份炸薯条。

　　"能给我讲讲你的兄弟姐妹们吗?谁是你小学时的死对头?你的初吻给了谁?妈妈年轻时候是什么样的?"爱丽丝问道。

　　伦纳德对着他的咖啡杯笑了起来,但随后他逐一回答了她的问题:伦纳德有一个叫埃格斯的表亲,后来他成了一名赌马经纪人;有一个叫普丽西拉的女孩把伦纳德的铅笔掰断了,几年后,她又出现在了他的视野里;二十二岁的塞雷娜金发碧眼,从容洒脱。伦纳德会时不时停下来问:"你确定你真的想听这些吗?"每次爱丽丝都使劲点点头,指着收音机说道:"继续。"

59

尽管爱丽丝已经吃腻了热狗,但他们必须在"格雷木瓜"热狗店吃晚饭,所以他们还是去了热狗店。她尝遍了这里所有的果汁,但最情有独钟的还是木瓜汁。每当爱丽丝往她的热狗里加入各种配料时,伦纳德都会很高兴地看着这幅场面,所以她一口气把各种东西都加到了热狗里。萨姆厌恶地皱了皱鼻子,但爱丽丝看得出她也有点心动了,也想这样吃吃看。他们还必须要去买冰激凌,于是他们又去了那里。爱丽丝要确保萨姆每次都能说出正确的话,所以她一遍又一遍地暗示着,直到这个主意从萨姆的嘴里说出来。在冰激凌店里,爱丽丝有时会加热可可,有时会加奶油糖浆,这似乎没有什么区别。

60

一个人一生中能参加的聚会并不会太多,所以爱丽丝决定在晚餐后让她的父亲去参加科幻与奇幻大会,毕竟作为一个成年人,很少再有机会和朋友们通宵玩乐。她决定让汤米迈出那一步,犯他从前的错误,她没有必要插手。爱丽丝和萨姆都穿着丝质吊带裙,戴着王冠,涂着深色口红,活像性感的吸血鬼。甚至在别人到来之前,她们就已经玩得很开心。海伦和莉齐到了。"这是什么造型?《魔女游戏》里的吗?"海伦问道。这正是爱丽丝和萨姆想要听到的话。没错,在这一晚剩余的时间里,她们就像电影里那样成了小魔女,到处施展魔法,通过站在对方身后举起的方式让彼此的身体悬浮起来。当菲比到来的时候,爱丽丝也没有拒绝她。为什么要拒绝这一切发生呢?男孩们按响了门铃,然后像游行队伍一样走了进来。所有事情都如往常一样。

"你们是不是约好一起来的?这看起来就像是《绿野仙踪》里刮走沙发和门的飓风把你们刮来了一样,只不过你们不是什么家具,而是一群大男孩。"当男孩们走进房子的时候,爱丽丝站在门边咯咯地笑着说道。他们清一色穿着马球衫,蜂拥进入她的客厅里。汤米走在人群中间,和以前一样被他的仰慕者和跟班们簇拥着。爱丽丝让他吻了一下自己的脸颊。他是个好男人,尽管不是她的好男人。男孩们有的倒在沙发上,有的靠在桌子上,好像他们都无法支撑起自己的体重。仿佛刚刚进肚的东西开始让她上头了,爱丽丝感到好似有沉重的木门压在自己的身上一样。贤治·莫里斯是男孩队伍里最后一个走进来的,他正站在欢迎门垫上。

"你还好吗?"他问道,然后把头扭向一边,甩开了眼前的刘海。

"你的头发真漂亮,就像瀑布一样。"爱丽丝说道。

"谢谢。"贤治说道,接着从门口侧身闪过。他看起来好像有点害怕爱丽丝会伸手去摸他。

莉齐马上就盯上汤米了。她手上戴着钻石糖果戒指,对着糖果又舔又吸,那姿态像是在试镜一部成人电影。没有一个还能呼吸的少年能够抵抗她的诱惑。萨姆走了过来,看向爱丽丝,朝她挤眉弄眼。

"我要去买点香烟。"爱丽丝说道。有几个人向她扔来一沓钞票,并提出了各自的要求 —— 一包新港薄荷味香烟、一包万宝路薄荷味香烟和一些卷烟纸。

"我和你一起去。"贤治说道。他一直安静地坐在桌子的一角,随着音乐摇头晃脑。

. . .

最近的一家不要求出示身份证件的超市在阿姆斯特丹大道。房子里很热,热到爱丽丝忘记了外面已是秋天。当他们一走出铁门,她就冻得浑身起鸡皮疙瘩。

"给你。"贤治说着就把他的乐斯菲斯羊毛衫脱了下来,递给了她。爱丽丝迅速把自己的手臂伸进了衣服的袖子。尽管贤治本人不吸烟,但他的衣服上还是能闻到洗衣液和香烟的味道。这出乎她的意料,她以前从未注意过这一点。

百老汇大道和阿姆斯特丹大道之间的街区一片寂静。爱丽丝高中的大部分时间都是和一大群人一起度过的,大学也是。她以前也有过这样的感觉:那就是当你突然和一个从未单独相处过的人单独在一起时,不知道该聊些什么,尽管你已经和他在同一个房间里待过无数次。她想了想,然后开启了话题。

"嘿,我知道这太唐突了,在去超市的路上说这种话很奇怪。但我还是想说,我真的为你爸爸的事感到难过。"爱丽丝说道。

"噢,好吧。"贤治停了下来。

"对不起,我不该说这个的,现在不适合说这个。"爱丽丝说。

贤治说道:"不,其实这没什么,只是从来没有人提过这件事。这就像有人刚刚不小心踩了一下你的脚那样,没什么关系。"

爱丽丝回想起自己做过多少次同样的事情。在他们上大学的时候,海伦的父亲在长期与病魔抗争后去世了。那时她给海伦寄过慰问卡吗?她想她应该做过。发生这种事让她感到不舒服,她不想做错事或说错话,所以她觉得自己什么也不说,置身事外似乎更好。但显然,什么也不做并不好。爱丽丝知道当伦纳德去世时,她会痛恨那些故意提起这件事的人,也会痛恨那些什么也不表示的人,尽管同时她也会原谅那些没有失去过父母或至爱的人,因为他们只是不知道她的感受。

"我懂了,你当时多大?"

"十二岁。"贤治说。他穿着一件巨大的白色衬衫,冻得瑟瑟发抖。

"糟糕透了。"爱丽丝说,"抱歉,是因为癌症吗?"

"对,"他说,"是淋巴瘤。"

他们默默地来到了街角。贤治开始向超市走去,但爱丽丝抓住了他的胳膊。"发生这种事我真的很难过。你肯定很想念他。我爸爸也生病了。我妈妈可能已经死了——我知道这不是一回事儿,但她很久以前就离开了我们,所以现在只剩下我和我的爸爸。这太可怕了。"

贤治立刻把她拉过来抱住,然后说道:"我不知道你爸爸生病了。"爱丽丝把头靠在他的肩膀上。像许多青少年男孩一样,他瘦骨嶙峋——他们还不知道自己会长到多大,从什么时候开始长大,到什么时候停止。可在爱丽丝十六岁生日的这一天,她的父亲根本没有生病。她的脑子越来越混乱,感觉一切都同时发生了。

"那时你在场吗?对不起,也许这个问题涉及隐私。"爱丽丝往后退了一步,又退了一步,最后坐在一个消防栓上。

"不,没关系。实际上,聊聊这件事感觉挺好的。如果谁都不提,就好像它根本没发生过似的,虽然我知道它确实发生了。有时我会想,'大家都知道这件事了吧?'"贤治说着,用手捋了捋头发,"我当时在学校,正在上鲍曼老师的英语课。我永远不会忘记那一天。家里的保姆来了,她告诉我我的妈妈会赶来接我。我知道发生了什么事,所以我慢吞吞地收拾东西,故意拖延,就好像在有人告诉我真相之前的那段时间里,他还活着。这听起来有点像魔幻现实主义,尽管我知道那件事肯定已经发生了。"

"伙计,我完全理解你。"爱丽丝说道。这种事发生在一个孩子身上,实在是太不公平了。当然,无论它该不该发生,这种事都一再发生。有一个女孩叫梅利莎,她在贝尔维德只上过小学一年级和二年级。在她二年级的时候,她的妈妈就去世了。爱丽丝清楚地记得她的妈妈,还有她每天给梅利莎绑辫子的样子。每当梅利莎跑步或在操场上荡秋千时,那两条深棕色的长辫子都会甩来甩去。然后她的父亲接手了绑辫子的工作。当她离开学校后,爱丽丝很容易在脑海里浮现起梅利莎的母亲还在那里时的样子,无论此时梅利莎一家去了哪里。这种情绪太复杂了,简直令人难以想象,就像得知地球随时可能爆炸一样。贤治轻轻地把她推向超市门口的方向。

"我们快点买完东西回去吧,不然他们要把你的房子给拆了。"

爱丽丝笑了起来。他们没有那样做过,在她所有十六岁生日的那一天,从未发生过,但凡事都有第一次。她感觉自己正变得亢奋起来。此时此刻,汤米和莉齐可能已经滚到了她的床上。

"好吧,"爱丽丝说,"但我可能需要一点点帮助才能站起来。"

61

当大家开始回家的时候，已经快到凌晨两点了，而其中很多人的父母要求他们回家的时间都是凌晨一点半。爱丽丝刚开始的时候会觉得这个时间很宽裕，但后来又感觉回家的时间太早了，在她快三十岁的时候，她又觉得这个时间太晚。一切都是相对的，哪怕是时间也一样，或者说时间尤其是如此。萨姆迷迷糊糊地帮忙往水槽里倒空其他人喝剩下的饮料，然后把它们叮叮当当地扔进回收箱里。汤米回家了，他是和莉齐一起跌跌撞撞地走出去的，好像他们要去什么地方似的，实际上他们只是合乘同一辆出租车离开，然后各回各家，祈祷没有人会闻到他们身上的啤酒味、香烟味和荷尔蒙的味道。很多时候，一个尚未长大的人会假装自己从未体验过成年人的世界，然后不得不开始学会如何成为一个独立的人，这是人人都要经历的痛苦过程。凌晨两点半，家里的其他人都走光了，只剩下萨姆还睡在爱丽丝的床上，而爱丽丝站在窗边。她拿起座机，拨打了冰箱上她父亲留下的电话号码。

"喂，你好！"不是她的父亲，是西蒙·拉什。电话另一头的房间里听起来乱哄哄的，像是一个挤满了科幻小说家的大型鸟舍。爱丽丝可以想象西蒙的样子——他把一根粗大的手指堵在他的另一只耳朵里,以阻挡噪声。

"西蒙吗?你好!我是爱丽丝。我爸爸在吗?"她本想为这么晚打电话而向他道歉,但显然没有这个必要。

"嘿,爱丽丝,他当然在,等一下。"她听到有一只手捂住了话筒部分,然后她猜测硬塑料电话被人放到了光滑的木制床头柜上。伦纳德花了好几分钟才穿过房间接听电话——爱丽丝可以想象整个场景,他的朋友们坐在房间里的各个地方,一边有说有笑,一边吸烟喝酒,这是一个多么愉快的夜晚。如果你的生活能为欢笑和爱情留有空间,也许你就会有无数机会去享受欢笑和爱情。当伦纳德终于拿起电话时,他有点气喘吁吁。

"爱儿,发生了什么事?你没事吧?现在已经很晚了!"

"我很好,爸爸。我只是想跟你说晚安。"爱丽丝让她的父亲去酒店是为了能更容易地完成她必须要做的事情。她必须成长为一个成年人,在做一切其他事情之前,她必须得先成长为一个成年人,其次才成为一个合格的女儿,而不是反过来。爱丽丝小时候一直善于自我管理,比如制订时间计划,努力取得好成绩,但长大后,她忘了这么做。

伦纳德松了一口气。"噢,天哪!你可吓死我了。今晚玩得开心吗?"

"当然。你呢?玩得开心吗?"爱丽丝说道。她的身体又恢复了正常。在之前的几个小时里,她和萨姆大部分时间都坐在衣橱镜子前,涂着她拥有的每一款口红,谈论着伊桑·霍克和乔丹·卡塔拉诺,探讨着她们喜爱的电影是否真的优秀,还是因为演员漂亮到了电影内容无所谓的程度。她们用嘴唇亲吻着衣橱门的内侧,在上面留下一排排的唇印,直到它们连成一片，几乎占据了半扇门的大小，看起来像是一层墙纸。

伦纳德笑着说道："嗯，有人从家里带来了一台制作冰镇玛格丽特鸡尾酒的机器，那东西正在制作玛格丽特鸡尾酒，我们每个人都玩得非常开心。我想我明天早上可能会头疼，但不管怎么说，和巴里聊天本来就是一件让我头疼的事。"

"好的，爸爸。我爱你。"爱丽丝说。

"你真的没事吗，小爱儿？需要我现在回家吗？"他的声音越来越大，好像在半捂着话筒说话。爱丽丝可以想象到他正背对着他的朋友们，面对着墙壁，也许正举起一根手指，示意他们安静下来。

"我真的没事，我保证。"

"好吧，我也爱你，我真的爱你。"他说道。她能听得出父亲的微笑。他曾经身强力壮，她曾经年少懵懂——他们曾经一起年轻过。人们为什么很难注意到两代人之间会存在如此亲密的关系？父母和孩子是一生的伴侣，也许这就是她现在出现在这里的原因，也许这就是他们彼此人生中最美好的时刻。爱丽丝想到了贤治和他那美丽的母亲。他很早就回家了，他必须在午夜前赶回家中。爱丽丝可以理解，对于他的母亲来说，让他离开自己的视线是一件多么困难的事。一个已经在生活中突然遭遇厄运的人，怎么可能还对生活放松警惕，让一切再次发生呢？

"明天见，爸爸。对了，你能为我做一件事吗？"爱丽丝说道。她本想提醒他所有他该做的事情——创作《破晓时刻》、找到黛比、享受幸福——但她知道她没有必要这么做。这一次，她必须相信命运，因为她不打算再回头了。无论她最后会抵达哪里，那都是她要去的地方。她本来还想劝他不要再继续了，不要再时空旅行了，因为那里所有的爱最终会害死他。但爱丽丝转而又想到，此时她能听到父亲健康快活的声音，她能听到他和朋友们欢聚一堂的快乐，这种感觉真好！她发现她无法阻止这美妙的时刻。

"当然了，亲爱的，什么事？"伦纳德问道。搅拌器在他身后运转起来。噪声太大了，他可能听不到她的声音。

"照顾好你自己，好吗？"爱丽丝说。

"直到未来！"伦纳德说道。这是《时空兄弟》里的台词。爱丽丝笑了。伦纳德一定是喝醉了，醉到他觉得自己的作品很幽默有趣。他先挂了电话，爱丽丝坐在那里，直到电话开始传来嘟嘟的提示音。她把话筒挂回原处，注视着时间。她打算给他留下一张纸条，多多少少告诉他一些她所知道的情况，告诉他不要去时空旅行，不要穿越，不要回到过去。爱丽丝一遍又一遍地写着，但总觉得不妥。最后她只留下了一句话："直到未来，直到我的未来，直到你的未来，到底什么才是未来？爱你的爱丽丝。"然后她把剩下的纸都扔进了垃圾桶，上床睡觉去了。

62

爱丽丝睁开眼睛时，天还没有亮。她仍然出现在波曼德街，躺在父亲房子客厅的沙发上，厄休拉正卧在她的脸旁边打着呼噜。爱丽丝悄悄直了直身子，尽量不要吵醒那只猫。厨房的灯亮着，这使它看起来像是舞台布景，而爱丽丝是唯一的观众。厄休拉跳上窗户，把身体的一侧贴在玻璃上。黛比穿着运动裤和一件老旧的《破晓时刻》剧组文化衫，从左侧登上舞台。爱丽丝意识到自己第一次从她入睡的地方醒来，尽管是在不同的房间里。她看着黛比蹒跚地走进厨房，打开一个橱柜，然后打开水龙头给自己接了一杯水。窗外依旧漆黑一片，树枝敲打着窗户，大风不止。十月是一个直面死亡的好月份，这就是万圣节习俗席卷这个月份的原因。树木大多是光秃秃的，天气还算暖和，人们还没有掏出厚厚的外套。人们在十月告别秋日，大自然也从一种模式向另一种模式过渡。爱丽丝坐了起来。

"亲爱的！"黛比说道，并在黑暗中眨了眨眼睛，"你怎么在这儿？你究竟在干什么呢？我没戴隐形眼镜。"爱丽丝看向波曼德街，仿佛她能看到什么有意义的东西——白昼、黄砖路①或是任何事物。

"我想我睡着了。"爱丽丝说。她咽了一下口水,不想问任何问题。她也穿着一条运动裤——那是一款很久之前贝尔维德学校体育课规定穿着的衣服。她们看起来像是贝尔维德的守护者,好像只有在上西区的青少年需要任何帮助的时候,她们才会展现出非凡和勇敢一样。

"当然啦,欢迎回到现实。"黛比在黑暗中胡乱摸索,直到爱丽丝闯入她的怀里,和她紧紧拥抱在一起。厄休拉用身体蹭着爱丽丝的脚踝。黛比终于松开了手,爱丽丝弯下腰把猫抱了起来。

"我就躺在沙发上。你回去睡觉吧,我不想打扰你。"爱丽丝吻了一下黛比的脸颊,转身回到沙发上。

"你爸爸肯定想跟你打个招呼的,爱儿,"黛比以轻松的语气说道,"你不想过来瞧瞧吗?"

爱丽丝转过身来问道:"他在这里吗?"厄休拉爬到她的肩膀上,用湿漉漉的鼻子碰了碰她的耳朵。

黛比把头歪向一边。"他当然在这儿。伦纳德最喜欢的那个好护工玛丽也在里面。她们一家来自特立尼达岛。她还给我们带来了美味的小鹰嘴豆三明治,那里的人把它叫作'双层油炸饼'。太好吃了。"

"他醒了吗?"爱丽丝问道。通往卧室的过道一片黑暗。

"时醒时不醒,"黛比挤出一个不明显的笑容,"玛丽认为时间不多了。当然,医生们也这么说了,但他们知道会发生什么。一旦把他送进临终关怀病房,就不归医生们管了。我想医生们也不喜欢放弃,这对于

---

① 黄砖路出自美国童话故事电影《绿野仙踪》,是主角多萝茜和她的朋友们寻求奥兹国魔法师帮助的必经之路,象征着正确的人生道路。

他们的履历没有好处。"爱丽丝想起了那条横跨华盛顿堡大道的巨型横幅，上面宣称该医院是全美最好的医院之一。她思考着他们是否会记录下死去的每一个人和诞生的每一个婴儿。这里人来人往，每天有这么多人到来，又有这么多人离开。

"好吧。"爱丽丝说道。她把厄休拉放回到地板上。过道里依然伸手不见五指。她推开她父亲卧室的门，看到一个戴着眼镜的漂亮女人坐在角落里，手里拿着一本夹着阅读灯的书。伦纳德原来那张床被推到墙边，他本人则睡在一张可调节的病床上，这显得这个小房间更为拥挤，只有一小块可以自由通行的地方，宽度不超过一英尺。

"伦纳德，有人来看你了。"玛丽说。她合上她的书，把它放在身后的椅子上。伦纳德微微动了一下，把头从一个方向轻轻转到另一个方向。

"哦，是吗？"他说。伦纳德总是在有人陪伴的时候状态更好——他像大多数作家一样，每当独自一人的时候都忍不住要发牢骚。但是每当他想发牢骚的时候，他都会变得彬彬有礼，尤其面对陌生人、青少年、女人或酒保。他总是表现出很感兴趣的样子，还会进一步询问，这就是爱丽丝的朋友们都喜欢他的原因。他不像大多数父亲那样，那些人会以长辈的身份进行说教或者对滚石乐队的风格说三道四，然后在一通自言自语的叨唠后转身离开，伦纳德对一切都保持好奇心。

"我在这儿，爸爸。"爱丽丝说。她沿着墙走了几步，直到碰到他的手。

"小爱儿，我早盼着你今天能过来。生日快乐！"伦纳德说。他把他的手掌朝上，爱丽丝把自己的手放在他的手心里。

"谢谢你，爸爸，你感觉怎么样？"爱丽丝说。她的生日已经是几个星期前的事情了。

伦纳德咳嗽了一声,玛丽匆匆走了上来,想要从爱丽丝的身边挤过去,调整一下他的枕头。这是一场伦纳德和一种未知力量间的较量,而另一方已经开始占据上风。爱丽丝紧贴在墙上,让玛丽从面前过去。当玛丽离开房间时,爱丽丝靠近伦纳德的脸。他的面颊已经凹陷下去,眼睛也是如此。他比她之前见过的任何时候都要瘦小。

"我好多了,爱儿。"伦纳德说道,然后露出了一丝虚弱的微笑。

"我应该叫救护车吗?"爱丽丝明白临终关怀意味着什么,但她感觉自己无法接受不再尽力试试任何可行的方案。不过,他们当然已经尝试过所有的努力了。

"不,不。"伦纳德说道,他的表情变得痛苦,"不,这就是我的命运。我们每个人都有自己离开的那一天,这就是我的期限,不管这一天是今天、明天,还是下个月,就是这样。"

"可我就是不喜欢这样,就是不想,爸爸。"爱丽丝惊讶地发现自己正在哭泣。

"我也不太喜欢,但没有别的办法。对所有人来说,这就是终点,如果我们幸运的话。"伦纳德闭上了眼睛。

"我真的会想你的,你知道吗?"爱丽丝的声音开始哽咽,"我不清楚,这世上有几人是我真心爱着的?又有几人是真心爱我的?你能明白我的意思吗?我知道这听起来很可悲,但这就是事实。"

"这是事实,但爱不会消失。它仍然在那里,存在于生活的点点滴滴中,只是我的这部分要去别的地方了,爱儿。那剩下的爱呢?即使你想让它消失,也赶不走它。而且你永远不知道未来会发生什么。我认识黛比的时候，比你现在的年龄还要大。是时候向前看了。最后我还要告诉你那句，直到未来！"伦纳德说。

爱丽丝点了点头，强忍住自己的眼泪，现在还没到哭的时候。

这次谈话显然已经让伦纳德喘不过气来。他闭上了眼睛，胸口急促而微弱地上下起伏着。

黛比悄悄地走到爱丽丝身后，把手放在她的后背上。"你们俩还好吗？要喝咖啡吗，爱儿？"这是一种委婉的说法：不能和他聊太多，不能和他聊太多，他不能整天都这样和爱丽丝聊天。爱丽丝点了点头。她俯下身子，在父亲的脸颊上亲了一下，然后离开了房间。

63

这一天的剩余时光就像是乘坐一架飞机缓慢地飞越大海。爱丽丝、黛比和玛丽轮流交换着位置——卧室的椅子、餐厅的桌子和沙发。黛比在爱丽丝原来的卧室里睡了一觉。三个人享用了黛比端来的几碗小柑橘、葡萄和椒盐卷饼。玛丽离开了一阵子,后来又回来了。在玛丽离开的时候,爱丽丝感到很焦虑,尽管她知道玛丽并不能让她的父亲一直活下去。

"我们要从杰克逊·霍尔餐厅叫点中午的外卖吗?"爱丽丝问道。黛比困惑地看着她。

"亲爱的,那个地方几年前就关门了。"纽约城少了谁都照常转。爱丽丝想到了另一条可以出现在城市街道横幅上的标语——"你所深爱的地方,有多少已经消失不再,有多少已经被另一个自己所取代,每一代人都有属于他们自己的思念和爱。"

"好吧。"爱丽丝说。她躺在沙发上,把毯子拉过来盖在自己的腿上。厄休拉跳了起来,又换了个姿势在原地躺下,把头埋进身体里,缩成一团。黛比坐在爱丽丝的腿边,拿出手机点了几下。当尘埃落定之前,谁也不会离开这里。

伦纳德醒了又睡，睡了又醒。他没有再怎么说话，事实上他几乎没有再说过话。爱丽丝觉得她可能出现了幻觉，也许刚刚他们之间没有任何对话。

"他这样有一段时间了吗？"爱丽丝问玛丽。玛丽曾为很多家庭当过护工，一次又一次地见证人们走向生命的尽头，但她每天早上仍然能照常迎接自己的生活，开始新的一天。

"不会太久了。"玛丽回答了爱丽丝真正想问的问题。

之后七点钟的时候，黛比和爱丽丝吃了晚饭。电视机上播放着《抢答》节目，只不过主持人不再是亚历克斯·崔贝克，因为他已经死于癌症。她们连一道问题都答不上来，即使是她们应该擅长的那些类别的问题，比如关于百老汇音乐剧和纽约。尽管爱丽丝一整天都没出门，但她还是感到筋疲力尽。一想到外面的世界如此熙熙攘攘，如此生机勃勃，她就难以接受这一切。晚餐过后，黛比坚持要爱丽丝和自己一起去散步。她们默默地走着，像简·奥斯汀小说里的姐妹那样手挽着手。

回来后，爱丽丝去了伦纳德的房间，开始陪着他。伦纳德沉默不语，一动不动的，除了能看到他起伏的胸口。黛比和玛丽进进出出，就像保护营火的女童子军一样。不知何时，黛比把爱丽丝领回到沙发上，给她盖好了被子。爱丽丝刚才一直坐在那里打盹，当她的头一碰到枕头，就立马睡过去了，尽管她以为自己不会睡着。她做了一个梦，梦见自己又回到了高中，又出现在她的生日聚会上。梦里萨姆拥抱着她和汤米，贤治·莫里斯靠着墙站在角落里。但那不是萨姆，而是黛比，她轻拍着爱丽丝的胳膊，温柔而坚定地把她拉回到现实中。

爱丽丝眨了眨眼睛，等待着黛比开口。

"我想已经开始了。"黛比说道。她脸色苍白,张着嘴巴,像一条在海底觅食的鱼。黛比的样子看起来令她感到害怕,所以爱丽丝不由自主地往后退缩了。她母亲还住在家里的时候,她偶尔会目睹一些成年人的怪事,比如塞雷娜用伦纳德的镊子拔下巴上的一根杂毛,每当遇到这样的场景,她也会产生这种感觉。黛比脸上的神态超越了日常生活中的任何表象,这是一种内在情绪的真实流露。

"现在几点了?"爱丽丝问道。她的眼睛开始适应黑暗。

"现在是凌晨三点,"黛比说,"打起精神,然后跟我进来吧。"她用力捏了捏爱丽丝的肩膀,然后转身朝卧室走去。

爱丽丝从沙发上翻身而起,坐了起来。她看到厨房桌子上方的时钟指向凌晨三点零五分。她现在就可以离开这里了,就在此刻,她可以走出家门,回到十六岁。她可以再次看到自己的父亲吃着早餐和读着报纸。她可以再次看到厄休拉趴在自己父亲粗壮的脖子上。她可以再次逗得自己的父亲开怀大笑,拿他取乐。她可以再次感受到父亲所有的爱,就像汽车的大灯对准自己。

. . .

爱丽丝知道自己无法拯救他。甚至伦纳德都不喜欢有这种情节的科幻小说,比如能让人类活到好几百岁的医学进步,可以把大脑装在玻璃容器里的前沿科技,得到永生的吸血鬼或者渴望权力的魔法师,等等。他认为这些简单的设定缺乏真实性,尽管他自己也写了两本关于青少年时空旅行的书。他本可以保住他和塞雷娜的婚姻,找到一份按时上下班的真正工作,穿几件不再是宾恩这个牌子的衣服,但他没有这么做。伦纳德不介意按照自己的方式活着。他一直在做自己,不在乎别人的眼光,也不管人生是好是坏。爱丽丝不能离开他,现在不能走。她希望他说的是真的,关于爱,关于这世上仍然存在爱是真的。他不笃信任何宗教,所以她也不信。难道小说和艺术也算是宗教信仰吗?你会相信自己讲述的故事能拯救你自己,也能拯救你爱过的每一个人吗?

· · ·

爱丽丝强打着精神站起来,走进了伦纳德的卧室,她自己的光照亮了前方的路。

64

爱丽丝几乎忘记了自己正坐在回家的地铁上，这趟列车似乎比平时开得更快。当停靠在布鲁克林区政厅站的地铁列车即将关门的时候，她刚好抬起头来，于是赶在坐过站之前匆匆下车。从地铁站步行回家的路很长，即使是天气好的时候也要走上十五分钟，但爱丽丝并没有把这段路放在心上。她只是把一只脚迈到另一只脚的前面，不知不觉间站在了她的公寓门前。

. . .

玛丽知道该怎么做。她和黛比事先把一切都安排好了——该给谁打电话，按什么顺序打：殡仪馆、信用卡公司、朋友们。讣告已经准备好了。伦纳德的照片会出现在所有的报纸和社交平台上，它还将会出现在奥斯卡颁奖典礼的黑白短片中，人们会穿着晚礼服演唱某首歌曲，就像当初为了纪念电影《绿野仙踪》演唱《彩虹之上》一样。爱丽丝给伦纳德生前的一些朋友打了电话——她和黛比平分了电话名单。没有人感到惊讶，所有人都很友善。最初的几次通话中，爱丽丝几乎哭得说不出话，但后来她习惯了这种交谈的方式，并觉得自己能够坚持打完这些电话。

但没过几分钟，她又哭了起来。爱丽丝不断地靠在玛丽的怀里哭泣，她这辈子还从来没有这么久地拥抱过一个相对陌生的人。这就是人们对于那些帮助过他们的产科护士、战友兄弟或者处在同一困境中的人所产生的情感——因为他们一起经历了其他人永远无法完全理解的境遇。

...

爱丽丝找到了自己的公寓钥匙，想把它插进锁孔里，但怎么也插不进去。她的手机嗡嗡响了起来，来电的是萨姆。爱丽丝接通了电话，尽管她现在根本说不出话来。"哦，亲爱的，"萨姆一遍又一遍地说，"哦，亲爱的，我马上过去，给你带点吃的。"萨姆是一个好母亲，也是一个好朋友。

"嗯。"爱丽丝答道，然后她挂断了电话。她又尝试去打开门锁，但还是打不开。"该死！"她把钥匙扔到了人行道上。

她一直试图打开的那扇门在她面前被慢慢地打开了。"咦？爱丽丝？"原来是埃米莉。

"噢，你好，对不起，吵到你了。我的钥匙出了点问题，对不起。"爱丽丝感觉自己又哭出来了。

"不，不，没关系。"埃米莉说，"反正我今天在家工作。对了，等等，我有一个东西要给你，稍等一下。"她把房门敞开，用门挡撑住。爱丽丝走近两步，朝房间里望去。她的床不见了，桌子也不见了。她那些乱七八糟的东西、她的衣服以及墙上的艺术创作都不见了。所有这些都被埃米莉的华丽品位取代——一张粉红色的沙发、一张彩虹形状的地毯和一张四柱大床。爱丽丝可以透过房间直接望到花园，仿佛公寓里的面积扩大了一倍一样，房间给她的感觉像是坐在一面镜子前，到处亮堂堂的。埃米莉拿着一个小盒子回来了。"给你。"

爱丽丝把盒子抱在胸前,她不知道自己该到哪里去。

埃米莉握住爱丽丝的手腕。"伙计,你还好吗?你现在住在楼上。领导,你还记得吧?"她挑了挑眉毛,然后伸出长长的手指示意楼上。

"哦,没错。谢谢你帮我收快递。"爱丽丝说。她看了看寄件地址,是萨姆寄给她的生日礼物,一如既往地迟到了。爱丽丝能猜到里面是王冠和照片。"我稍后给你发消息,好吗?谢谢。"她没有提到她的父亲,因为她做不到。

· · ·

她用钥匙打开了门廊上的门。这是一套复式公寓,她以前来过这里,她的女房东曾经邀请她来吃过晚饭。原木制品、漂亮的弧形栏杆,到处都是她的东西,还有伦纳德的东西——墙上的海报原本是挂在波曼德街房子里的。她想不起来这些东西是什么时候来到这里的。

· · ·

按照安排,黛比将暂时保留波曼德街的房子,直到他们决定如何处理它。伦纳德完全拥有这套房子,而黛比还在分期偿还她的合作公寓的购房贷款,所以她打算搬进来住。但如果爱丽丝想住进来的话,黛比也可以让给她。爱丽丝很快谢绝了——如果每天待在如此接近回忆的地方,她可能会受不了。厄休拉也会留在波曼德街,爱丽丝怀疑即使自己想把它带走,它也不一定会离开那里一步。如果有人尝试那么做,这只猫也许会消失在一团烟雾中,这似乎完全有可能。据她所知,厄休拉甚至从未去看过宠物医生。一想到那些伦纳德能理解但她永远不会理解的事情,无论是大事还是小事,她都觉得很好笑。她的手机又响了。她打算把它关掉,彻底关机,甚至想把它扔到浴缸里去。这是一条她的手机里没有保存过的陌生号码发来的短信:"你好,爱丽丝!我是贤治·莫里斯,贝尔维德的同学。萨姆给了我你的手机号码,她跟我说了你爸爸的事。我知道我们已经很多年没有联系过了,但你知道我一直在那里。随时给我打电话。"也许爱丽丝现在还不想把手机扔到浴缸里。

...

任何故事都可以是喜剧,也可以是悲剧,这取决于你在哪里收笔。同一个故事可以有无数种讲述方式,这就是它的神奇之处。

...

小说《时空兄弟》是在斯科特和杰夫一起吃早餐的场景中结束的,两个男孩悠闲地争论着谁喝的枫糖浆最多。此前他们已经成功拯救过好几次世界了,毫无疑问,他们还会再来一次。

...

在《破晓时刻》的结尾处,道恩站在中央公园的绵羊草原中央。正值破晓时刻,苍茫的天空笼罩在寂静的城市之上。伦纳德用半页的篇幅来描述道恩的脸庞,以及粉红色的朝阳照耀在建筑物上的样子。伦纳德故意没有交代具体的年份——道恩不像时空兄弟,她并不想在她的余生中继续奔波于几十年乃至几个世纪的岁月里。每一个读者都希望道恩最终能找到回家的路。或许在有些人看来,皆大欢喜的结局太过俗套,虚伪且没有意义,但希望永远是真诚的,希望永远是美好的。

...

爱丽丝走到窗前,现在她的窗户已经完全面向整个世界敞开。她可以看到街对面的褐砂石建筑,她也可以望到头顶上的那一片蓝天。从布鲁克林到皇后区的高速公路依旧热闹,车来车往。她把鼻子和额头轻轻地贴在玻璃上。向前走吧,这就是她的想法。直到未来,无论未来是什么。